戦争俳句と俳人たち

Tarumi Hiroshi
樽見 博

トランスビュー

はじめに

　私は、「日本古書通信」という古本関係の雑誌の編集を三十数年続けてきた。事務所はずっと神保町古書店街にあり、古い資料を得るには極めて有利な環境にある。いつ頃からか、戦中から終戦後にかけての表現者たちの言動の推移を示す資料を収集するようになった。中でも戦時中の俳句関連の資料は多様性がある上に、看過されているものが多いことに気がつき、注意して探すようになった。

　当時の俳人たちは、戦争という強制的な死をもたらす状況と対峙しなければならない中で、どういう俳句表現をし、また俳句をどのように考えたのか、今に残る資料をできる限り広く集め、さまざまな角度から当時の俳句界と、その中での俳人の動向を探りたかったのである。

　俳句は創る文学であると同時に、解釈の文学でもある。一般には十七音という極端に短い表現形式であるため、使われる一つの言葉が十七音のなかで、他の言葉とどのように共鳴するかが問われる。言葉が読み手に与えるイメージが豊かで、かつ曖昧にならないことが大切である。

　すぐれた俳句作者はかならず良い読み手であり、見事な解釈を披露する。論理的な作者は、解釈も論理的であることが多く、感覚的な作風の俳人は、解釈もまた印象的、感覚的であったりする。残された作品の発掘と同時に、それらがいかに解釈されたかも重要な点である。

戦争にちなんで当時詠まれた俳句すべてを、「戦争俳句」と一括りにしてしまうことは問題である。昭和二十年八月までを生きていた日本人すべてにとって戦争は存在したが、一人一人が背負う人生が個々別々であるように、戦争の意味や、戦争がもたらした事柄の重さも一様ではない。戦地にある兵と銃後にある者の差があり、戦地にあっても実際の戦闘の時と、前線を離れ後方にある時がある。戦傷や病で病院にいる場合もある。銃後にいて空襲があっても、自らは被害を受けなかった者と、財産や家族をなくした者との違いがある。軍隊の中でも階級により、戦争の意味は大きく違うだろう。

俳句に対する考え方は多様であり、その表現方法も一様ではないが、作者の生活の中から生み出されるもの、一見そのように見えなくても作者の生活が反映されるものが俳句だ。だから、戦争をテーマにした俳句だからといって、「戦争俳句」と一括して特別視するのではなく、ほかのテーマの作品と同様に、それぞれが俳句としてどうか、どのように読めるのか、という視点から論じる必要があるのだ。

戦時中、ことに太平洋戦争が始まる昭和十六年十二月八日以降の俳壇は、正岡子規以来続いてきた俳句革新をめぐる論議も消え、俳句のあり方を問う姿勢を欠いてしまったといえるだろう。戦争に関することから受ける個々それぞれに異なる感情が、無意識のうちに統制され、だれもが

「聖戦」という名の下に、共通の感情を自らに押しつけてしまったのだ。有名無名を問わず、多くの人々により、戦争にまつわる膨大な俳句が生み出された。俳句は、創作者の裾野が広く、無名の庶民の作品が大量に集められると、個性のない平板な感覚の羅列に映る。戦争という特殊な状況ゆえ、特別な感覚の作品が生まれたかといえば、そうではなかった。確かに表現に工夫の見えるものはある。しかし、自分の行為や存在を疑ってみるような作品は極めて少ない。表現こそ違え、同じような感情を表わしているにすぎない。表現にとって必要な、疑うこと、それを表現することが封じられたのだ。鑑賞も同様である。

言葉は人間の存在そのものである。その言葉が無意識のうちに統制されるとき、それは個性の喪失を意味する。俳句表現は何よりも個々の感情の自由な発露であり、それが生み出すイマジネーション、想像を喚び起こす力が、作品の質のすべてである。戦争俳句もまた、そのようなものであるべきだった。それを、戦時中の俳人たちは熱狂の中で忘れてしまったのだ。

しかし、時代の大きなうねりの前には、個人の力など微弱に過ぎない。問題は、嵐のような戦争が終わったあと、その体験を根に、どのような次の表現を求めたかということだ。それが、戦争を経てきた、あるいは戦争があったことを知るすべての俳句作者が、今後も考えていくべきことではなかろうか。

ことは過去の戦争ばかりではない、二〇一一年三月の東日本大震災の場合も同じである。そこで起きたことがらをどのように伝えるかが、わたしたちに問われ託されている。被害に対して、マスコミがつくり出すイメージにより、誰もが同じような表現、感懐を無意識のうちに発していないか、本当の言葉をもっているか、それを失っていないかを考える時である。

これまでに戦争俳句を詳細に辿った研究書はなく、現代俳句史、昭和俳句史といった中で部分的に触れられているにすぎない。ただ、個人の回想や研究では、個々に多くのことが語られている。そうした資料を調べていくうちに、戦争と俳人の関係を考える上で重要な核となるのは、山《やま》口《ぐち》誓子《せいし》、日《ひ》野《の》草城《そうじょう》、中村草田《なかむらくさた》男《お》、加藤楸邨《かとうしゅうそん》という、戦後俳壇の中心となる人物たちであることがわかってきた。彼らの師匠であった、高浜虚子《たかはまきよし》、水原秋桜子《みずはらしゅうおうし》、富安風生《とみやすふうせい》などは、戦争期の俳壇指導者であり、すでに俳句観を完成していた。それに対して、弟子であった彼ら四人は、まさに戦時体制が国全体を覆っていく中で、師を乗り越え、自らの俳句観を確立し、終戦後も含め次代の指導者として成長していく過程にあった。それゆえ戦中から戦後の俳句のありようを考える時、かれらの言動の推移には重要な問題が潜んでいる。概観しただけでは看過されてしまう小さな事柄の中に、実は考えるべき大切なテーマが隠れているのだ。

本書は、第Ⅰ部で彼らの戦中の言動と作品を追うことで、戦争俳句のもつ歴史的、文学的な問題を考え、第Ⅱ部で、戦前・戦中の多様な俳句観を示す俳句入門書、理論書を取り上げ、戦争俳句を生むに至る土壌を探ってゆく。

俳人たちが詠んだ戦争俳句のほかに、戦時中に膨大に生み出された無名の人々の俳句がある。今日の目から見て、それらが国家による統制を受け入れた個性のない作品であり、芸術性が低いと批評することは簡単である。しかし、過酷な戦争の中で、俳句という、誰もが気軽に楽しむことができる文学があったことの意義は大きい。

この数年、戦争俳句に関する資料を収集し、読んでいくうちに、戦争による無数の死が身近にあり、物資は欠乏し、言いたいことも言えない状況の中で、たまに届く一冊の俳句雑誌がもたらす潤いは、私自身は経験していないけれども、暗闇の中の蠟燭の灯のような存在だったろうと思うようになった。自分の句が雑誌に載っていたり、あるいは戦地にある父の句を、家族が雑誌や新聞で読む感動は大きなものであり、生きる喜びを与えたに違いない。これは大切な点である。このことは最初に書いておきたい。

もとより私に、俳人たちの戦争責任を問う意図はない。時代の重圧が表現者たちに与えた影響を、当時の資料を通して検証したいだけだ。本書が対象としたのは、戦前・戦中及び終戦直後の俳人たちの作品と俳論のみである。各人の戦後の業績の評価は、また別の問題である。

ここで取りあげている俳人たちの言動は、七、八十年以上も前のものである。大きく変化した現在の目でそれらをふり返ることにどれほどの意味があるのか、いささかの疑問もあるかもしれない。しかし、過去に置き忘れてきた未解明の問題に照明をあてて問い直すことには、意義があると思う。つぶさに彼らの言動を追っていくと、今の我々と変わらぬ人間の姿を見出すことができる。今、日本人の目の前に突きつけられている「憲法改正」問題も、基本は同様である。現在の危機が煽られることで、多くの犠牲の上に得た歴史の教訓を忘れてはいないか。回答は過去の経験の中にあるはずである。

戦争俳句と俳人たち＊目次

中村草田男

屈せざる者の強さと弱さ　105

加藤楸邨

荒野・死を見つめるこころ　154

第Ⅱ部

戦前・戦中の俳句入門書を読む 197

カバー・表紙写真撮影　林　朋彦
装幀　間村俊一

戦争俳句と俳人たち

第Ⅰ部

山口誓子

モダニズムから自己凝視へ

1　俳句道からのモダニスト誓子批判

山口誓子《やまぐちせいし》（明治三十四〜平成六、一九〇一〜一九九四）は、「ホトトギス」を主宰した高浜虚子《たかはまきょし》の高弟、秋桜子《しゅうおうし》（水原《みずはら》）、青畝《せいぼ》（阿波野《あわの》）、素十《そじゅう》（高野《たかの》）と並ぶ、いわゆる四Ｓ（Ｓは名前の頭文字）と称されたうちの一人。私には、句集『凍港』（素人社書屋、昭和七）、『黄旗』（龍星閣、昭和十）に収められた、

七月の青嶺まぢかく熔鉱炉（『凍港』）
かりかりと蟷螂蜂の皃《かお》を食む（同右）
東風の波埠頭の鉄鎖濡れそぼつ（『黄旗』）
掌《てのひら》に枯野の低き日を愛づる（同右）

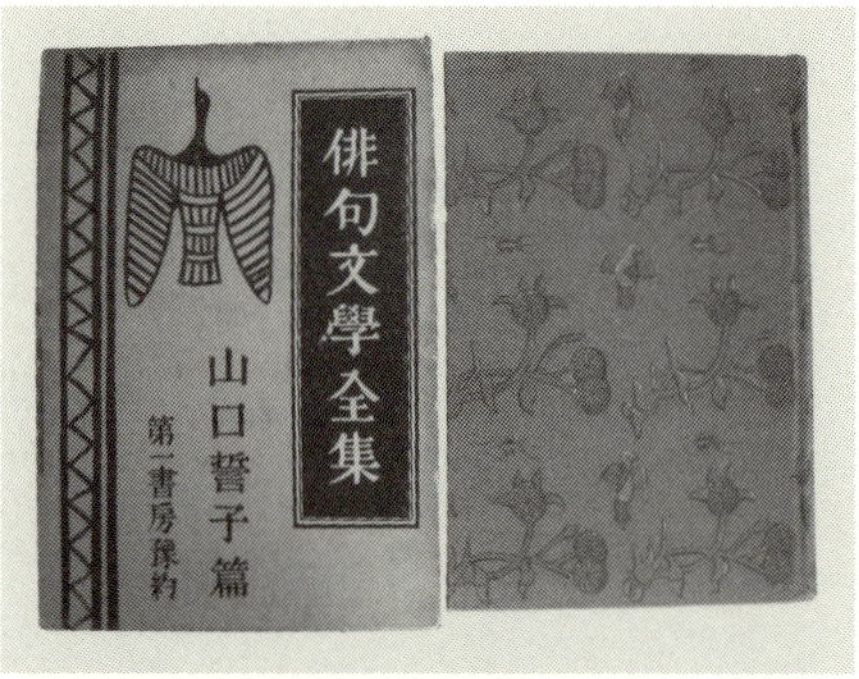

「俳句文学全集」『山口誓子篇』

などの作品で知られる、才能豊かなモダニズム俳人という認識が以前からあった。

後に角川版「現代俳句文学全集」第七巻『山口誓子集』（昭和三十三）を読んで、その俳句人生が度重なる闘病生活と、さまざまな批判にさらされ続けたことを知った。批判は、「ホトトギス」の伝統的有季定型の中で育った誓子が、しだいに近代的素材に志向を固め、客観写生を批判、主観尊重を提唱する水原秋桜子の「馬酔木《あしび》」（昭和六年創刊）に、昭和十年に至り参加したことに始まる。以降、虚子を中心とする花鳥諷詠を要とした伝統俳句と、秋桜子・誓子を核とする新興俳句とが論争を繰り返し、現代俳句理論の歴史を作っていく。

誓子のモダンな俳句は若い世代に与えた影響が大きく、「ホトトギス」の新鋭として期待されていただけに、「馬酔木」への加盟は大きな問題となった。また、蔵書家としての誓子も有名である。戦災で消失した膨大な蔵書を、戦後再び構築し、現在それらは神戸大学内に創設された山口誓子記念館に所蔵されている。知識への渇望と、不屈の精神をそこに見ることができよう。なお『山口誓子全集』全十巻（明治書院、昭和五十二）が出ているが、すべての文業が網羅されているわけではない。

戦前に刊行された第一書房「俳句文学全集」の『山口誓子篇』（昭和十二）に、「雅号由来記」という一文がある。誓子という名は、虚子（清）、碧梧桐《へきごとう》（秉五郎《へいごろう》）にならい、本名の新比古《ちかひこ》をもじったものだったが、読みは、虚子が呼んだ「せいし」に定着したという。

やはり『山口誓子篇』に「春旅・俳句」（初出、昭和八、「サンデー毎日」）があり、『凍港』に収められた左の句について、次のように書いている。

春潮の深きにあれば海女あはれ

といふ句は、経験的、自然的現実には反してゐる。私のその時の素描は「春潮の浅ければ海女あはれ」であつたから。だが後日この素描の世界に出入りしてゐるうちに、私はその世界を構成し直して「春潮の深きにあれば海女あはれ」とした。

詩の方法としては、これは「経験・現実を新たに組み合すことによつて、経験を超越した新しい意味の世界をつくる」いはゆる構成主義である。

私はここで一人の外国人の言葉を想ひ出す。マックス・ジャコブの言葉――「芸術は虚偽である。しかし優れた芸術は嘘つきではない。」


この一節からも分かるように、山口誓子は言語芸術家としてかなり意識の高い俳人であった。それに対して、伝統俳句側から浴びせられた批判は、人間の生き方を問う「俳句道」に拠るものであった。例えば、松本たかしの『鐵輪』（丸岡出版社、昭和十七）収録の「山口誓子論」は、穏やかな口調ながら指弾内容は手厳しい。「ホトトギス」の新鋭中村草田男と比較しながら、誓子俳句が芸術の理法には適っているが、言葉の具有する最高度の芸術の常識の範囲内であり、作品から受ける人間感は稀薄であるとし、さらに第三句集『炎晝』（三省堂、昭和十三）における、下六字の字余り句の多さは、短歌的相貌を呈示し、俳句としての簡潔さを失い、内容的にも形体的にも俳句性に反すると決めつけ、さらに、

誓子氏は虚無の恐しさを知らない、自己の無力を覚らない、個性の空しさを知らない。だから常に意識的なのである、救ひがないのである。

とも書いた。作品の否定というよりも人間性の否定である。

言語芸術としての俳句の可能性を追い求める誓子にとって、右のような「人間道＝俳句道」的論難は、受け容れがたいものだったろう。

2　新興無季俳句の主張

さて肝心の戦争俳句の問題である。誓子は、戦前の俳句総合雑誌「俳句研究」昭和十二年十二月号（改造社）に「戦争と俳句」を書いた。戦争と俳句の問題を最初に理論的に論じたものといえるだろう。中村草田男はこれを、「其一文は忌憚なくいえば至極理を尽くしながら肝腎のたましいが抜けたような塩梅のものであった」と論難した（「戦争と俳句雑感」、「俳句研究」昭和十三年五月号所収）。誓子のそうした戦争俳句に関する一連の文章を集めた著書が、『俳句諸論』（河出書房、昭和十三）である。構

成は、「故人」、「鑑賞」、「研究」、「戦争」、「その他」の全五章。「戦争」の章は、「戦争と俳句」、「戦争詩歌を語る」、「戦争俳句」、「長谷川素逝の作品」、「無季前線俳句に就て」、「前線俳句」を収め、全体三百十八頁のうち五十四頁を占める。

この本は、戦争俳句を考える上で重要な書物である。従来の研究でも、この「戦争と俳句」が必ず取り上げられてきた。俳句を伝統俳句と、新興有季俳句、新興無季俳句に分け、伝統俳句の季題趣味、新興有季の季感と作家の生活感情、新興無季の詩感というそれぞれの性格が、戦争俳句に要求される「国民感情」と折り合うかどうかが検討され、そして新興無季俳句こそが、一番有利な地歩を占めており、戦時の今こそ、新興無季俳句の可能性を示す千載一遇の試練の時だと断定した。この一文が出ると、それまで「戦争俳句の氾濫が予想される。内容まで想像がつく。見ないまえから倦き倦きする」（「俳壇近事」、「俳句研究」昭和十二年十月号所収）と発言していた、同人誌「京大俳句」の西東三《さいとうさん》鬼《き》（一九〇〇〜一九六二）など新興無季俳句の俳人たちが、後に「戦火想望俳句」といわれた戦争俳句を、積極的に発表していくことになる。

山口誓子『俳句諸論』

右に書いた季語、季題、季感の考え方の違いが俳句観の違いを生む。俳句には五七五という音数律定型と季語が絶対に必要不可欠とするのが、伝統俳句の考え方である。その場合の季語と季題は同義である。季題とは、例えば「桜」とか「朝顔」など季節がはっきりと分かる季物や、「時雨《しぐれ》」とか「木枯らし」とかの季語を指す。その一語の中に、大前提として日本人が持つ一般的な感覚が付与されたものと考えるのである。一時に華麗に咲いてたちまち散っていく桜に潔さを、時雨や木枯らしに寂しさや侘しさなど、人生に通じるものを感じる。そうした観念化された季語を用いることで、俳句は十七音という短い詩でありながら、深い内容を創出できる、と伝統俳句は主張するのである。

一方、はじめから季語に特定の観念を与えてしまっては、自由な発想が制限されてしまうと考えるのが新興俳句である。その中で、一句の季感は大切にしながらも、観念化されていない季物や季語を用い、先入観にとらわれない自分の感覚に正直な俳句を目指したのが、新興有季俳句である。極端に言えば、「木枯らし」をテーマに、「侘しさ」や「無常」以外の感情をこめた俳句を作っても問題ないということだ。主観の尊重である。さらに人間の感情も複雑になった近代社会では、もはや俳句に季感は不要であり、場合によっては五七五という定型も不要としたのが、新興無季俳句であった。だから、誓子は、俳句は自然を詠うという制約から解放されている新興無季俳句は、戦争という事態をストレートに表現するのに有利なのだと主張したのである。

3 「支那事変三千句」

先の『俳句諸論』の「戦争」の章のうち、「戦争詩歌を語る」、「戦争俳句」は、ラジオ放送された原稿で、「前線俳句」と「銃後俳句」という範疇を設け、今国民が求めているのは「ほんもの」の前線作品で、作者が前線にあるからといって「前線俳句」とは言えず、「前線にあつて、而も戦争からは一歩も二歩も退いた別の生活から戦争を詠つてゐる場合には殆ど「銃後俳句」と選ぶところがな」いとする一方で、銃後にある作家といえども、ニュース映画から、カメラマンの気づかなかった、俳句的なものを摑み取り、立派な「前線俳句」を作ることは、難しいができると語っている。

その一例として、自らの句「枯野焦げ車輪を上に列車倒れ」が、前線の作家によって認められたと書いている。

「俳句研究」は、昭和十三年十一月号に「支那事変三千句戦線篇・銃後篇」という百ページを超える特集を試みるが、その編集にも以上の誓子の考えが影響していたろうと思われる。ちなみに銃後篇に誓子は右の句を含め、

砲身に射角あり寒江を渡る
寒江に敵艦甲板以下浸せり
天凍《い》てし甘粛省を征めてかへる

の四句が、『炎晝』からとられている。西東三鬼は「京大俳句」掲載作品から、「同盟ニュース映画」と題する連作五句が収録されている。

悉く地べたに膝を抱けり捕虜

ぼうぼうたる地べたの捕虜を数へてゐる
捕虜共の飯食へる顔顔撮られ
捕虜共の手足体操して撮られ
捕虜共に号令かける捕虜撮られ

有季定型の草田男は「俳句研究」から、「弔銃」と題された、

霜解けず遺影軍帽の庇深く
勲章さむく祈れば胸ゆ揃ひ垂れ
寒冴高校生の弔銃に

という三句で、ぐっと重い俳句が取り上げられている。
この特輯号の前、「俳句研究」同年四月号に、新興俳句の新鋭俳人と目されていた渡辺白泉《はくせん》（一九一三〜一九六九）が「前線俳句の収穫」を発表している。誓子の発言を受けて書かれた内容で、三鬼と、やはり新興無季俳句を提唱する「戦旗」の日野草城の作品を中心に紹介している。三鬼の「機関銃」の連作である、左の句を上げ解釈をほどこした上で、彼らの真の意図するところを語っている。

機関銃熱キ蛇腹ヲ震ハスル

機関銃地ニ雷管ヲ食ヒ散ラス
機関銃青空翔ケリ黒光ル
機関銃天ニ群ガリ相対フ

これらの「機関銃」作品は、非常に澄みきはまつたよさをもつ俳句である。だが、それは先づ現代の「詩」として優れてゐることが言へるのであつて、次に現代の「戦争の詩」として優秀なものであるかと言ふことになると、この上の検討が必要である。私には、三鬼先生のこれらの俳句は、「戦争」よりもむしろ「機関銃」といふ個物を通して打出された詩であるやうに考へられる。（略）だが、これだけは言へる。――これが前線俳句であることには間違ひないこと。そして、これが優秀な「戦争俳句」ではないとするにしても、それは唯、三鬼先生が少々拙を犯したことを指すのに過ぎないのであること。

白泉は、当時、慶應義塾大学を卒業した二十五歳の若者である。この屈託のない発言は、若さが生み出す鋭い感覚であろう。彼は、この後、「京大俳句」に参加し、「戦争が廊下の奥にたつてゐた」の名句をのこした。「京大俳句」は、京大三高俳句会の機関誌であった「京鹿子《きょうかのこ》」が鈴鹿野風呂《のぶろ》の個人誌になったのを機に、京大関係の若手俳人たちが京大俳句会の機関誌として、昭和八年（一九三三）に平畑静塔《ひらはたせいとう》を編集発行人として創刊した雑誌だ。顧問に野風呂、日野草城、水原秋桜子、山口誓子、五十嵐播水《ばんすい》をむかえ、昭和十年（一九三五）には学外にも門戸を開放し、西東三鬼、高屋窓秋《たかやそうしゅう》、石橋辰之助、渡辺白泉など新鋭俳人が参加し、新興無季俳句運動の中核誌となった。

4 「国民的感情」と「詩感情」

誓子の「戦争と俳句」に対し、草田男が厳しく論難したことは先に述べたが、その論旨は、誓子は「俳句の本質」に対する正しい認識を欠いている、「戦争といふ素材を対象とする場合、「俳句性」を透して之に打向ひ、俳句独特のリアリテイをそこに把握しようと念願するならば、有季俳句の備へてゐる立場こそ、唯一の「有利な地歩」でなければならない。そして、斯くして、護られた「戦争俳句」のみが、俳句としての唯一の「価値」を保持してゐるものでなければならない」とするものであった。これはつまり、戦争俳句といえども季語を持たない俳句は認めず、映画などを見て作る作句態度を否定したものだ。これでは俳句に対する考え方が違いすぎて、折り合うはずがない。だから、誓子も反応を示さない。

しかし、新興無季派の吉岡禅寺洞《ぜんじどう》（「天の川」主宰、一八八七～一九六一）が、「事変を反映せる俳句」（「俳句研究」昭和十三年三月）で、「（誓子が）国民感情は起つても、まだこれに詩感情が加はらねば、などと云つてゐる冷やかさでは、とてもい丶戦争俳句は出来ない」と反論したことについては、誓子も強烈に反応した。それが「無季前線俳句に就て」（「京大俳句」昭和十三年五月）である。

誓子の「戦争と俳句」は、草田男が批判したように、安易に書いた印象は拭えない。それは、「国民的感情」という実体の曖昧な語を、誓子が俳句表現に求めてきた個々の感情や個性を尊重する俳句観にはそぐわないにもかかわらず、左のような重要な概念として用いていることでも分かる。

季題趣味が強力で、国民的感情が微力である場合は、季題趣味の為に国民的感情はうちひしがれてしまふ。

殊に伝統俳句は、国民的感情といはず、あらゆる感情の発動を許さない俳句であるから、国民的感情はよしあつても殆どあるかなきかの微力であつて、常に季題趣味の為にうちひしがれる。伝統俳句からは、国民的感情を発動せしめた本来の意味に於ける戦争俳句といふものは生れて来さうもないのである。

この場合の「国民的感情」とはもちろん、支那事変が「聖戦」であり、死を怖れない皇軍兵士の献身は「神聖」かつ冒すべからざるものである、といったものであろう。これを中心に据えた俳句では、三鬼が言うようにはじめから想像できる俳句しか生まれないことは明らかだろう。

「国民感情」を最重要視する禅寺洞の反論を受け、誓子は前言を打ち消すように、「無季前線俳句に就て」では、

俳句があつて戦争があるのか、戦争があつて俳句があるのか。

そこには、煽動的な激越さのみがあつて、真理には甚しく遠ざかつてゐる。（略）

俳句が詩である以上（俳句が詩である以上などと白々しいことをここに書かねばならぬことは

不幸である）何時如何なる場合にも、詩感情を喪つてはならぬ。

と、国民感情よりも詩感情を重視する方向に修正している。

5 「戦闘俳句」の推奨

誓子戦前の随筆集『夜月集』（第一書房、昭和十四）収録の「戦争俳句集を読む」は、前記「俳句研究」昭和十三年十一月号の「支那事変三千句」を評した一篇で、やはり同誌の翌十二月号に掲載された文章である。『俳句諸論』に収録の戦争俳句論諸篇と、基本的に同じ論が繰り返されている。

「支那事変三千句」の編輯方法は、極めて簡単明白である。

全作品を戦線と銃後に大別し、戦線篇を更に「北支方面」と「中支方面」に区分した。総《すべ》て、作家の位置が、戦線にあるか銃後にあるかにより、それを分類のめどとした。

これはこの種の大事業遂行上已《や》むを得ざる方法である。

唯問題は、さういふ分類の為に、「戦線の作家は戦線を」「銃後の作家は銃後を」といふ素材的制限を加へたことである。もうすこしはつきり云へば銃後の作家のすぐれた前線俳句を全然棄てて顧みなかつたことである。

このことは後にも述べるやうに私の結論に関係するところが重大である。

なほ戦争俳句に対しては私は、ふだんから、別な看方を以て臨んでゐる。

私は、戦争俳句一般を、作家が各自の生活圏から戦争をとりあげた俳句であると観念してゐる。ただ、その中にあつて、「戦闘俳句」は、一種特異の戦争俳句であつて、第一線の作家が戦闘行為に従事し、戦争を戦争の裡に見た、せつぱつまつた俳句であると観念してゐる。

その上で、「私どもの待望するところは、この種の「戦闘俳句」である。今次の事変を契機とし、今日の進んだ意識と技術とをもつて、この種の「戦闘俳句」を詠むことが、昭和の作家に課せられた責務であり、栄誉である。かかる「戦闘俳句」を除けば、あとは、総て通常の生活詩である。それに戦線、銃後の区別はない。もし、それ、単なる風流俳句に至つては、如何にそれが戦争に関してゐようとも畢竟《ひつきよう》、日清戦役の錦絵を出づるものではない」と強く主張した。

誓子はその「三千句」のうちから、「戦線篇」より「戦闘俳句」十六句と、「戦闘俳句」以外の二十五句を、「銃後篇」からは六十句を紹介している。誓子推奨の「戦闘俳句」とはどんなものか。

寒夜くらし暁《あ》ヶのいくさの時を待つ　長谷川素逝
敵の屍まだ痙攣す霧濃かり　熊谷茂茅
雪にきしむ軍靴ばかり夜を征けり　笠李雨
霜の闇馬蹄にかけしものを想ふ　水見悠々子

「戦闘俳句」以外の戦線俳句はどうか。

寝る時のさむさに生きてゐるを思ふ　佐々木秋人
落日をゆく落日をゆく真赤い中隊　富澤赤黄男《かきお》
焚火たくわれふるさとの夜にゐぬ　柿田汀月

作品を読めば、前者に戦闘の緊張を、後者に戦場での暮らしの陰影を感じはするが、共に戦地にある兵隊、軍人の句であり、これらを「二種」に分け、今求められているのは「戦闘俳句」だとする誓子の考えが、私には解せないが、右評論の最後は次のごとく結ばれる。

　戦争俳句は、戦争文学に肉迫することは出来ない。肉迫出来ると思ふ作家は、「肉弾」なり、「此一戦」なり、「麦と兵隊」なり、更に「土と兵隊」なりを読んで見るがよい。
　詩は慴伏してゐるから、問題にしないとして、短歌と俳句とは、いづれが戦争を詠ひ得たか。私はこの二つの姉妹芸術は、短歌が弾力的な象徴性を発揮するのに対し、俳句は尖鋭的な象徴性を発揮するものであると考へてゐる。
　戦争短歌は既に、幾多の佳作を得てゐる。戦争俳句の業績が、今日のところ僅かにかくの如きものであることはいささかさびしいことである。

「尖鋭的な象徴性」とは如何なるものか、あるいはその象徴性と「戦争を戦争の裡《うち》に見た、せつぱつまつた俳句」との関係が、どのようなものを指すのかは示されていない。前記の「敵の屍まだ痙攣す霧濃かり」のような句をさしているのだろうか。この評論は、マックス・ジャコブの構成主義などに影響を受けた誓子の現代的な俳句観から見て、本心からの発言かどうか疑問がある。

「俳句研究」昭和十四年七月号で、「ホトトギス」や「馬酔木」とも距離を置く臼田亞浪の「石楠《しゃくなげ》」に属する俳人八木絵馬が、山口誓子を評し「実に機智縦横で才気に溢れた、魚の如くぴち〳〵はねた文章を書く。だが、遺憾にも、それは何時でもポーズたつぷりな、きざな表現に充ちてゐるのである」、「一体人は誓子の書く物に、草城氏と共通したあのきざなポーズを感じないのだらうか。言ふことと思つてゐることとにギヤツプがある、といふ風な印象を人は受けないのだらうか」（「俳壇的人物論」）と書くのに同感である。「きざ」という印象ではないが、確かに心に思っていることとは違う、誓子らしからぬという感じが強いのである。書いてしまったのか、書かざるをえなかったのか、単純には区別できない、時局的文章とはこうしたものなのだろうか。

『山口誓子全集』第七巻「評論・自解集」（昭和五十二）の解説で、松井利彦は「誓子は、自己の俳句との関わりを、「国民的感情と詩感の平衡《バランス》が問題になる」として戦争を遠ざけ」た、と書いている。誓子が戦争俳句を多くは作らなかったという結果から見れば、そのように捉えることもできようが、単に「新興無季俳句が一番有利な位置にある」としただけで、わずかな作品数ではあるが自らの戦争俳句も評価しているわけだから、「戦争を遠ざけ」たとするのはいささか疑問である。

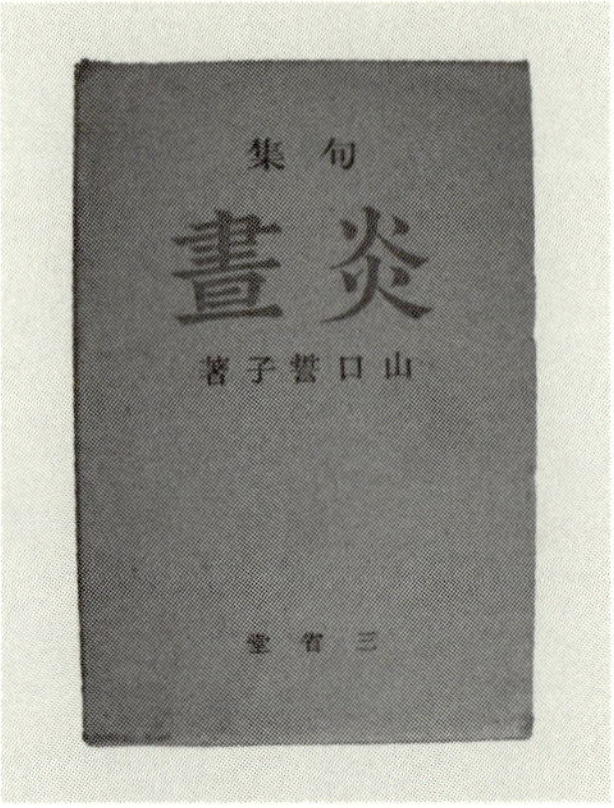

山口誓子『炎晝』

朝日文庫「現代俳句の世界」全十六巻は、現代の俳人たちも高く評価するシリーズだが、その『山口誓子集』(昭和五十九)の三橋敏雄(一九二〇～二〇〇一)による次の解説は、日中戦争以降の誓子を端的に捉えていて参考になる。

> 翌十二年(一九三七)七月に起きた盧溝橋事件をきっかけにして、当時いうところの支那事変が拡大の一途を辿る。誓子は新興有季俳句派に身を持しつつ、この戦争をとりあげることにおいて、新興無季俳句の有利さを逸早く指摘し、実作に当たるよう鼓舞した。だが、すでにして、当時の軍国主義体制下に台頭した復古調の国粋主義は、無季俳句のすすめをいわゆる伝統に反するものとして忌避するところがあった。このとき誓子は知ってか知らずか、一つの文学的危険を犯したのである。加えて、昭和十一年作の、ルンペンの生活を直写した連作「放浪の焚火を夜の燈となせり」ほか、また、昭和十二年作の「夏の河赤き鉄鎖のはし浸る」などの作品において、のちのちまで当時の思想警察にマークされることとなる。

右「ルンペンの生活を直写」した連作は、「河の畔に住みつける人々」と題して、第三句集『炎晝』に収められている。「馬酔木」昭和十一年五月号に掲載された左の十句である。

凍むあさの臥所《ふしど》を起きて露天なり
天さむく白玉《しらたま》の米を粥に焚く
飯を食ひくそまりさむき天のもと
街区凍み土管が白き穢《あ》をながす
艀《はしけ》ゆき凍みたる街区溷濁《こんだく》す
顔すすけ腐《くた》つ蜜柑をよよと吸ふ
夜凍みて酒精《しゆせい》の壜を口にする
放浪のさむき饗宴人に見られ
放浪の焚火を夜《よる》の燈《ひ》となせり
焚火して手なき片袖を垂らしたり

ホームレスの人々をテーマにしているが、そういう人々を生み出す社会を批判している作品ではない。同情が無いわけではないが、むしろ特異な俳材として、冷静に見つめて表現したものと見える。その意味で当時の「危険思想」に基づく作品ではないが、それでも官憲には目障りな作品であったのだろう。『炎書』は、昭和十二年九月の刊行で、まだ物資不足ではなく立派な箱付の上製本である。よく売れたようで、翌年八月に出された第六版が手元にある。

朝日文庫『山口誓子集』の解説を書いた三橋敏雄は、俳句人生の出発時、渡辺白泉に師事して同人誌「風」に参加していた。その第二巻二号（昭和十三年四月）に「戦争」と題した五十七句を発表するが、まだ十七歳の無名の青年俳人であった。誓子はこの作品を読み、「私は主義として無季作品を作らないけれど、もしかりに無季作品を作るとすればかういふ方向のものを作るのではないかといふ気がする」（「前線俳句」『俳句諸論』所収）と高く評価した。連作形式の作品である。最初の五句を引用する。

迷彩貨車赤き日出をよぎり過ぎる
ここだ照る迷彩貨車はゆき戻らず
迷彩貨車車輪をも妖にいろどれる
房暗し迷彩を貨車の外にせり
迷彩貨車に日を見すてゆく兵寝たり

誓子がいう「尖鋭的な象徴性」をもった俳句といえるかもしれない。

6　自己凝視の成果『激浪』――昭和二十一年版の謎

誓子は九十三歳の長寿を与えられたが、大正十三年、二十四歳の折の有名な句「学問のさびしさに堪へ炭をつぐ」に象徴されるような、勉学の過労焦燥から肺尖カタルを発症して以降、度々病魔に襲われる。昭和六年、十年、十三年、十五年にそれぞれ生命の危機に見舞われ、昭和十六年九月、静養のため何度かの移転の末に伊勢の富田に移り住む。十七年には住友本社を退職、嘱託扱いになる。「宿痾」という言葉があるが、戦前のいわゆる「肺病」は運命的なもので、それを乗り切れるかどうかは非情なほどに人生を左右した。

第五句集『激浪』（青磁社、昭和二十二）は、そうした状況の中の昭和十七年四月から十九年十月、まさに戦中の四十二歳から四十四歳まで、病臥の周辺に素材を取った作品一二五四句を収める。山口誓子の長い句歴のなかで、中期の始まりを示した句集として高く評価されている。

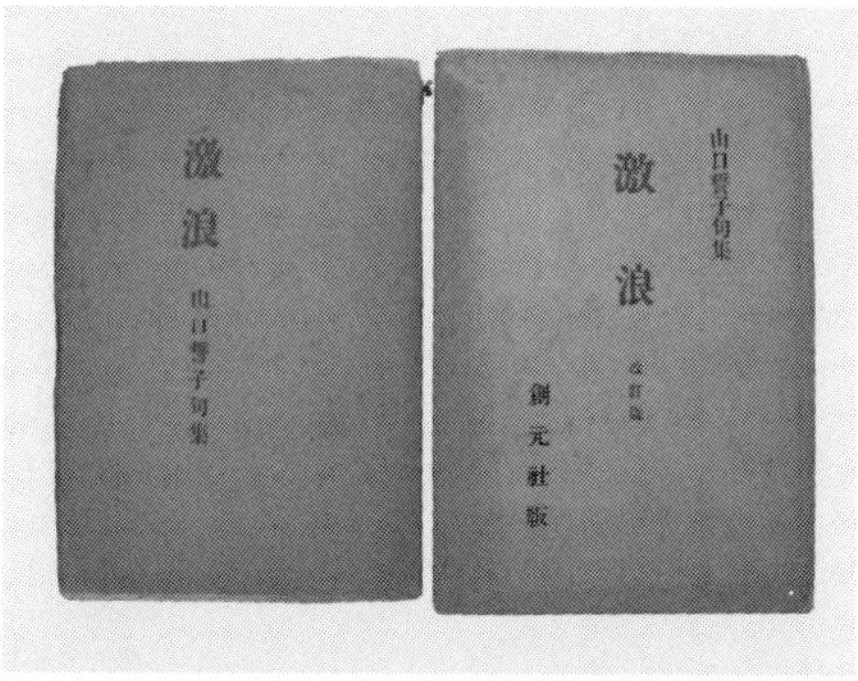

山口誓子『激浪』、青磁社（左）、創元社改訂版（右）

ただ、『激浪』昭和二十一年の初版は、川田順の「寄誓子」と題した短歌四首はあるが、前書きも後書きもない極めて不完全な形で公刊された。角川書店の『現代俳句大系　第五巻』（昭和四十七年十二月）には、松井利彦が所蔵する「昭和十九年十一月に青磁社で活字に組まれたが、ついに世に出なかった幻の」『激浪』原型が収録されている。昭和二十一年版を仔細に見ると、何ページかを切り取り、新たに印刷したものをノドの部分に糊付けして改訂していることが分かる。『大系』の鷹羽狩行の解説には、原型版から削除された句と、新たに追加された二十四句が示されているが、それらの頁と貼り付けられた頁が照応している。

ちなみに『山口誓子全集』収録の『激浪』は、戦中版から二十一句を削除し、戦後版から同数の句を補っている。戦中版で「軍神につづけ」と題された「山川に泳ぎてのちの戦神」「軍神と伊勢の青嶺といや継ぎに」と、「うちてしやまむ」と題された「燕来る宙宇の戦勝たでやは」「陽炎に立ちて我等も自爆の意」の四句は収録されていない。

原型版は、恐らく印刷され製本直前まで行って、何らかの理由で発行を控えたのであろう。二十一年版はソフトカバーだが、糸でかがった正式な製本である。出版用語で刷本《すりほん》というが、十六頁を折りたたんで一丁とした場合、昭和二十一年版『激浪』は奥付を含め本文二百七十二頁だから、十七丁でちょうどだ。原型版には「編輯後記」と「著書目録」があるので、他におそらく八頁の一丁が付いた。全集解説でもその旨の記述がある。それが製本を待っていたのであろう。二十一年版の切り取りと貼り付けは、製本してあってはできないから、未製本の刷本であったか、あるいは製本をバラしたかどちらかだ。本は表紙をつける前に、刷本を糸でかがり、その後、三方をカット（化粧裁ち）する。刷りなおした部分を貼り付けるのは、糸でかがり断裁する前にしかできない。化粧裁ちのことを考えると、未製本の状態であった可能性が高いと思う。

何冊か購入した『激浪』の中に、製本が崩れてしまったものがある。表紙がはがれて糸でかがった本文の背が見える。十七丁にバラしてみると、切り貼りのあるのは七丁だった。印刷され、十六頁に折った後に切り貼りされたのがわかる。しかし、バラしてわかったのだが、第三丁は十四頁で、十六頁に二頁たらず、第五丁は十八頁と二頁多い。奥付の二頁分は別に刷って張り付けたようだ。切り貼りは想像以上に複雑であった。

昭和十九年版が日の目を見なかった理由は、当時出版物を検閲・統制していた日本出版会（昭和十五年八月に設立された日本出版文化協会を、昭和十八年三月に改組した）の承認が得られなかったのだろうと思われる。審査は企画書などによる事前承認であった。通常、出版会で承認を受けたのち用紙の配給が得られる。しかし、闇の用紙か余分の紙を持っていれば、承認の前に印刷をすることは可能である。承認が得られると承認番号を奥付に印刷して発行される。この承認により、当時の統制団体であった日本出版配給（昭和十六年設立、通称「日配」）を通しての流通が可能になる。松井所蔵本に奥付が無いのは、貼り奥付といって本文とは別の紙に刷って、あとで奥付頁に貼り付けるやり方を考えていたためであろう。これなら発行日遅延に対応できるからだ。

昭和二十一年版は、戦後の紙不足の中で、新組み、刷り直しではなく、切り貼りが選ばれた。二十一年版で原型版から削除されたのは、終戦後のGHQによる検閲を通すために、戦争に関係した句であった。しかし、残された句にも「月明にあれば民族昂揚す」などがあるので、「軍神稲垣曹長に捧ぐ」「うちてしやまむ」「山本元帥国葬の日に」「サイパン島の悲報至る」といった添え書きのある、目立ちやすいものを中心に削除したのであろう。

『激浪』の収録句は、昭和十九年四月から日付を持つようになり、一日に何句も生み出す苦行のような状況を呈し始める。その中で不思議なのは、七月十九日の「けふもまた白き日盛り流涕す」「水練隊わつと上陸奇襲の状」が削除され、日順を無視して七月二十日の前に七月二十七日の句が挿入されるという、おかしな処置が施されている。別の二十七日の句があり、それは日順に従ってはいるが、変則的に欄外に日付を入れた形で貼り付けられている。前者は、昭和二十三年に創元社から刊行された『改訂版　激浪』では十九日に訂正されているから、誤植だったのかもしれないが、慌てた様子は見て取れる。

ともかくも、戦時中の日本出版会の承認が得られなかったとすれば、問題は削除されたような戦争俳句にあったのではなく別の問題であったはずだ。むしろ此の句集が、戦時にあってあまりに芸術的でありすぎたゆえではなかろうか。たとえばそれは、二十一年版では削除された「編輯後記」の次のような文章に表われた態度である。なお、この「編輯後記」の日付は昭和十九年十二月とあるから、もし、発行されたとしても、昭和二十年になってからだったろう。

時は決戦の直前であつた。このとき保養の身の私に為し得ることは俳句を護持することであつた。私にあつては神州護持は又俳句護持でもあつた。戦中なればこそ愈〻俳句の純粋に徹しなければならぬ、さう思つて私は、昭和十九年七月朔日、懸命の句作を決意し、日夜精魂を傾けた。斯くて十月晦日に至つて、その数壱千三百七十句に達したが、私はその壱千四十句を残して本集の主篇とした。

私をして斯の如く永く句作を持続せしめたのは、自衛心である。米英に対する自衛心の深さは、表現の意欲を逞しうせしめた、私は一日の懈怠もなく、作品を積みに積んだ。

この論理が通じるほど、当時の思想状況は甘くない。「神州護持は又俳句護持」と「自衛心」が、もっとも抵触する論理であろう。あまりに発想の立場が個人に置かれ過ぎている。世は「滅私奉公の時代」である。当時の出版物を見ると、同盟国ドイツ以外の、例えばフランスのパスカルなど西洋思想を論じたものも案外に多い。統制は大手出版社を中心にしたので、地方の出版社や弱小出版社（企業統合でほとんど消滅していたが）が巧妙に統制をすり抜けている場合も、人脈（コネ）や賄賂もあったろう。

その点、山口誓子と青磁社は正直過ぎた。誓子の決心は当時の芸術家として一つの立派な態度であり、『激浪』自体はすばらしい句集だと思うが、ここでも誓子は、思想統制の極限状態におかれた芸術家が文章を綴る方策において、安易であったように思う。統制は芸術性において行なわれるのではなく、表面的な記述を以て処置される。誓子は、作品のみをもって己れの思いを表現すればよかったのである。

なお、原型版の「編輯後記」で誓子は、『激浪』を「書下ろし句集」と書いているが、厳密にはこの期間の「馬酔木」に毎号数句が発表されている。ただ、誓子の内では、一冊の句集にまとめてはじめて完成するという意識の強いものであったろう。

『改訂版　激浪』には、原型版とは違った新たな「編輯後記」が収められている。

「激浪」は、時代が私の俳句を全面的に否定したときの、私の反撥であつた。就中《なかんずく》、昭和十九年七月一日以降の私の努力はそれであつた。しかし、その反撥は、時代の許す形態に於いて為されねばならなかつた。私は、前の句集「七曜」で懲りてゐたから——。

『七曜』（三省堂、昭和十七）は第四句集で、昭和十三年八月より四年間の作四百六十余句を収めている。奥付上部に（出文協承認ア419494号）と印刷されている。統制組織である日本出版文化協会の事前審査を通過したことを示すものだ。「時代の許す形態に於いて」とは、心ならずも『激浪』に、戦争にちなむ作品を収めたことを指すのであろう。

平畑静塔は『七曜』時代の誓子について、『山口誓子全集』第一巻の解説で書いている。

誓子俳句が如何にも暗い、時局にふさわしからぬもの、人心を沈滞せしめる恐れがあるものと、誓子に忠告が発せられた時代である。自からも「作風の転換を試み」とささやかに「七曜」の後記に書いたのは、昭和十五年のことである。

第四句集『七曜』は、昭和十七年九月の刊行で、カバーが付いた上製本だが、紙質はやや悪くなりかけている。『炎晝』の時にはなかった日本出版文化協会の承認番号が奥付にあり、言論統制は厳しさを増していた。この句集にも徐々に戦争の影が濃くなっている。しかし、「支那事変三周年記念日を迎へて」と題する、

足摺りて雷《かみ》も怒りし今日その日
激雷の戦ふ国土なきまでに

という勇ましい句もあるが、戦争にちなむ句といっても、

入営を送り鉄路の野を帰る
戦場の犬枯山へ引きかへす
入営幟列べる駅に立ち別る

といったある種、悲しさを伴うもので、戦意高揚の精神からはほど遠い作品である。句集全体を見ても、

冬の日の涯《はてし》なき水脈夜もつくる
ひとり膝を抱けば秋風また秋風
駅間のレール霧より現れいづる
凍鶴は夜天に堪へず啼くなめり

など、暗鬱ではあるが、誓子独特の研ぎ澄まされた感覚に溢れた作品が核をなす句集である。官憲から睨まれたのも頷ける。

陰に陽にのしかかってくる時代の圧力、それは、現在の我々には想像できない恐怖であっただろう。

二〇一一年に戸恒東人著『誓子――わがこころの帆』（本阿弥書店）が刊行された。その第五章は「句集『激浪』の謎」で、昭和十九年の原型版、昭和二十一年の青磁社版、昭和二十三年の創元社版の三点を詳しく比較検討したものである。私の推理と大きく違う点が一点ある。俳句誌「天狼」終刊号に掲載された、松井利彦の編になる「山口誓子年譜」昭和十九年の表記によって、昭和十九年版『激浪』が見本一冊をのこして戦災にあい、すべて焼失したとしていることだ。

誓子に近い松井の編んだ年譜であるので無視できないが、これが事実だとすると、戦後版を刊行する時、印刷所に紙型か原版が保存されていて、それをそのまま印刷したか、それとも一冊だけ残った見本を元にしたか、あるいは橋本多佳子の元に保存されていた原稿（西東三鬼『俳愚伝』で言及。戸恒によれば原型版の「原稿の写し」、つまり副本か）によって新たに版を組み、印刷し、ＧＨＱの検閲を受けたことになる。原型版のままの内容で当時の検閲が通らないのは、青磁社も誓子本人も想像できたことであろうし、物資不足の中、削除や発禁の危険を承知の上で敢えて実行するとは思えない。新組みするなら、その時点での誓子の想いを書き加えたか、訂正したものにするだろう。

戦時中の日本出版会の検閲は、事前検閲で企画書なり原稿によって、用紙の配給が認められた。前述したように『激浪』の印刷はすんでいたとすれば、用紙配給が認められたとも考えられる。しかし、日配を通しての販売のための承認番号を印刷する奥付が存在しない（『現代俳句大系』第五巻の鷹羽狩行の解説）。青磁社は用紙を所持していたので印刷はできたが、承認番号を得るために提出したのが、橋本多佳子が所持していたという原稿の写しではなかったか、と私は考えたい。前述のように、刊行されたとすれば昭和二十年の初めである。空襲が過酷さを増していた。ここでは、戦災によって原初版焼失という考えがあることも紹介しておく。

終戦後のＧＨＱによる検閲についても触れておきたい。検閲は、ＧＨＱ・ＳＣＡＰ参謀Ⅱ部に属するＣＣＤ（民間検閲局）が担当した。一九四五年九月から一九四九年十月まで、あらゆる出版物が対象になった。検閲の基準はプレスコード（日本出版法）で、検査係や検閲官が指針としたのは、ＫＥＹ　ＬＯＧ（重要事項指針書）や「掲載禁止、削除理由の類型」――軍国主義的宣伝、封建思想の賛美、占領軍批判、検閲への言及など三十項目であった。検閲当初は事前検閲で、ゲラ刷二部、再版の場合は初版本二部に検閲届を添えてＣＣＤに提出した。一九四七年十月からは事後検閲になり、刊行本二部に検閲届を添えて提出した（谷映子「占領下の児童書検閲」・「北星論集（文）第三巻第一号」）。『激浪』は一九四六年七月刊行だから、事前検閲であった。提出したのは、ゲラ刷というよりは切り貼りした製本前の一部抜きだったと考えられる。

7　誓子の資質と戦争俳句

「俳句研究」が特集した「支那事変三千句」正篇に収められた、山口誓子の戦争俳句四句は先に紹介したので、次の百三十四頁にも及ぶ「俳句研究」昭和十四年四月号特輯「支那事変新三千句」に収録された「大捷の日」と題した誓子俳句を上げる。

秋夜来る提灯の量に駭《おどろ》ける

提灯の秋夜紅きに昂《たかぶ》れる
紅き灯を秋夜にかざし声嗄れぬ
秋夜来る人は提灯と数《かず》おなじ
家々を出で秋夜に灯を聯《つら》ぬ

昭和十二年十二月の南京占領を祝す提灯行列を詠んだものである。連作の形をとり、表現にも工夫が感じられはするが、戦勝に沸く銃後に生きる日本人全般に共通した感情を句にした典型的な作品である。言うところの、「国民的感情」を重視した作品である。原型版『激浪』に収められた戦争俳句も同様だが、日中戦争から太平洋戦争へ進むに従い、俳句にも悲壮感が強くなっている。前記した「全集」版削除句の他にも、左のような句がある。

み霊の上雪降ることのつづきゐむ（軍神部隊に捧ぐ）
雪さぞや突撃白兵戦地点（同右）
皇国は占守《しゆむしゆ》よりして雪しろし（出陣の義弟へ）
海軍旗五月に常の山遠し（五月二十九日）
をりからの浴衣真白く黙禱す（サイパン島の悲報至る）

先述の「戦争俳句集を読む」で誓子自身が取り上げた他の作家の銃後作品、例えば左のような句と

比べて、芸術的に見てどうだろうか、

応召の兵とその妻氷噛む　片山桃史
兵の列涙にくもり見えずなりぬ　嶋田青峰
征く友と訣れ狭霧になほ歩む　水内鬼灯
戦傷兵外套の腕を垂らしたり　加藤楸邨

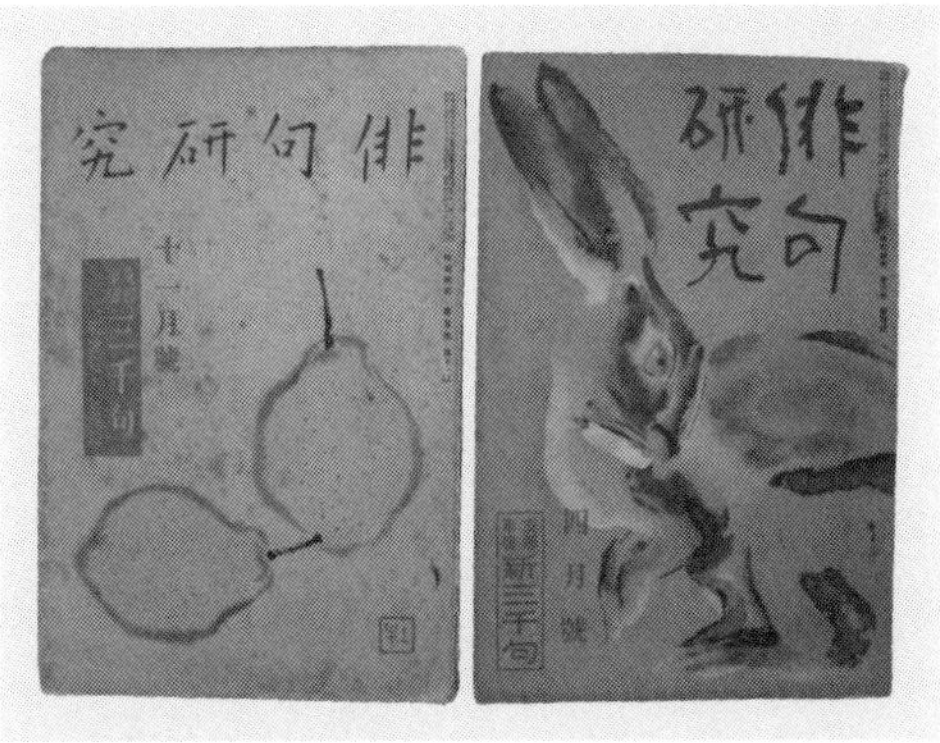

「俳句研究」の「支那事変三千句」（左）、同「新三千句」

これらの句は、昭和十九年の段階で発表できた内容ではないかもしれないが、俳句の持つ性格の一つである象徴性という点で優れているだろう。その点、誓子作品は高揚感や悲壮感に捉われた即事的な作品に終わっているように思う。しかし、戦争をテーマとしない他の『激浪』収録句は遥かに高い境地にある。

昼中の白き刻のみ春の蟬
蟋蟀の無明《むみょう》に海のいなびかり
提げゆきし百合の香ここにとどまれる
鷹の羽を拾ひて持てば風集ふ

秋の暮山脈いづこへか帰る

あげだしたらきりがない。戦争を文学として表現するには、自己を放棄した上で、徹底した形式美による叙事詩という形をとるか、逆に風刺や諧謔の効いた抵抗文学のような形をとるしかないのではないか、という気がする。新興無季俳句が、戦争俳句に適しているとの主張も、その認識の上のことであったのだろうか。『炎晝』『七曜』、そして『激浪』を見る限り、山口誓子は戦争を詠むには、資質的に馴染まない俳人だったのであろう。

戦争という事態と、それがもたらす高揚感は、誓子のような、個の独自性に自覚的な芸術家をも、しばし迷わすのである。

『山口誓子全集』第二巻「俳句集2」（昭和五十二）の解説で、平畑静塔は『激浪』期の誓子を次のように捉えている。

限られた生命の時空間、そこに愛惜すべき微量のものにも、根気よく俳句と云う形を与え貯えつづけた作品集と変化しているのである。この切替えを可能にしたのは、勿論国家と誓子個人の事情の集合と云う大現実に因ること大ではあるが、誓子という、それこそ辺境征服の雄志の人が、矛を収めて素手になろうとする作家決意が、この時代に生まれたことにもよる。（略）

当時の誓子が世の中に置かれた境遇から考えて、この人生観＝俳句観の大転換が起ったとしても、これは不自然ではなく、まさに状況を踏まえての自己充足としての変貌と思う。この変貌が基本的には今日の誓子にまで延々卅数年に及んで連続しているということは、この「激浪」時代の人生観―俳句観の変貌が、確と自立自発の認識から起ったものであり、単に外因状況に支配された受身の変化ではなかったことを物語るのである。

これは、時代の波に翻弄された時期を過ぎ、病との闘いは内省を深め、誓子本来の姿に戻ったともとれようか。右の「辺境征服の雄志の人」とは、虚子が誓子の処女句集『凍港』の「序」に書いた「辺境に鉾を進むる概《がい》（筆者注――慨か？）」からきている。

誓子は戦時中も、わずかではあるが盟友・秋桜子の「馬酔木」に作品発表の場を得ていた。「馬酔木」の特色とする連作の選は担当したが、自らが主宰したのではなく、また秋桜子に師事したわけでもない。結社から独立した存在であったことが、戦時中にあっても、『激浪』のような世界を生んだ要因だと思う。

8　稀本『満洲征旅』について

誓子に『満洲征旅』という本がある。昭和十九年九月、当時の満洲国新京市にあった満洲雑誌社から発行されたもので、B６判、二百八十四頁、なんとザラ紙袋綴で頁数のわりに分厚い本である。句と随筆四十一篇からなるが、極めて残存の少ない本で、全集には「新京」、「安泰線」の二篇のみ収録されている。内容は、昭和九年十一月、大阪住友社員として満洲・朝鮮に出張したおりの紀行句文集である。新宿区大久保にある俳句文学館に所蔵されているのを知り、見ることができた。

「征旅」とは「単に旅を示し、それ以上の意味はない。しかし、この書は、日清・日露戦蹟行と云へないこともないのであるから、「征旅」に自らにしてその意味が籠もるかも知れぬ」と、誓子自身が本書に書いている。満洲建国十周年を記念して誓子がかつての中国旅行をまとめたものだ。誓子には『子規諸文』（創元社、昭和二十二）という「正岡子規研究の余禄として書いた随筆・考証」の著書があるが、『満洲征旅』は、従軍記者正岡子規の跡をたどった紀行文集ともいえる。句の方は、見返しに自筆文字で印刷された「玄海の冬浪を大と見て寝ねき」など、すでに『満洲征旅』刊行以前に、句集『黄旗』（龍星閣、昭和十）に多くが収録されている。

この紀行文は著書『自作案内』（増岡書店、昭和二十八）に、約半分の二十四篇が収録されている。後で詳しく触れる加藤楸邨の中国従軍紀行句文集『沙漠の鶴』に比べると、満洲という単調な風土が文章にも影響したのか、全体に平板で面白さに欠ける。「征旅」という書名から受けるような内容の本ではないが、戦後復刊されなかったのもうなづける。

日野草城

モダニズム・戦火想望俳句の限界

1　俳人・草城への疑問

日野草城（明治三十四〜昭和三十、一九〇一〜一九五五）は誓子に比べれば、雑誌「旗艦」の主宰者として俳壇的であり、戦争俳句論議にも熱心であったが、残した戦争俳句は、誓子同様、その本来の俳句観にはそぐわないものであった。ただ、そこには誓子とは別の、考えるべき大きなテーマが存在している。

草城は少年期を朝鮮の京城で過ごしたが、大正七年に京都の第三高等学校に入学、在学中に俳句雑誌「京鹿子」を創刊する。大正十年、京都大学法学部に入った年に、二十一歳にして「ホトトギス」雑詠巻頭を飾り、二十四歳で課題句選者に推された早熟の俳人である。新興俳句運動の流れの中で、昭和十年には自由主義を標榜する「旗艦」を創刊主宰する。前年四月、改造社から刊行された「俳句研究」の二号目に連作「ミヤコ・ホテル」（原題は中黒のある場合とない場合があるが、本書では付した）

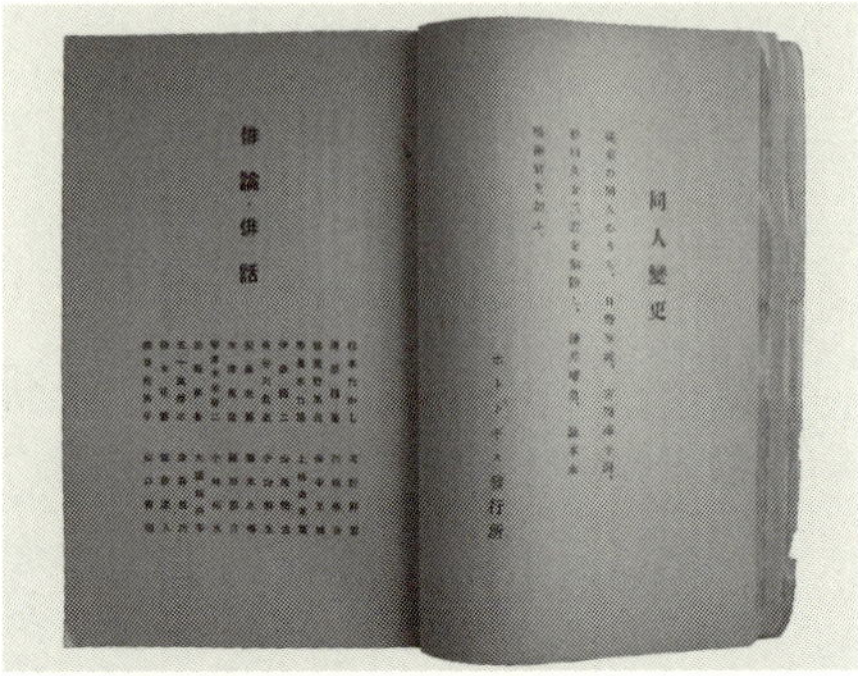

「ホトトギス」昭和11年10月号

を発表するや、大きな論議の的となった。

同作は、十句からなる連作で、実体験の句ではなく想像による作品である。左のような作品だ。句集『昨日の花』（龍星閣、昭和十）から引用する。なお、昭和十二年に刊行された「俳句文学全集」『日野草城篇』では、微妙に語句の変化がある。

けふよりの妻《め》と来て泊《は》つる宵の春
夜半の春なほ処女《をとめ》なる妻と居りぬ
枕辺の春の灯は妻が消しぬ
をみなとはかゝるものかも春の闇
薔薇匂ふはじめての夜のしらみつゝ
妻《め》の額に春の曙はやかりき
うらゝかな朝の焼麺麭《トースト》はづかしく
湯あがりの素顔したしく春の昼
永き日や相触れし手は触れしまゝ
失ひしものを憶へり花ぐもり

諸説あるが、この作品発表が原因となり、昭和十一年十月には突然「ホトトギス」同人を除籍され、そのことが誌面に発表された。昭和十年十二月に「高浜虚子先生に捧ぐ」と献辞をいれて刊行された『昨日の花』にも収録されていたのだから、草城の気持ちは複雑だったろう。

俳句が俳句たるその本質を、十七音のみに求めた草城の主張は、素材の拡張や主観を尊重しながらもついに有季俳句を遵守した秋桜子や誓子よりも革新的であり、後の俳句革新派に与えた影響は大きかった。

ただ、旧態依然たる花鳥諷詠の伝統俳句に対し、同じく『昨日の花』に収録された、

タキシーを駆り悠然とバット喫ふ
初勤務春のネクタイ彩淡《あやうす》く
上衣とり古クレープは白からず
ネクタイを三本買ひて心富む

などといった、颯爽たる都会のサラリーマン生活や風俗をスマートに詠いあげた俳句が、いかに当時の人々に衝撃を与えたか、しかもそれを確信犯的に企てたかは理解できるが、時間が経ってしまうと、新鮮さは陳腐になってしまうことがある。その意味での限界も認めざるを得ない。それは「京大俳句事件」を契機とする新興俳句への弾圧が身に迫ったとき、俳壇から去った

「京大俳句」

ことはやむを得ないとしても、俳句そのものから離れたことへの疑問に通じる。

「京大俳句事件」は、無季俳句を伝統破壊の危険思想と見た特高警察が、昭和十五年二月から翌年二月にかけて行なった新興俳句運動への弾圧で、これにより昭和初期から始まった俳句革新の流れは一気に消滅した。弾圧された俳句雑誌は、治安維持法で起訴された平畑静塔、波止影夫《はしかげお》、仁智栄坊《にちえいぼう》などの「京大俳句」、高屋窓秋や渡辺白泉、藤田初巳の「広場」、嶋田青峰の「土上《どじょう》」、「京大俳句」同人でもあった三谷昭、石橋辰之助、西東三鬼の「天香《てんこう》」、プロレタリア俳句を標榜する、橋本夢道や栗林一石路の「俳句生活」などで、逮捕拘留された者は京都と東京で二十数名に及んだ。無季俳句を標榜していた「旗艦」の日野草城と「天の川」の吉岡禅寺洞は、日中戦争泥沼化の中で大政翼賛の国策に従う転向を表明することで弾圧を免れている。この事件に関する研究は多い。

この弾圧により、草城が俳句創作から離れたとされる点は、じつは空襲により作句ノートや草稿などの記録が失われ、現在に残るものが無いというだけかもしれない。しかし一方、草城・日野克修《よしのぶ》は、俳人である前に京都帝大卒の保険会社のエリートであり、世過ぎのために俳句を作る必要はなかった。俳句革新を目指した俳人が、世間や俳壇へ自己の主張を問う発表の場が閉ざされたとき、創作意欲が失せるということも理解できないことではない。だが、世過ぎではなく、精神生活上必要であったはずの俳句を、あっさりやめることができるのか、草城にとって俳句はそれだけのものであったのか、という疑問が残る。発表の可能性が失われた状態でも、創作に励む芸術家は少なくない。前章でとりあげた『激浪』にみる誓子の俳句への献身、それはエゴイズムと不可分に結びついてはいるが、時を経ても人の心に響くその強さが、この時代の草城には感じられないのだ。

2 「俳句研究」の創刊と反響

改造社による月刊俳句総合誌「俳句研究」の創刊が、俳壇に与えた影響についてふれておく。改造社は昭和七年十月に「短歌研究」を創刊しているが、「俳句研究」はその姉妹雑誌という立場である。同時に『俳諧歳時記』全五巻（昭和八）と、『俳句講座』全十巻（昭和八）を刊行し好評を得ていた。総合誌「改造」（大正八年四月創刊）に加え、昭和八年十一月には「文藝」も創刊しており、改造社は絶頂期にあった。「俳句研究」の「刊行の言葉」には次のようにある。

我々は東洋精神とか、民族精神の発揚とか、そんな七むづかしいお説法はぬきにして真にいい俳句を見るため、いい批評に自分等の詩の頭を肥すためこの雑誌をつくつた。

もちろん、日本文化の特彩ある展開を期すること、いろんな俳諧に関連する問題を解決すること、さうしたことに力をそゝぐことは言はずもがなである。

ただ、俳諧の興隆に熱中するのあまり、他を罵り、自らを誇り、党をくみ、きたなき派心の虜となつて本来の芸術心を低めるが如きには絶対にくみすることが

「俳句研究」創刊号（昭和９年４月）

できない。

「ホトトギス」(高浜虚子主宰)を中心とする伝統俳句、「馬酔木」(水原秋桜子主宰)などの新興俳句、自由律を標榜する「層雲」(荻原井泉水《おぎわらせいせんすい》主宰)など、俳壇は全国に結社が乱立し、それぞれが自説を展開するのみで、中立的な総合俳句雑誌は刊行されていなかった。『俳諧歳時記』『俳句講座』の成功と、先行した「短歌研究」は、改造社に「俳句研究」創刊への弾みをつけたであろう。結社内で終始する傾向の強い俳句の世界で、よく言われるような、斯界待望の雑誌であったかどうかはわからない。しかし、「俳句研究」創刊による俳壇ジャーナリズムの誕生が、出版業上の利益を生むという計算は改造社側にはあったろう。

『俳句研究』創刊号には、虚子は執筆していないが、浄土真宗大谷派第二十三代管長で、俳誌「懸葵《かけあおい》」の主宰者であった大谷句仏《くぶつ》(一八七五〜一九四三)の「秋冬雑詠」三十五句を巻頭におき、以下、伝統俳句、新興俳句、自由律俳句の主要な俳人たちの作品が掲載されている。第二号に「ミヤコ・ホテル」を発表する日野草城は寄稿していないが、「ホトトギス」の同人でライバルだった川端茅舎《ぼうしゃ》(一八九七〜一九四一)と山口誓子は見開きで各十句掲載されている。各々最初の五句をあげておく。

本門寺山　　　　川端茅舎

木枯に真珠の如きまひるかな

杉の穂に日の円光に冬は澄む

短日の大木の影なみうてる
冬紅葉堂塔谷に沈み居り
星亭墓前に大き糞凍てぬ

看護婦と竜胆　　　　　山口誓子

看護婦の衣袂にほへり秋風に
秋風にもの云ふ息も薬臭《くさ》
秋風に看護婦の臭《か》をあはれがる
秋の野に溝とび踰えてたのしきろ
蟖蚸《はたはた》は少女《をとめ》の指にやはらかき

写生を標榜する「ホトトギス」にずっと留まった茅舎と、翌昭和十年に離れて行った誓子の表現テーマというか、作風の違いが分かる。誓子の大胆さはすでに定評があったが、茅舎の「星亭」の句は諧謔というよりは奇抜な句といえようが、ほかの句も月並みな花鳥諷詠ではない、新鮮で怜悧な感覚の句である。編集部の意図か、草城の意志かわからないが、「ミヤコ・ホテル」は、茅舎や誓子の作品以上のインパクトのあるものを目指したのであろう。

『昨日の花』に収められた、昭和九年の「ミヤコ・ホテル」に先行する句は四十三あるが、女性をテーマとした句をあげてみよう。

まろびたる腰まどかなりスキー女は
重ね着の中に女のはだかあり
ゑが、かざる眉のはかなき風邪かな
笹鳴や火桶にか、る女の手

エロチシズムが漂うのが草城の女性俳句の特徴なのだろう。ほかのテーマの句は次のような作品だ。

風花に紫さむき羽織かな
マスクして唇やはらかくなりにけり
激越の語のくゞもれるマスクかな
時計みな止りて吉野寒の内
今つきしスキーの痕が垂直に

これでは、茅舎や誓子を越えることはできない。草城の個性を発揮するには、やはり女性のエロチシズムを押し出す必要があったのではないだろうか。いずれにしても、「ミヤコ・ホテル」は、読者の大きな反響を狙った作品だったと想像する。

3　戦後前衛俳句への影響

このたび、草城の文業を読み進めながら考えたのは、むしろその後の前衛俳句のことであった。草城が際会した二十世紀初頭のモダニズム芸術運動は、ダダやシュールレアリズムなどの前衛芸術を内包している。従来の常識や規範が、実態にそぐわなくなってきた時、当然、それを破壊して新しい世界を作ろうとする勢力が現われる。穏やかな変革から爆発的な破壊まで、さまざまな動きが出てくる。草城のモダニズム俳句もまさにそのようなものであった。俳句は極端に短い定型詩であり、省略と約束事の上に成り立つ象徴性の高い文学だが、建築や美術、音楽と違い、言語芸術として、作品化されたときに、ある意味を持ってしまう。そこでの意味は実は表面的なものにすぎず、表現そのものの革新を目指す作者が本来意図したものではないかもしれない。

先に紹介したような草城の俳句を、エロチシズムに偏したといい、または軽佻浮薄であると批判する向きもあるが、そうではない。俳句の詩としての意味、それは花鳥諷詠であり、また叙情性といってもいいが、その旧態を革新しようとしながら、技術のみに傾き、前提となる定型や、さらには言語そのものを疑ってみることのなかった不徹底さに、結局は弱さがあるのではないか。草城の文業を読みながら、定型や言葉そのものを疑い、潜在意識の表出のために抽象的な表現を試みるようになる前衛俳句のことを考えたというのは、そういう意味である。

草城主宰「旗艦」を舞台にした俳人富澤赤黄男（一九〇二〜一九六二）の句集『天の狼』（旗艦発行所、

昭和十六）は、戦争俳句の傑作というばかりでなく、新興俳句運動以降の俳句革新を目指す俳人たちへの影響の大きさにおいて、比類ないものであった。後で触れるが、赤黄男は草城を師としたわけではない。しかし「旗艦」を代表する俳人であった。夏石番矢《なついしばんや》によれば、赤黄男の「俳句は、常識的な表現を超越した厳しい、突出した詩表現。言語の永久革命を試みる俳人が、自己の内奥から湧き上がる最も大切な「現実」を、一行棒書きの形態で、垂直に解放」したものであった（『「俳句」百年の問い』、講談社学術文庫、一九九五）。代表作に左の作品がある。

爛々と虎の眼に降る落葉
やがてランプに戦場のふかい闇がくるぞ
蝶墜ちて大音響の結氷期
石の上に　秋の鬼ゐて火を焚けり

その赤黄男に深く師事し、多行形式によって戦後の前衛俳句を代表する俳人となったのが、高柳重信（一九二三～一九八三）である。一般の人が考える俳句からは想像できない、次頁のような作品が知られている。

重信は少年期、俳号を草城の旧号「翠峰」にするほどであったが、後年の評論「日野草城とエロチシズム」（「俳句研究」昭和三十一年六月号所収）では、「日野草城の態度を指してモダニズムと呼び、彼みずからも「モダニスト」をもって任じたのであろうが、おそらくモダニズムという言葉に心があ

§　山脈の襞に聴き澄み埋もれる耳ら

§　森の夜更けの拝火の弥撒に身を焼く彩蛾

（『伯爵嶺』より）

れば、顔を赤らめずにはいられないであろうとさえ思われる理解の仕方である」と酷評している。重信は作品が難解であるのに比べ、その評論は鋭く、極めて明解かつ論理的である。だが、この酷評もかつての草城への心酔と、その影響からの脱出という前提の下に読む必要があろう。赤黄男や重信の築いた世界は、草城の俳句とは大きな懸隔があるが、草城の存在を抜きにしては語れない面がある。やはり重要な俳人の一人なのだ。

前置きが長くなったが、本書では、昭和十三年に「俳句研究」が企画した「麦と兵隊」俳句化に際しての、大野林火や加藤楸邨との論争と、『天の狼』に比肩する戦争俳句の傑作とされる片山桃史の作品（『北方兵団』に後にまとめられた）への草城の批評、および高屋窓秋『河』への批評を取り上げることで、草城と戦争俳句の問題を考えたいと思う。

4　草城の華やかな文才

草城の評論の多くは、第一書房の「俳句文学全集」『日野草城篇』（昭和十二）、『新航路』（昭和十五）、『展望車』（昭和十五）、角川書店の「現代俳句文学全集」第五巻『日野草城集』（昭和三十二）にほぼ収められている。いずれもエッセイ、評論、俳句を交互に配し編集した句文集で、中でも第一書房の「俳句文学全集」の『日野草城篇』は、前記の高柳重信はじめ多くの俳人が読んで記憶にとどめている。三十七歳という若さで編まれたこのアンソロジーを読んで感じるのは、あらゆる文体を使いこなす草城の器用さである。

草城には、昭和七年に「馬酔木」に連載した一連の自伝的小説があるほか（平成三年、邑書林から『新月』と題して刊行された）、「海月」（「ホトトギス」大正十二年七月）、「メロン」（「京鹿子」昭和八年二月）、「ダイヤモンド」「親子丼」（「京鹿子」昭和八年六月）といった小品（第一書房「俳句文学全集」『日野草城篇』に収録）があるが、それらは、ささやかな素材を基に仕立て上げられた掌篇小説で関西弁のもつ柔らかさを上手に利用するなど、並々ならぬ筆力を示している。一方で、「旗艦」の創刊宣言「宣明」は漢字片仮名表記による擬古文体である。

　外ナル友ニ告グ。
　旗艦ハ凡テノ艤装ヲ了ヘ茲ニ進発セントス。吾人ハ新精神ヲ奉ジ、自由主義ニ立場ヲトル。ソノ使命トスルトコロハ、陳套ノ排除、詩霊ノ恢弘ニ在リ。（略）

「俳句文学全集」の『日野草城篇』には、さまざまな文体が見られるが、その中に、有名な「マダム・コルト」「ミヤコ・ホテル」「マンドリン・オーケストラ」など、斬新なテーマの連作俳句が配されている。「ミヤコ・ホテル」は先に紹介したから、ここでは昭和十二年四月、「婦人公論」に発表された「マダム・コルト」を引用しよう。

　春の夜の自動拳銃《コルト》夫人の手に狎《な》る、
　白き掌《て》にコルト凜《りん》々として黒し

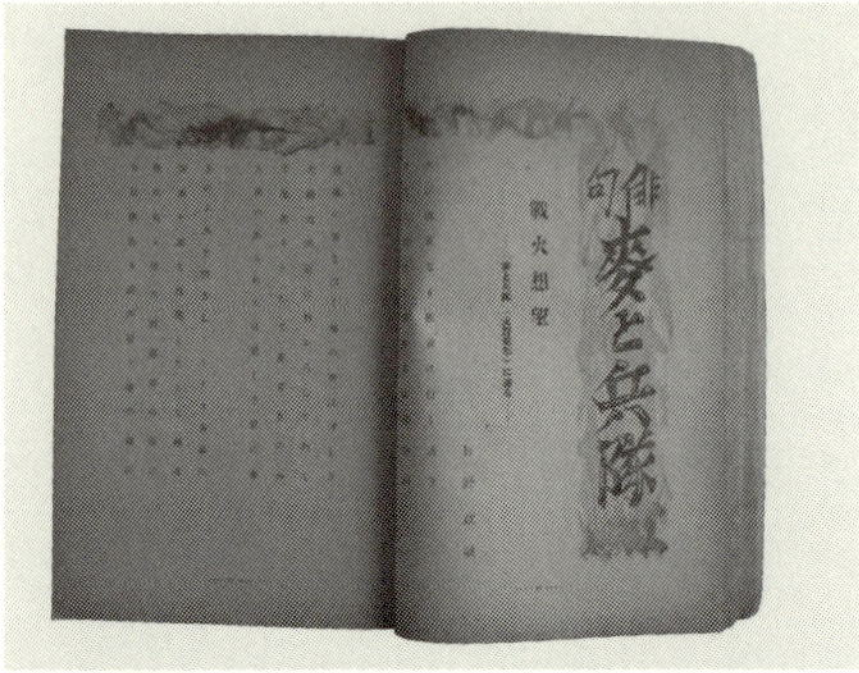

「俳句研究」昭和13年9月号、俳句 麦と兵隊

夫人嬋娟《せんけん》として七人の敵を持つ
愛《かな》しコルト秘む必殺《ひっさつ》の弾《たま》を八つ
コルト睡《い》ぬロリガンにほふ乳《ち》の蔭

海外の探偵小説か映画から想を得た作品であろう。若い世代を捉えたきらびやかさと同時に、軽佻浮薄ととる感想が出るのも不思議ではない。ここで草城が追究したのは、おそらく内容ではなく表現の新しさ、表現技術の洗練であった。

そうした草城の考えが端的に現われたのが、「俳句研究」誌が企画した火野葦平「麦と兵隊」を題材にした、新興俳人による俳句の競作への参加と、実体験ではない戦争を詠む「戦火想望俳句」に関しての大野林火や加藤楸邨との論争である。

5 「麦と兵隊」の俳句化をめぐる論争

昭和十二年五月、出征中の陸軍伍長・作家、火野葦平が、軍報道班員として徐州会戦に従軍した折のルポルタージュ「麦と兵隊」は、「改造」昭和十三年八月号に掲載され、沸き返るような好評を博した。それを受けて同じ改造社「俳句研究」編集部は、草城、東京三《あずまきょうぞう》、渡辺白泉に「麦と兵隊」の俳句化を依頼、同誌九月号に掲載された。草城五十六句、京三五十句、白泉十五句である。「麦と兵隊」は、雑誌掲載後の同年九月十六日、改造社から中川一政装丁、日本工房の写真家梅本左馬次の写真を添えて単行本として刊行され、大ベストセラーとなった。「俳句研究」昭和十三年十一月号に折り込みの広告が掲載され、なんと五百五十版突破とある。「最悪の場合にのぞんで最上の行為をし、悪戦を善戦とする兵士の黙黙とした苦難を、これほど率直に感ぜしめた書は尠《すくな》い」と、横光利一が推薦文を書いている。

「改造」八月号の発行から「俳句研究」九月号の原稿締め切りまではおそらく二週間程度、その間に彼らはこれだけの俳句を作ったのだろうか。当時同誌編集部にいた山本健吉が『昭和俳句回想』（富士見書房、昭和六十二）で、自分がいたずらっ気もあって依頼したと語っている。新興俳句嫌いで通る山本健吉の皮肉だが、依頼された方は真剣に取り組んだ。それぞれ五句ずつあげてみる。

日野草城　　戦火想望

爆撃機爆弾《たま》を孕めり重く飛ぶ
青麦原逆光に戦車隊来る
青麦にいづれも赤き糞ゝを置く
麦の海に溺れむとして征き渇く
死なざりし横腹を蚤にくはれける

東京三　　戦争日記

皮膚と服硬《こわ》く列車の兵ねむる
兵駆けて鉄舟をはづませ橋を鳴らし
渡河の兵墓碑となり友を失へり
決死隊となりしが生きて米を磨ぐ
麦の穂を握り血便を地に落す

渡辺白泉　　麦と兵隊を読みて作る

難民の笑ひ地平の町に邑に
難民の娘の顔の汚穢のまゝを
人がをる処砲弾が裂く処
戦場へ手ゆき足ゆき胴ゆけり
戦場へ兵隊の糞赤し赤し

句会では、兼題といって特定のテーマで参加者が俳句を作り合うが、その場合、多くは季題がテーマとなる。季語を入れる必要のない川柳では時事的なテーマで競うこともあるが、「麦と兵隊」の俳句化とは、明らかにジャーナリズム的発想で、従来の伝統俳句の世界ではあり得ない企画だ。新興俳句の興隆あってはじめて実現できたものである。

右の「麦と兵隊」の俳句化の前に、草城は「俳句研究」昭和十三年一月号に「戦報　Y新聞特派員戦況報告」十六句を発表している。

特派員声呑みぬ見れば泣きてゐたる
隊長の亡骸を負ひて占拠の万歳
両眼を射抜かれし人を坐らしむ
工兵の人柱ことされても立つ

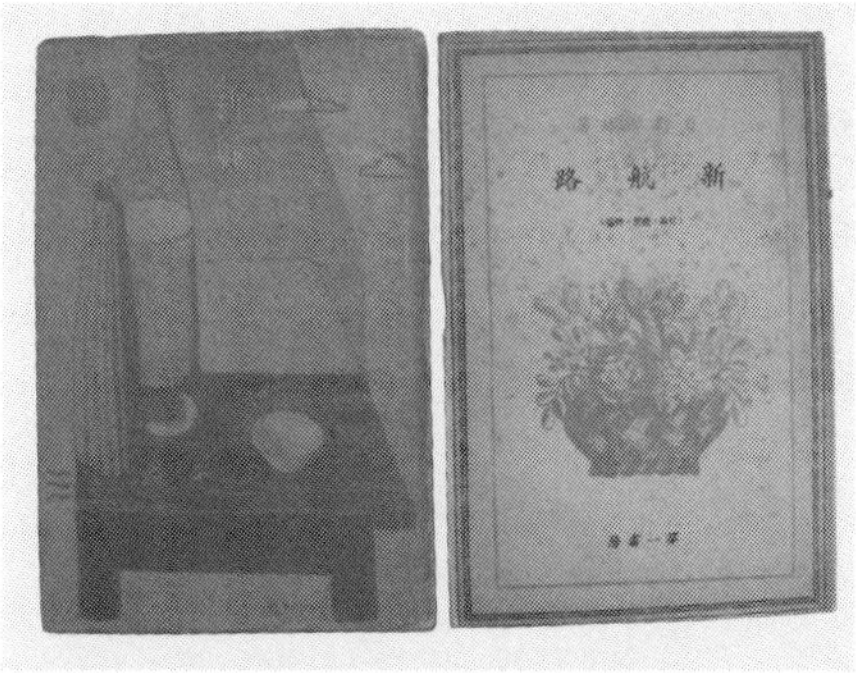

日野草城『新航路』、初版（左）と新装版

これらの草城の作品は、特派員がもたらした現地映像を見て作られたものであろう。おそらく、その大きな反響を見て、「俳句研究」編集部は「麦と兵隊」の俳句化を考えたのではないだろうか。

単行本としては、草城最初の句文集である『新航路』（第一書房）は、「俳句文学全集」以降の評論、エッセイと、第四句集『轉轍手』（河出書房、昭和十三）から俳句が採られている。書名は主宰する「旗艦」の進むべき新航路という意味であろう。この本の最後に近く、「前線の体験と銃後の技術」という「旗艦」第四十六号に掲載された文章が収録されている。これは、昭和十三年八月十五日発行の「俳句新聞」四十号に掲載された大野林火の「銃後の俳句」と、加藤楸邨が雑誌「新潮」同年十月号の「俳壇展望」で取り上げた俳句版「麦と兵隊」への疑義に答えたものだ。草城が双方の批判点を要約している。

林火の批判は次のようなものだ。銃後俳句を、一、身自ら戦争に行っているごとき一種の錯覚的想像力を発揮している作品、二、身を銃後の一人として取り扱い、どこまでも銃後の空気内において作られる作品、の二つに分ける。二は問題ないが、一には、作者が戦争を藉りて自己のヒロイズムを享受している、あるいは題材の目新しさを追い回しているなど、不純なものを感じる。不思議に空虚なちょうど空缶でも叩いているような響きしか与えない。前線俳句は、前線で活躍している人々におまかせするより仕方がない。銃後の私どもは、銃後人としての心から、偽らざる現実に目を向けるべきであろうというものだ。

これに対し草城は、次のように反論する。

戦争俳句は戦争の情況を報道することをその任とするものではない。戦争によつて触発された体験を経た前線作家の作品がことごとく傑作であり得る訳のものではない。言ふまでもなくそこには芸術化の問題が横はる。作家の素質、能力、技術の問題が横はる。他方、然るが故に、銃後作家の戦争俳句も、間接体験を母胎とするが故にとの理由だけを以て漫然と一般的にその価値を否定し去ることは正しくないのである。結局、分り切つたことではあるが、前線と銃後とを論ぜず、いいものはいいのである。要は芸術として成立すればいいのである。

感銘を定型に於て表現したものが戦争俳句である。（略）今日は「前線の体験」と「銃後の技術」とが緊密に提携し協力し合一すべき重要な時機である。常日頃練りに練り磨きに磨いて来た技術を活用すべき秋《とき》こそ今である。前線に参加することを得ないわれわれは、せめてその技術を以て傑《すぐ》れたる戦争俳句の成立に協力する責務がある。これはわれわれとして国に報ずる一つの有力なる手段である。同時にまたわれわれ俳句作家としてその面を挙ぐるべき、その芸術的鴻志《こうし》を満足せしむべき一つの絶好な機会でもあるのである。

文中「われわれ」が繰り返されるところに違和感を覚えるが、戦争俳句を芸術の問題として論じ合いたいという強い意志は読み取れる。

楸邨の批判は直接「麦と兵隊」の俳句化に触れたもので、「中に綴られてゐる事実を俳句に改めただけでは勿論愚の極みでこれ程俳句を侮辱し、自らを低うする者はあるまい」、「ある作家の作品でありえんが為には、その作者が如何に感じたかが問題となる」、「その感動が果してこの俳句作家精神によつてうたれたものか、それとも原作のもつよさにうたれたものであるかといふことの疑問」があると語った。

それに対し、草城は、

原作に在つても、その与へる感動は、素材たる体験そのものに基くのか、表現技術に基くのかといふことは一応の問題となり得るが、それは結局問題ではないのである。素材と表現とが不可分

日野草城『展望車』

離に融化して成立してゐる文芸にあつて、それはどちらでもいいことである（略）原作（麦と兵隊）に既に存する感動であるか（つまり媒体を通じての間接体験そのものに於ける感動であるか）之に拠つて成立した俳句の表現に於て始めて見出される感動であるか（つまり技術による感動であるか）そんなことは問ふところではない。終局の俳句作品がそのものとして感動を与へ得るならばその作品には価値が認められるのである。

と、強引に楸邨の意見を退けている。

しかし楸邨はさらに、「馬酔木」昭和十三年十二月号に「日野草城氏の感想を読みて」と題して反論する。それへの草城の回答が「旗艦」第五十号の「俳句作家精神」と題した文章で、『展望車』（第一書房、昭和十五）に収録された。

草城によれば、楸邨の意見は「俳句でなければ表現出来ないやうな内容のみを俳句の内容とすること——だから、必ずしも俳句を俟つまでもなく短歌や詩や散文にでも表現出来るやうな内容をもつ俳句は作るべきでない」、「自分の現実の生活によつて、たしかに自分のものである感動を詠むこと」というものである。つまり映画や小説を基に想像で作る俳句は本物ではない、それは「俳句作家精神」

に悖《もと》るものだ、というのである。対する草城の回答は、

「俳句作家精神」とは「定型に対する尊敬」に他ならないと思ひます。「定型に対する尊敬」によつて、俳句は不羈独立であり尊厳を保ち得るのであります。如何に感動を共通にしようとも、その感動の把握が第二次的であらうとも、之が定型に対する尊敬といふ精神の下に俳句に創作られれば、それは最早《もはや》単なる再現ではなく、飜訳ではなく、一つの新しい創作であるのです。（略）「技術」といふ言葉も往々軽く考へられ過ぎてゐるやうです。芸術に於て、「技術」は寧ろ本質的なものでせう。技術なくしてどこに芸術がありませう。技術とは或る場合芸術と同義語であります。（略）精神がなくては技術はありません。精神が在るからはじめて技術が問題になるのです。それは丁度内容があるから表現が存在するやうに。技術の高さは即ち精神の高さです。

というものであった。定型と技術に対する草城の信頼は、異常なほどに強いものがあったといえよう。

6　「無季容認」と「超季感」

坪内稔典は、「発句の解体――日野草城」（『過渡の詩』牧神社、昭和五十三）で、

草城は、定型を形式と考え、定型から内容を除外した。そして、「俳句性の問題は徹頭徹尾形式

の問題である」として、そこからただちに、俳句性と「表現の技術」を結びつけている。草城は、先験的に存在する定型＝形式の駆使にのみ、俳句の俳句たるゆえんを見出したのである。

草城の右のような考え方から欠落しているのは、形式が即ち内容となるという定型詩のもっとも根源にある働きである。この働きは、草城のいう形式の駆使（表現の技術）とは、微妙に、そして決定的に異なっている。この相違こそ、発句と俳句を、その表現の水準、構造において異なった位相に立たせるものだ。

と書いている。そうした草城の俳句論はどこから来たのだろうか。

坪内稔典は、日野草城の『轉轍手』を中心に論じた「発句の解体――日野草城」において、「俳句性の問題は徹頭徹尾形式の問題」とした草城の考えに欠けているのは、「形式が即ち内容となるという定型詩のもっとも根源にある働き」の認識（定型論）だという。草城にあっては、「定型の先験性が信じられており、定型を疑い、あるいは定型との葛藤として作品が創られるのではなく、むしろ、そういう疑いや葛藤を排除し」ている、と捉えている。

坪内のいう定形論とは、五七五、あるいは五七五七七という音数律に、詠もうとする事柄を当てはめて詠むのではなく、その音数律によってしか表現しえないものを詠むことであり、それこそが「形式が即ち内容となる」ことだと捉えてよいだろう。

昭和十四年には、草城と山口誓子との間で「無季容認」と「超季感」をめぐる論争があった。草城の論は、「旗艦」第五十号（昭和十四年二月）掲載の「「無季容認」と「超季感」」と、「俳句研究」第六巻第十一号（同年十一月）掲載の「超季真諦」にまとめられた。前者は『展望車』に収録されたが、後者は単行本未収録かと思う。両論に先立ち「無季俳句綱領」が「俳句研究」第三巻第十号（昭和十一年十月）に発表されているが、「超季真諦」では、より進化させた考えが表明されている。

要するに、無季俳句と有季俳句があるのではなく、十七音による定型俳句があるのみであり、季語を用いる場合も「制度化された季語」ではなく、「普通の単語」としての季語であるが、その「はたらき」に相違があるわけではない。ただ、それは俳句作品の個々の問題ではなく、俳句観念の問題である、というものだ。さらに、草城の定型についての考えを知る上で重要な発言がある。

俳句に於て「定型」は「要件」であるが、「季」は「条件」に過ぎないことの認識に到達した。その関係は、短歌に於けると全く同様である。俳句と短歌との相異は、その定型の相異に帰着する。この二つの異つた定型の効果によつてわれわれは短歌と俳句との相異を具体的に知ることが出来るのであるが、その本質の相異は内容に在らずして形式としての定型に在り、而してこれのみに在る。俳句に於ける季はいはば特質的なものに過ぎない。この特質的なものが従来は短歌と俳句とを区別する本質的なものであるかに考へられてゐたが、それが大きな誤認であつたことはこゝに更《あらた》めて多言を費すまでもない。無季俳句への認識が確立されて始めてわれわれは俳句と短歌との本質の相異を正しく知ることが出来たのである。

季題に関する考え方はさまざまだが、草城は従来の俳句を季題＝季語としてとらえている。例えば「落葉」という季語は、俳句十七音の中で用いられることで、季節は秋を、そして季節の移ろいに、人が必然的に老いていく物悲しさを連想させる。そうした固定したイメージが制度として付加された季語が季題となる。草城は、その季題趣味を、さらに季語をも否定し、「落葉」は制度から独立した一つの言葉であるとしているのだ。

前年昭和十三年七月の「短歌研究」に書いた「歌壇への手紙」（『新航路』収録）では、

俳句と短歌とは音量並に音数律を異にしますからその特質にも亦自ら相異のあるのは当然ですが、（略）短歌と俳句とは、それぞれその持つて生れた定型を生かしたらよいので、特に短歌的内容とか俳句的内容とかを、作品以前に規定する必要は毫もなく、規定してはならないのであります。表現を経て、つまり作品以後に於て短歌的の又は俳句的の特質が、形式に於ては固《もと》よりのこと内容にも現はれる。それは洵《まこと》に然るべきことであり、それ故に短歌と俳句と並び存し得る筋合なのであります。

と、すでに書いてはいたが、先の発言は、さらに極端な定型論になっているようだ。

坪内の指摘通り、草城が定型を形式と認識しているのは明らかであるが、ここで問題としたいのは、前にも触れたが、草城が目指したのは、その作品の表面に現われた内容ではなく、あらゆる事象、ことに現代的な事柄を十七音で表わす技術だったのではないかということだ。その場合、表現されたことが詩たりえるかどうかは、内容ではなく、五七五の音数律に表わされたときの美にある。これは、戦時中、柿本人麻呂研究に没頭していた時期の斎藤茂吉が、「短歌のような極小の詩にあっては、言葉が概念としてさし示す意味など、詩にとつては何ものでもない」、「詩はリズムだ、いやリズムだけだ」（上田三四二『斎藤茂吉』筑摩書房、昭和三十九）と考えていたのと共通するのではないだろうか。

また、加藤楸邨による同時期の文章に「明暗覚え書」（「俳句研究」第六巻第十号・昭和十四年十月）がある。それとは書かれていないが、左の文章などは、『轉轍手』時代の草城俳句への批判と取ってよいだろう。俳句にとって何が最重要かという点での、草城の技術と、楸邨の心との対決ともいえるだろう。

日常的なものが日常的な範囲にとまるだけでは私は真にそこに人生はないと思はざるをえない。生活も人生も真に生きた人間の息吹を通過して、「ある時、ある人の、ある場合の」生活の声として打ち出されなくてはならぬのではないか。表層にとゞまるかぎり、それは真に人間を通過せざるものとして寧ろ子規以後ある程度日本的性格を西欧的に強制せられて来た俳句の好もしからざる性格を露呈するに至るのではあるまいか。

草城は、従来の伝統的な俳句論による限り、現代の人間に即した自由なテーマや発想は生まれないと考えた。季語季感という規制を排し、今を生きる人々の感性を五七五の音数律で自由に表現しようとした。その練達によってこそ言語芸術としての美が確立されると考えたのだろう。加藤楸邨とは俳句観に根本的な相違がある。

また、前記の高柳重信の「日野草城とエロチシズム」によれば、左のごとく草城の俳句上の功績がとらえられている。

傍観をインテリゲンチアの宿命と簡単に口に出して言える人に、果たして正確な視力を予期できるであろうか。（略）しかし、この程度の、ある意味では幼稚な、素朴な、きわめて楽天的な見解をもってしても、ともかく日野草城は、あの新興俳句運動の中で、もっともその雰囲気を豊かにもった第一線の作家たり得たということと、また、他の大部分の作家たちは、彼よりも更に数等も旧弊な既成概念の虜囚であったという事実を忘れることは出来ないであろう。

草城の俳句が与えた影響は、たとえば、愛弟子の一人であった桂信子（一九一四〜二〇〇四）の次のような発言を見ると、分かりやすいかもしれない。

私が、草城先生の句にはじめて心ひかれたのは女学校二年生（筆者注——桂は大正三年生まれだから昭和二、三年、第一句集『花氷』が出た頃か）くらいの時であったと思うが、若い私に、先生の句は、素直に胸にはいってきた。読んでいていつもたのしかった。俳句というものが何か難しいもの、老成したものと考えていた私には、これならば自分も作ってみようという気持ちが湧いてきた。先生は、当時、老人のものとされていた俳句を、若ものの手にひきもどされたのである。

（『信子十二か月』、立風書房、昭和六十二）

桂信子が草城俳句に惹かれた時期よりは大分下るが、「旗艦」同人となった安住敦に次のような作品がある。「旗艦年刊句集二五九八年版」『艦橋』（旗艦発行所、昭和十二）に「日記抄」と題されて掲載されたものだ。

冬暖の妻のピジヤマの赤き縞
練香水七月の耳朶透きとほれり
ゆびゐくぼもの縫ふすべのたくみならず
火事とほし妻しんしんとねむりたり
火事とほし妻がしづかに寝がへりぬ

草城俳句の表面的な模倣というべきだろう。ただ、若い人がつい詠んでみたくなる気持ちはよく分かる。

以上が、昭和十五年二月から始まる「京大俳句事件」により、やがて自らも俳句から遠ざかるまでの、戦争俳句論議盛んな時代の草城の俳句観である。

7 長谷川素逝『砲車』――その栄光と闇

以上のように、技術的な問題を重視する草城だけに、戦争俳句に対しても精神論ではなく、技術的な問題として論じている。

戦争俳句の中で最も有名な句集として知られる、長谷川素逝『砲車』が昭和十四年四月に三省堂から刊行された。上質の用紙を使い、川端龍子の装画で飾られ、高浜虚子の十一頁にも及ぶ序文を添えた贅沢な句集である。草城は、同年七月の「旗艦」第五十五号から十月の第五十八号まで四回に亘って、病気静養中の素逝への手紙の形式をとってこの句集を詳細に論じ、後に『展望車』に収録した。「旗艦」第五十六号の第二信では、戦争における事実（素材）と戦争俳句（表現）の関係を、事実を基準として正否を判定する「科学性」と、戦争俳句が如何なる感情を指示し、如何なる感銘を鑑賞者に与えるかという「文学性」の問題として論じている。その上で左のように語る。

俳句の如き短小な詩形に於ては表現の委曲を悉《つく》すことが先天的に不可能であるから、精細な事実の伝達や知識の供給は企てて達し能はぬことである。戦争俳句に於ける「科学性」「報告性」は、作家によつても鑑賞者によつても大体に於て断念され又は多く期待されないでゐる。鑑賞者は戦争俳句から「多くを知らう」とはしない。期待の殆んど凡てはそれの「文学性」にかかつてゐる。鑑賞者は成るべく「深く感銘」したがつてゐる。

それが戦争俳句の特殊性であり、ゆえに銃後作家の前線俳句という、他の文芸には見られない現象が存在するとし、さらに「作品の出来不出来や真面目不真面目による作品個々に対する評価や倫理的批判は別の問題として、俳句にはさういふフィクション的な、超報告的な戦争詩の成立する先天的・性格的な素質のあることを知らねばならぬことを、僕は敢て主張するのである」と書く。「戦火想望俳句」の存在意義をめぐる加藤楸邨・大野林火との論争に続き、銃後の作家が前線にある作家の句を鑑賞批評することの有効性を強く主張したのである。具体的には『砲車』収録句に対する左のような鑑賞批評となっている。

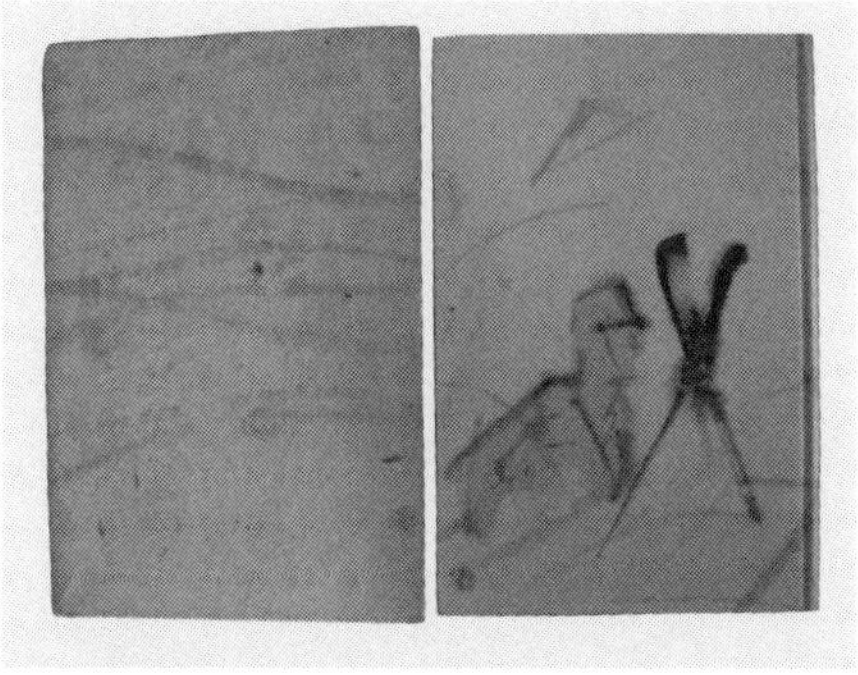
長谷川素逝『砲車』、表紙(右)と箱

わが馬をうづむと兵ら枯野掘る
稲の山にひそめるを刀でひき出だす

弾に斃れたか病気で斃れたかした自分の馬を葬るべく部下の兵隊たちが蕭条と枯れた野の土を掘つてゐる。これは感慨なきを得ない情景であるに違ひない。敗残兵か便衣隊かが稲城に匿れてゐるのを抜身の軍刀をつき込んで曳き出す。これも異常な事柄に違ひない。この二句はその素材によつて際立つてゐる。然るにこの二句は表現があまりに無雑作に過ぎて文学としての魅力に乏しいことを憾みとするのである。

枯草に友のながせし血しほこれ

作者が実感したに違ひない切迫した感動は、この句の表現からは、すこしも受けとられないといつても言ひ過ぎでない。何故であらうか。全体のしらべがなめらか過ぎるのである。友のながせし血しほこれ、悲憤の情をたたきつけるべく、これはあまりに美しい韻律である。渋く苦かるべきものが甘く美しく変質してしまつたのである。音調の魔力がこの失敗せる作品に於て顕著に立証されてゐる。

一方で高く評価した例では、

かかれゆく担架外套の肩章は大尉

この句は不思議な魅力を持つてゐて心を惹く。「大尉」に格別の意味もないのだが、この「大尉」といふ言葉によつて具体感がぐつと強められてゐる。全体にリアリスティックな重さが加つてゐる。ちよつと口では説明の出来ない「よさ」をもつてゐる作品だ。

大兵を送り来し貨車灼けてならぶ

戦争に於ける「数量」の夥しさがここに具体化されてゐる。かういふ句は実況に触れてはじめて可能なので、銃後作家には作れないものである。

空は朝焼砲兵陣地射角そろひ

これは戦争の美学である。

かをりやんに大陸の雨そゝぐなり

大陸の雨かをりやんの葉を流れ

同じ素材に拠るこの二句を較べてみてわれわれはいろいろと教へられる。勿論後句の方が断然すぐれてゐる。その所以を考へることが俳句の本質を知ることに役立つのである。

素逝は草城より七歳下、当時にあっては主張を異にしているが、京都三高俳句会から、鈴鹿野風呂の「京鹿子」、そして「ホトトギス」へという同じ過程を経た俳人として親愛の情のこもった批評だろう。

水原秋桜子も「俳句研究」第六巻第九号（昭和十四年九月）に「『砲車』を読みつゝ」と題した批評を発表している。

寒夜くらしたたかひすみていのちありぬ

（略）「たたかひすみていのちありぬ」といふところ、細いながら緊張した線の通つてゐる感じで、すこしも弛るんではゐない。しみじみと闇を見つめてゐるうちに、ふと吐いた息が詩となつたもの、やうな感じがする。

いわゆる印象批評である。この同じ句を草城は次のように批評する。

激戦を経過して生命の存在を確認する心持はどんなものであらう。それこそ経験者でなければほんたうのところは分らないであらう。しかしその感銘がただならぬものであらうことは充分に想像出来ると思ふのである。寒い闇夜に白焔のやうにかがやくいのち。いのちは既に一つの観念ではなく、眼に見え手に触れることの出来る具体的の存在である。「たたかひすみていのちありぬ」これは最も根本的な感慨である。万葉ぶりとも評すべき本源的な表現である。

評は表現の質を中心としながらも、内容にもこだわりを見せているが、キーワードは「具体的」にあるようだ。戦場にある人間の具体的な感情を、表面の調和を超えて表わすことの必要を説いているのである。

ところで、私が『砲車』を読んだ率直な感想は、演出された句集なのではないかという疑念である。国家あるいは俳句界の強い要望に優れた戦争俳句集の誕生があった。素逝が戦地にあった少尉だったことは紛れもない事実だが、国家や軍隊の要請の前に無意識のうちに感覚が類型化していなかったとは言い切れまい。戦争文学研究家の高崎隆治が「写実の的確さや、言葉と言葉の間の緊張度や響きの高さなど、素逝の右に出る者はいないように思われる。だが、一点、血族や一般中国人に対する愛情の深さ細やかさとはうらはらに、敵兵、とりわけ俘虜に対する冷酷さに信じられない違和感を覚えさせられる」（『戦争詩歌集事典』）と指摘している。たとえば左のような違いをさすのであろう。

雪に伏し掌あはすかたきにくしと見る
雪の上にけもののごとく屠りたり
酷寒とうゑとのかたきあはれまず

酷寒のたうべる草もなき土民
いくさゆゑうゑたるものら枯野ゆく
あはれ民　凍てしいひさへ掌に受くる

これらは、日本軍が、聖戦を戦う「正義の皇軍」であれば、中国兵への強い敵意と反対に、解放軍として中国の民衆に対する愛情も表面的には求められていたことの反映ではないか。

『砲車』刊行の前に、「俳句研究」第六巻第一号（昭和十四年一月）で、素逝の五十一句「たたかひ」と、井上白文地《はくぶんじ》の病気療養中を見舞った「長谷川素逝君会見記」を掲載、聖戦名句集『砲車』登場の前宣伝に努めている。まさに待望の句集であったのだ。私が『砲車』を演出された句集と見るのは、この『砲車』と、昭和十七年八月に刊行された素逝の句集『ふるさと』に描かれた世界に、大きな落差を感じるからである。

『ふるさと』は、

うれしさはひとつおとなになつた独楽
竹馬の兄の高さにのれなくて
島ぬくく鉄輪まはしの子らの路地
ぬく雨の藁のにほひの納屋の中

といった句が中心の、戦争の影のない実にのどかな句集である。全体は、B６判、百八十二頁だが、百六十五頁に至り突然、「十二月八日前後」と題する三十八句が収められるが、つけたりでしかない。この句集の版元は、三島由紀夫の処女出版である『花ざかりの森』（昭和十九）と同じ七丈書院。不思議なのはこの句集には序文はおろか、「まえがき」も「あとがき」もないのである。戦争俳句で一世を風靡した素逝にしてみれば、自身の素質には合った句集でも、そっと出すべきものであったのだろうか。書店への配給元は日本出版配給株式会社とあるが、本来奥付にあるはずの出版文化協会の承認番号の記載がない。しかし、「俳句研究」の「大東亜戦争俳句集」特輯号には広告が出ている。少々不思議である。

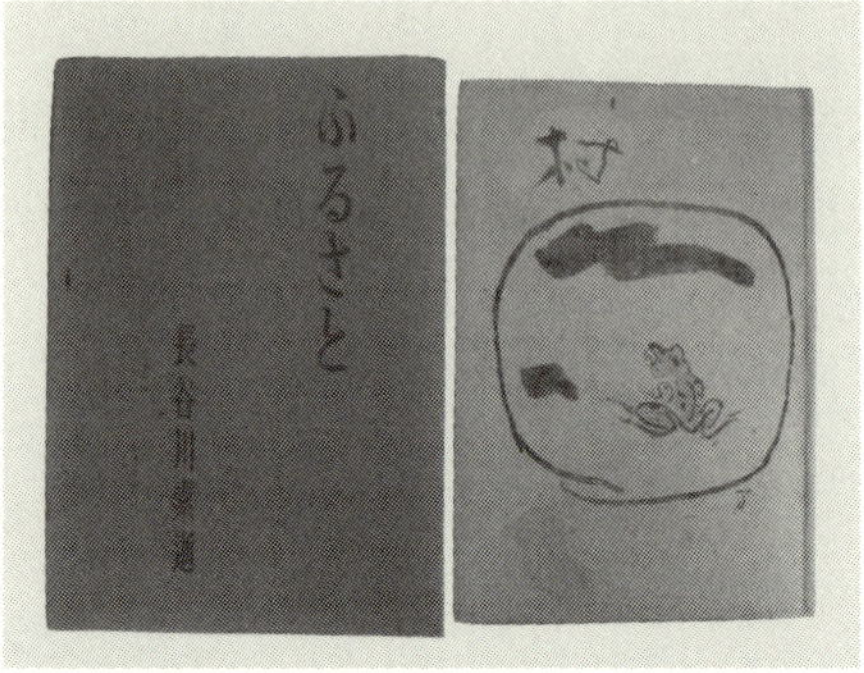

長谷川素逝『ふるさと』『村』

　私が属する俳句同人誌『鬣《たてがみ》』の第九号（二〇〇一年十月）に、江里昭彦が「充血する沈黙――長谷川素逝小論」を書いている。『ふるさと』については言及していないが、続く『暦日』（宝書房、昭和二十二）、『村』（竹書房、昭和二十二）にふれ、ことに『村』について次のように書いているのが注目される。

『村』には、人の誕生と死去がまったく登場しない。（略）『村』の作品は一九四〇年から敗戦の年に至る期間に詠まれた。おびただしい戦没者・戦争犠牲者で覆われる時期であり、反面、消耗品としての兵士が必要なため「産めよ殖やせよ」と多産が国策として鼓吹された時期でもある。とすれば、人の誕生と死を扱わないことで、素逝は時流に背を向けたのではないか。そういう密やかな流儀で時代を拒みたかったのではあるまいか。

『村』は戦後の刊行だから、戦争俳句を敢えて収めることもないだろうし、またGHQの検閲もあった。しかし戦中刊行の『ふるさと』にしても、戦後の『村』にしても、検閲云々ではなく、素逝本来の志向が、『砲車』とは違った、『ふるさと』、『村』といった書名から連想されるような方面にあったと私は考える。

素逝については、もっと驚くべき証言がある。戦後の俳句研究社版「俳句研究」昭和五十二年十月号「特集・大戦中の俳壇」に、親井牽牛花《けんぎゅうか》が「長谷川素逝」を書いている。その文章によれば、素逝が、戦争末期に友人藪谷遊子に紙片に記して示した、左の未公表の句があるという。

弟を還せ天皇を月に呪ふ

にわかには信じ難い句だが、親井は、「もとより天皇個人を対象としてではなく、戦争自体を呪い抜く直情の吐露で、この句にこめられた素逝の真意は〈おぼろめく月よ兵らに妻子あり〉などの作と思いあわせて、彼のヒューマニズムに徹した文学精神の真締がうかがいとれるのである」と書いている。

素逝は、昭和十二年八月に砲兵将校として応召するが、十三年十二月には戦病で京都陸軍病院に入院、十四年六月に退院、以来、自宅療養となる。その間、旧制甲南高等学校の教授になるが、昭和十九年から二十年の過程で、素逝は兵庫県住吉の居宅と、郷里三重県津市の自宅を家財道具一切とともに戦災で失い、昭和二十一年十月、四十歳で亡くなるまで、郷土俳人らの厚意を受けつつ放浪に似た晩年を過ごしたという。右の句も、藪谷遊子宅に一泊したおりに渡したものだ。右の句は、五七五ではない、中七の途中で切れる破調の句だ。素逝は晩年、自由律の荻原井泉水に共感を示していたと、親井は書いている。親井の文章を裏付ける資料を私は持たないが、想像以上に素逝が戦時中に抱えていた闇は深いようだ。

草城は『ふるさと』が刊行された昭和十七年にはすでに俳壇から退いていた。この句はもちろん知らないだろうし、句集『ふるさと』を目にすることがあったかどうかも分からない。

8　高屋窓秋『河』

日野草城の『新航路』に、高屋窓秋の第二句集『河』（龍星閣、昭和十二）を批評した「句集『河』」

という一文がある。「旗艦」第三十三号（昭和十二年九月）に掲載されたものだ。

全体として「河」の与へる感じは、粗礪《それい》である。舌ざはりがあまりよろしくない。ざらつくものがある。噛みしめたくてもどうしても噛みしめられずに、仕方がないからそのままそつと皿の縁へ戻して置く、そんな風なものがある。そして、それが尠《すくな》くないのである。率直にいつて、期待はづれの感がある。

しかも、文章の最後に「窓秋よ、ちよつと待て。君はもう一度考へ直す気はないか。これは重大な危機である」と書く。『河』は収録句四十という特殊な連作句集であり、前例のない実験的な句集であるが、それにしても「重大な危機である」とは、若き窓秋への痛烈な批判である。草城の指摘する問題は難解である。例えば、次のごとくだ。

葬送の河べり何もない風景

これではほんとに何もない。何もない癖に「風景」を意識したり構成したりしようといふ根性は、花鳥諷詠の悪い影響である。今更風景を探求しなくては生きてゆけない窓秋ではない筈だ。

また、「記録」と題された句、

赤い雲悔と憎しみの湧き上る
赤き悔夕べゆるまず涯しなく
赤い雲圧《お》し困憊の街果てぬ
赤い雲赤い雲消え死ぬ都会

に対しては、「この赤い雲が単なる寓目の赤い雲にとどまり、象徴の境に達してゐないことが残念であり、致命的な欠陥である。但、赤い雲を用ひてゐない第二句はいい。」

さらに、「痩せた土あゝ母の乳房も涸れ」については、「韻律整はず、空漠たる観念と詠歎の片言に終つてゐるのを憾みとする」と手厳しい。一方で、「少女は首をかしげ児の明るさ」については、「素晴しい詩である。そして、俳句の立場に立つとき、これは相当の精煉を経た素材である」と、高く評価している。草城が指摘する難点は、単純に言ってしまえば、全体に作為的であり、感傷的、観念的な身振りが目立つということだろうか。「マダム・コルト」の作家が、窓秋の右の句を作為的だという時、俳句が詩として成り立つ要件はかなり抽象的な感性の問題だと考えるしかない。

ちなみに、高屋窓秋の第一句集『白い夏野』と『河』について、東京三が「俳句研究」昭和十三年十一月号（「支那事変三千句」が特輯された号でもある）誌上で論評している。『河』から、草城も唯一褒めた「少女」と題された、次の三句などを引用しながら書いている。

たゞひとり子を生み男が去り

少女は首をかしげ児の明るさ
ぢつと男を想ひ児に見入る

曽て自然の美しさに抒情を傾け、生物に愛情を寄せた抒情主義作家窓秋氏は、民衆の飢と生活に眼を向け、私生児とその母に対してヒューマンな感情を傾ける人生派としてわれわれの前に立ちあらはれたのである。既にしてかくの如き飛躍をした氏にとつて、最早季も定型も調べも巧みも重要な関心事ではなくなつたのである。（略）かやうな面をもつ作家がひとたび思ひを社会の現実に向ければ、そのやうな現実主義的俳句を作るのはけだし必然なことである。私は氏のかやうな変り方が、良心ある作家の必然的な変り方だと思ひ、氏が過去の唯美的な個人主義を清算したことに対し大いなる敬意を払つてゐる一人である。

草城とはまるで見方が違っている。この京三の文章の冒頭は、『白い夏野』（龍星閣、昭和十一）に関しても触れていて、「柔らかな情緒と巧みな調べによつて打ち出された美しい浪漫的な作品は今に至るもその清新さを失つてはゐない」と評価している。戦後にまで大きな影響を持った『白い夏野』について、草城も何か書いていないかと思うのだが、見つけられない。

9　富澤赤黄男との距離

また、最初に触れた『天の狼』の富澤赤黄男について何か書いていないかと調べたが、これも無い。

草城にはなぜか全集が編纂されていない。「俳句文学全集」に収録された文章以外は、直接雑誌に当たるしかない。そこで、『展望車』、『新航路』、「現代俳句文学全集」のほぼ揃いを所蔵する神奈川近代文学館を訪ねることにした。そこには草城の弟子でもあった楠本憲吉の旧蔵書が収められている。楠本には、『近代俳句の成立』（現代書房、昭和三十）、『一筋の道は尽きず――昭和俳壇史』（近藤書店、昭和三十二）などの実証的な著作があり、その背景にこの蔵書がある。「旗艦」全七十六号を数時間通覧しただけだから、細かい点は見逃しているかもしれないが、右に関する草城の文章はやはりないようである。『白い夏野』、『天の狼』は、後進に与えた影響から言っても、新興俳句運動の中で重要な意味を持つ句集である。それらに対し草城のコメントがないのは不思議である。

しかし大事な点は見えてきた。「旗艦」の主要メンバーである、草城、水谷砕壺《さいこ》、富澤赤黄男、片山桃史《とうし》（一九一二〜一九四四）の人間関係である。以下にみるように、草城と桃史、砕壺と赤黄男という二つの強いつながりがあり、草城と赤黄男の関係は間に桃史が入るのである。『天の狼』巻頭には「水谷砕壺におくる」という献辞が入っている。「旗艦」の核は草城と桃史のように思える。「旗艦」第一号には、窓秋の『白い夏野』に収められることになる句をあげ、赤黄男が「窓秋氏の魅力」を、二十一号には、砕壺が「『白い夏野』に立つ」を執筆している。これはそれぞれの作風や、戦後を含む後の各人の歩みを考えるとき無視できない関係ではないだろうか。新興俳句の中心的な存在であった「旗艦」のメンバーたちは、戦後大きく分けて草城を中心とする「青玄」と、赤黄男を柱とする前衛的な「太陽系」に分かれていく。富安風生の「若葉」を抜けて途中から「旗艦」に加わった安住敦が、「俳句」昭和四十四年五月号に掲載した「師情友情」と題された自伝を読むと、彼らの関係を考える場合参考になる。しかし、安住の文章は面白いのだが、どこか自己弁護がつきまとう。安住は、さらに草城から離れ久保田万太郎主宰の「春燈」同人に変わる。悪く言えば変わり身が激しいのである。

「俳句研究」（俳句研究社）昭和四十七年三月号は「特集・新興俳句」で、榎《え》島《じま》沙丘《さきゅう》が「「旗艦」創刊の頃」を書いている。榎島は「旗艦」同人で、当時は本名をとり指宿《いぶすき》沙丘と名乗っていた。「旗艦」創刊の事情と、誌名の由来を端的に記している。

　昭和九年、同じ日野草城を雑詠選者とした三つの新興俳句雑誌「青嶺」「走馬燈」「ひよどり」の間で、夏頃から合同の気運が急速に高まって来た。「青嶺」は大阪で昭和八年末か九年初めに創刊され（筆者注――水谷砕壺、片山桃史などによって）、「ひよどり」は昭和八年二月、神戸で発刊され（同――喜多青子、指宿沙丘などによって）、「走馬燈」（同――幡谷梢閑居、西東三鬼などによって）も昭和八年頃の創刊と思う。昭和九年十月、三誌の首脳・代表者たちは、大阪の会談で合併の重要事項を決定した。

　昭和十年一月を期し新雑誌を創刊すること、三雑誌を廃刊すること、主宰者に日野草城を推戴すること、編集兼発行人は水谷砕壺、発行所は水谷砕壺居、そして、肝腎な誌名は、草城の命名により「旗艦」とすることになった。（略）

「旗艦」という名は、人の意表をつくショーマンシップを心得た考案である。「旗艦」という言葉を中心に、また出発点に、考案者の想像と空想のおもむくままに、次々にアイデアが拡がるであろう。連合艦隊・僚艦・船団・輪型陣・輸送船団・航空隊・士官・参謀・水兵・陸戦隊・軍港・等々、その輪は拡がる。草城は艦隊司令官として旗艦に坐乗し、戦況を観察し、部下と僚艦に指令する。航路を右に左に指図し、攻撃陣を形成し、やがて一斉射撃を命令する。……もちろん、当時の世相を仄かに反映した面もないではないが、子供っぽいお笑いと茶目っ気が先に立つのだ。

日野草城には、いうところの結社主宰者とはいいきれない面がある。俳句雑誌の創刊には俳句創作や指導の力だけでなく、雑誌経営の才が求められる。装丁も立派な「旗艦」の場合、関西タール社長、水谷砕壺（一九〇三〜一九六七）の資金提供が要であった。この辺の事情は、前記の安住敦「師情友情」や、西東三鬼の「俳愚伝」（『神戸・続神戸・俳愚伝』、出帆社、昭和五十）に詳しい。
しかし、ともかくも「旗艦」は、草城を柱とし、通覧する限り、草城の片腕は片山桃史であったといってさしつかえない。二十代前半のこの若者が毎号のように句を寄せ、選句し、評論を執筆している。しかし、草城は戦後になって知るのだが、桃史は、昭和十九年一月、二度目の応召を受けニューギニアで戦死する。草城にとっては、桃史の一度目の応召も精神的に痛かったろうが、戦死はなお応えたろう。戦地からも桃史は句や通信を送り、「旗艦」を支えていたのだ。

10　片山桃史の一言

桃史生前には、三省堂の小型句集叢書「俳苑叢刊」の『北方兵団』（昭和十五年十月）があるだけである。文庫判より小さな句集だが、戦争俳句集としては『砲車』、『天の狼』と並び高く評価されている。巻頭に次の序が置かれている。

戦場俳句に於ける僕の射撃は激情の速射を戒しめ、距離の測定、照準の正確、引鉄を落す指先ばかりに囚はれたため、弾著は概ね対象の足許で土煙をあげた。本当はそれらを統べる精神の問題だつた。俳句と云ふ銃に装塡される激しい作家精神の弾は、射撃教範に云ふ「暗夜に霜の下りる如く」狙ひ撃つとき対象の心臓部を強く貫通するに違ひない。

片山桃史『北方兵団』

句集前半は、「戦争以前」と題されて、応召前の作品が収録されている。

街却暑《まちごうしょ》夢をもち得ぬ人歩めり
雨がふる恋をうちあけようと思ふ

桐咲けり身に棲む紙魚《しみ》が書にこぼれ
腐朽船鷗鳴かぬはもどかしき

こうした作品や序文から見て、桃史は非常なる好漢だったのではないだろうか。前半の「戦争以前」の青春俳句から、後半の切実な「戦場より」への劇的な変化が、当時の普通の青年の心と姿を投影している。そこが、この句集の意義深い点であろう。

詩人の吉岡実が、『富澤赤黄男全句集』（沖積舎、平成七）の栞に書いた「赤黄男私抄」の中で、「超現実風な詩を書いていた私は、新風をめざす俳句雑誌〈旗艦〉に心惹かれ、ときどき購って読んでいたものである。たわむれに投句して、二句入選しているのも、なつかしい思い出である。日野草城や片山桃史の句よりも、私は心から「椿散るあゝなまぬるき昼の火事」「花粉の日　鳥は乳房をもたざりき」などの赤黄男の句を愛していたように思う」と書いているが、傍目にも、「旗艦」には二つの核があり、桃史は草城と一体であったといえるだろう。

草城は、やがて『北方兵団』にまとめられる桃史の前線作品に対し、「旗艦」で前後四回にわたって解説批評している。後に『展望車』に収められるが、一部を引用する。

兵疲れ夢を灯しつゝ歩む

これは文句なしにいい。すばらしくいい。この適度の浪漫性のよさはどうだ。兵疲れ、といふきびしい現実と、夢を灯すといふロマンチシズムとの調和が実にすばらしい。而も、いいことにはすこしもめめしい感傷がたちまじつて居らないのである。

南京陥つ輜重《しちよう》黙々と雨に濡れ

一番乗をした部隊のはなやかさの蔭には、いくつもの後方で人に知られず黙々と働く輜重がゐる。苦労や手柄は第一線部隊に劣らない。
「兵疲れ」の句と共に、今までに作られた前線俳句の中の傑作である。

大地凍て凍てし河載せ傾きぬ

茫々たる大地がことごとく凍て了り、凍てた河を載せ緩やかな傾斜を持ちながら天際につらなつてゐるといふ、実に雄大な漠々とした大景が、この十七字によつてその全き姿を指示せられてゐるとは実に驚くべきことである。

砂丘灼け長き兵列天へ入る

「天へ入る」は実感であらうと思ふ。決して誇張ではあるまいと思ふ。そして、この句は既に象徴の高きに就いてゐると考へる。

人馬湧く銃担へるは山を抽《ひ》き
人馬湧きその馬の耳天を刺す

一つのカメラアングルである。眼は低いところにあつて、人馬の殺到を高く仰いでゐる。かういふ位置から見上げる時、ものの大きさや気勢といふものは一倍大きく強められる。

近代のポスターにはしばしばかかるアングルが採用されてゐるのを見るが、これは俳句への見事な応用である。

断崖にとり縋る手の凍て痺れ

この短い表現の中には相当に永い時間が罩《こ》められてある。堪へがたく苦しい瞬間の無限の連続堆積のやうに感ぜられるであらうところの永い時間が、読んでゐるものの感情に脈打つて伝わつてくる。

長谷川素逝の『砲車』に対する批評も、ほぼ同時期の執筆である。『砲車』については「旗艦」第五十五号から五十八号（昭和十四年七月〜十月）、桃史作品の批評は五十号と六十号から六十二号（昭和十四年二月〜十五年三月）に掲載された。素逝の句について、「かをりやんに大陸の雨そゝぐなり」よりも「大陸の雨かをりやんの葉を流れ」を断然すぐれていると評したように、表現の質や具体性を重んじているのは、桃史作品への批評でも同じだと思う。

素逝の句で見れば、前句が大陸の雨の景を全体的に把握しているのに対して、後句は、大陸の雨という大きな視点から、高粱の葉の上を流れる雨という、具体的な小景へ焦点を移し、まさに読者が水となった雨を感じることができるように構成された、見事な写生句であると私も思う。

桃史の「大地凍て」も大陸の厳しい自然を詠んだ句であるが、写生句ではなく、全身がその風土の中に溶け込んだときに初めて感じる光景ではなかろうか。

素逝の句と、桃史の句の違いは、かたや「ホトトギス」の俳人、かたや新興俳句の作品であるからか。それとも、素逝は京都大学卒業の砲兵隊中尉、桃史は旧制中学卒の衛生兵という立場の違いからくるのか。年齢的には五歳の違いに過ぎない。私には、人間的な面での違いというか、桃史には俳句ばかりでなく、評論でも屈託のないストレートなものを感じるのである。

「旗艦」を通覧して得た最大の収穫は、「旗艦」第六十号（昭和十五年五月）に掲載された、共に戦地から帰還しての感想を述べ合った赤黄男と桃史の往復書簡（寄信・赤黄男と回信・桃史）と、第七十一号（昭和十五年十一月）に掲載の桃史執筆「歌集『江南戦線』雑感」を知り、読めたことであった。

赤黄男と桃史の往復書簡は、京大俳句事件の最中に発表されている。後に「人間探求派」と言われるようになる加藤楸邨、中村草田男、石田波郷《はきょう》などの「難解俳句」についてだが、往復書簡の主要なテーマであった。伝統俳句に変革を求めながらも、「旗艦」を中心とする新興俳句とは立場の異なる清新な作品で注目されていた彼らの作品は、当時の俳人たちにとって大きな関心の的であった。同時に帰還兵として、戦争の経験を俳句にすることへの思いが語られていることに、この往復書簡の意味がある。

ここでは、桃史の回信《ホイシン》から引用したい。

戦場に於ては凡ゆるものの重量が変り衡器の発条が狂つてしまふのには困りました。あらゆる言葉が宙に浮いてしまつて体験と一寸もつり合つてくれないのです。人間のこゝろも馬の感情もぐれんぐれんと転倒し横転して秤にのつてくれないのです。これはうつかり手放しで作品を詠んではいけない。充分手元へ引寄せておいてブレエキの利いた詠み方をしないことには戦争は砂のごとく指の間からこぼれ落ちるに違ひないと思ひました。（中略）大陸を眺めたり戦争をみつめたりする余裕なんててんでなかつたやうです。その時分もう内地では出征作家の作品を待ちきれずどんどん戦争俳句が作られてゐたやうです。これには面喰ひました。そしてそれらの句の方がポツリポツリ手帳の端に書き綴つた僕の作品より立派であるのです。ところが僕は妙に反抗的な気持から僕は僕なりの戦争俳句を作つて見やうと思ひ、敢へて他人の作品や戦争俳句に関する文章を読まぬことに決心しました。今まで僕が会得した乏しい俳句技術を使ひこなすことによつてどれ丈け俳句が、いや、僕の作品が戦争と闘ひ得るものであるか試して見やうと考へた訳です。ところがこれはどうやら失敗したと思ひました。内地の作家たちの戦争俳句と比較することは別としての話です。

少くとも成功とは言はれないと思ひました。テニスやピンポンの試合によくある、この一ト試合が全局の勝敗に関係するとなると「受け」に廻つてえてして手が縮むものです。丁度あのやうに戦争の前に手が縮んでしまつたのです。（中略）

あなたの作品を例に出して失礼ですが、

兵燹《へいせん》をみるあめつちに我は孤り

といつても果して「我は孤り」をあなたの満足を得るまで鑑賞してくれる人が何人あるでしやうか。そして、そこ迄の鑑賞を要求する権利があなたに、そしてあなたの作品にあるでしやうか。

もうひとつ、戦争俳句を考えるうえで重要だと感じた、桃史の「歌集『江南戦線』雑感」は、石毛源の『江南戦線』（砂子屋書房、昭和十四）についての感想だが、草城の俳句と比較した左のような文章がある。

俳句には

　吾子を抱く夢未だ見ず物足らぬ朝々晴れて樹々青きかも

　特務兵かるがると子を抱きし夢　　日野草城

と云ふ作品がある。夢は人によつて随分違ふものであつて何とも言へないが私の経験や私の隊の者達はみな肉親の夢を余り見ぬことに就いていつも語り合つたものである。（中略）此の場合には私は石毛氏の歌の方に多く惹かれる。それと同時にこの歌の後に続く妻と子の夢の数首の歌や草城先生のこの俳句は勿論私らの経験とは別に存在すべき筈のものではあるが私にはぴつたり響いて来ない。

何という率直、真摯な発言であろう。草城は、昭和十五年十二月、京大俳句事件を契機とする新興俳句への圧力、一説に小野蕪子《ぶし》、あるいは文学報国会の幹部であった富安風生の忠告により、「旗艦」の指導的立場から去る。前記、桃史の文章の掲載された前月号（十月号）には「旗艦に於ける新体制」を書き、大政翼賛への恭順を示した。

> 俳句を制作、鑑賞することによつて人々が「生甲斐」を感じ得るならば、俳句も亦経国済民の大策と決して無縁ではない。国民の一人々々が生甲斐を感ずること、これこそ最深最大の精神的基礎である。この基礎なくしてはあらゆる建設も沙上の楼閣に等しい。表見上国策と直接の聯繋がないといふそれだけの理由で、俳句を不要不急の存在だと断ぜられるが如きことありとせば、恐るべき早計と言はねばならぬ。
>
> 昨日是なりし理論も今日非とされることがある。昨日適切なりし実践も今日必ずしもそのまゝで適正とは称しがたきことがある。之に即応して現代に生き切るためには、常に旧態の批判を懈《おこた》らず新制の整備に努めなければならない。このたび従来の同人を解散し改めて新同人を以て旗艦を結成し直したのもこの意図に出づるものである。

以後、草城は戦後に復活するまで、俳壇から徐々に姿を消していく。確かに弾圧もあったろう、健康状態もあったに違いないが、桃史の右の感想は、草城にとって筆を擱くに値する大きな衝撃だったのではないだろうか。戦火想望句は、戦争を体験したものには響いていなかったのである。

宇多喜代子の編集になる『片山桃史集』（南方社、昭和五十九）が刊行されている。桃史のように若くして亡くなった俳人の全貌を伝えるべく、俳句以外も含む全文業が集成されることは稀有である。巻末に収められた宇多の「片山桃史覚書」から、左の文を引用させていただきたい。

戦争という〈全体〉の思想がいかなるものであろうとも、生の側に倒れるか死の側へ倒れるかしかないというのがそれに関った〈個〉の極限であったろう。ここで「戦争」もしくは「戦争俳句」を論じようとすれば、いきおい無口にならざるを得ない。言えばいつしかそれは概念のなぞりになり、わが耳にさえ空々とひびくばかりとなってしまう。しかし、戦争という個人の意志ではどうにもならぬ時代（国家）の問題が、個たる桃史の現実であったということは、桃史の事跡から消すことのできない事実であった。（略）

片山桃史の俳句が、本質において体験主義であることは、誰の目にも明らかであろう。おそらく、そのことを最もよく知っていたのは桃史自身であったろうと思う。ゆえに体験そのものであった戦場において、意志的に自らの理知を喚起しながら、巨大なるものの実体をこの形式で書こうとしたのであろう。延々と撮映されたニュースフィルムの戦場の光景より、例えば、ロバート・キャパのネガが白くとらえた兵士の眼玉の方が巨大なるものの実体をするどく表現したように、あの極限状況の中の表現者が表現者であるために最後の支えとしたものは、真のリアリズムを正視する理知しかなかったろうと思う。

戦争と俳人の関係にも深い関心を示す宇多の卓越した桃史論である。

最後に、桃史の『北方兵団』より数句を引いておこう。

我を撃つ敵と劫暑を倶にせる
匍ひすゝむ手あげしは傷者見つけしなり
あきのかぜ水筒に鳴り天に鳴り
殺戮の涯し風ふき女睡れり
風に揺れかゝるさびしき灯をしらず
千人針はづして母よ湯が熱き
地の涯の秋風に寡婦よろけ立つ

定型ではない破調の句もあり、かえって心に響く。一冊にまとめられた『北方兵団』を手にした草城は、どのような感想を持ったのだろうか。

11　富澤赤黄男と片山桃史

前記、片山桃史と往復書簡を交わした富澤赤黄男（明治三十五〜昭和三十七、一九〇二〜一九六二）についてもう少し触れておく。

昭和十五年六月、日野草城のほか、西東三鬼、藤田初巳《はつみ》、東京三、富澤赤黄男、篠原鳳作《ほうさく》という新興俳句新人の作品を集めた河出書房の『現代俳句』第三巻（昭和十五）が刊行された。新興俳句への弾圧・京大俳句事件の中での刊行であったため、当初その作品が収められる予定であった渡辺白泉が逮捕されるという事態を受けて、白泉「青山」が急遽削除され、東京三「木靴」が収められた。そのほか、昭和十一年に三十歳で早世した鳳作の作品「海の旅」が収録されるなど、いわくつきの一冊である。赤黄男の「魚の骨」も収められ、その存在が一般に知られることになった。「魚の骨」は、本来『風昏集』として刊行を計画していたものだ。「まえがき」の中に、次のような伝統俳句への強い批判の言葉がある。

　むかふにゐるひと達は、なぜ坐してばかりゐるのであらうか。
　むかふにゐるひと達は、なぜ季節の衣ばかりまとつてゐるのであらうか。季節の衣のほか、まとふものがないやうに見える。

　赤黄男は、昭和十二年九月、二度目の応召で出征し、昭和十五年、マラリアで入院、同年五月に召集解除となった。階級は除隊前に中尉に昇進している。ここに詳しくは書けないが、この出征は、生活苦に喘いでいた赤黄男にとっては一種の救いであった。しかし、戦死すればそれまでである。生還したことで「魚の骨」が生まれ、名句集『天の狼』（旗艦発行所、昭和十六）が刊行された。人の幸、不幸は誠に紙一重の差、微妙なものである。出征中の作品は、「魚の骨」に収められている「ランプ」と題された連作八句が有名で、「潤子よお父さんは小さな支那のランプを拾つたよ」という前書きがある。最初の三句を紹介しよう。

　落日に支那のランプのホヤを拭く
　やがてランプに戦場のふかい闇がくるぞ
　灯はちさし生きてゐるわが影はふとし

桃史は、「旗艦」第八巻四号に「戦場俳句の鑑賞」を寄稿し、赤黄男の右の「やがてランプに」を取り上げて鑑賞している。

　戦場の一隅で拾つて来たランプを点す。石油の匂。焔の黄。故郷への便りはこのランプの下で認めたる。日記をつける。命令を書く。回報を書く。兵の書簡を検閲する。それが終ればランプは富澤赤黄男中尉の寝顔に照るであらう。だがランプはランプの囲りしか照らさない。炕《おんどる》（筆者注——原本は「炕」）の下に脱いだ軍靴さへ見えなくなる闇がやがては来るであらう。しかもその闇は蜿蜒《えんえん》数百里に亙る大陸の闇である。その濃い闇の中に戦争が巨き姿を秘めてゐるのだ。ランプは生命の如く子の父富澤赤黄男中尉の寝顔に照るであらう。

赤黄男は、「旗艦」第一巻十号に「俳句は詩である」という、アフォリズムともいうべき一篇の詩のような文章を書いている。「俳句は詩である。ということは、その本質が詩的であり、その内容が詩的であり、その精神が詩的であることを意味する」「俳句は詩である。俳句は強靭なる詩であるといふ意味には、俳句の弾力性、柔軟性が含まれてゐる。「詩《ポエジー》」の発現として俳句形態、五七五調形態をとる所以のものは実にこの凝集的弾力性を愛するが故に外ならない」とはじまり、三頁にわたる文章の最後を「俳句は文学の結晶である」と結んでいる。その論の印象は、伝統俳句側からはもちろん、新興俳句でも有季定型を守る人たちからは、あまりに西洋文学の影響を受けすぎているとの批判を受けそうな内容だが、赤黄男が、後の詩人、吉岡実の心をつかんでいたのも分かるような気がする。

桃史は先の鑑賞の中で、赤黄男の句をもう一句、「詩人中尉赤黄男の、工兵中尉赤黄男の戦場傑作の一句」であると称賛して、取り上げている。

雲ながれ雲ながれる不発地雷

戦場に身を置いたことのある俳人同士なるがゆえの深い理解があるようだ。「魚の骨」には、左の四句もあり、心に響く作品である。

困憊の日輪《ひ》をころがしてゐる戦場
一木の絶望の木に月のあがるや
秋風のまんなかにある蒼い弾痕
秋ふかく飯盒をカラカラと鳴らし喰らふ

これらは、戦場にあってはじめて得られる作品であろう。草城の類稀れな才能と想像力をもってしても、この感覚には至り得なかったであろう。

なお、伊丹啓子著『日野草城伝』（沖積舎、平成十二）によれば、「旗艦」は、昭和十六年五月、第七十六号で終刊し、翌六月には、「瑠璃」「原始林」と統合、「琥珀」と改題されて引き継がれた。発行人には水谷砕壺がつき、創刊から草城は選者の一人となったが、三号までで辞退。また、「俳句研究」の雑詠選者も、編集長山本健吉の要請で辞任したという。「琥珀」昭和十六年八月号に掲載された草城の「御挨拶」には、絶ちがたい俳句への思いも語られている。「琥珀」は稀少な俳句雑誌で、私は未見である。

中村草田男

屈せざる者の強さと弱さ

1　教師中村草田男

あまり有名な句ではないが、中村草田男（明治三十四～昭和五十八、一九〇一～一九八三）の第五句集『銀河依然』（みすず書房、昭和二十八）中の、昭和二十四年の作品に、

「我居所より程遠からぬ三鷹町禅林寺内に、太宰治氏の新墓あるを訪ふ。三句」と前書きして、

春の愚者奇妙な賢者の墓を訪ふ

という句がある。少しでも、その作品に触れれば、草田男が「愚者」でないことは誰の目にも明らかだ。同時に一語をも疎《おろそ》かにしない俳人であることも分かる。ならば、なぜ、自らを愚者とし、ある意味で「愚者」という言葉にふさわしい太宰を「賢者」としたのか。もちろん太宰は「奇妙な賢者」で

あって、まっとうな賢者ではないし、愚者たる自分も「春の愚者」だ。

続く破調の句、

居《お》りしを忸怩と墓発つ鴉合歓《ねむ》の芽枝

に、その理由があるのかも知れない。太宰の墓前にいることを「忸怩」と思う自分がいる。戦前から戦中、戦後と、草田男には生きる上での障害ばかりでなく、俳句の世界でも波乱が多かった。その自らの生き方と、太宰の生き方を無意識のうちに比較していた。合歓の木から飛び立った鴉の羽音によって我に返り、他人との比較は意味がない。自分の信じた道を行くだけだ、と考えたのか。

草田男という人は、非常に複雑なものを内にはらんでいて、それを強引に一つにすることなく、複雑なままに生き、俳句や随筆やメルヘンに表現した人ではないか。作品にいくつかの傾向があって、さまざまな草田男がいる。愛弟子の一人、宮脇白夜《びゃくや》の『中村草田男論——詩作と求道』（みすず書房、一九八七）のように、キリスト教との関連でその作品を読むことにより、一つの草田男論が書ける。むしろ、何か一点でしぼらないとこの俳人は捉えきれないのかもしれない。

そのようにして、愛妻愛児、家庭人としての草田男、望郷詩人としての草田男、俳句結社指導者としての草田男、教師としての草田男など、さまざまな面からのアプローチが可能のような気がする。草田男の俳句を男性的とする向きもあるが、幹竹《からたけ》を割ったようなと表現するタイプの男性的性格ではないと思う。

さて、前述の太宰の墓参の句の数句前に、

いくさよあるな麦生《むぎふ》に金貨天降《あまふ》るとも

という句がある。「金貨天降る」とは、キリスト教の聖書の話に由来する句かと思ったが、違うようだ。翌、昭和二十五年の朝鮮戦争勃発、警察予備隊（後の自衛隊）の設立など、冷戦体制がいよいよ緊迫し、再び戦争の脅威が身辺に感じられてきたのであろう。その一方で、戦後復興へむけ、軍需への期待も世に現われてきていた。そのように解釈してよいと思う。草田男の戦争にまつわる句は、教師としての立場から詠まれたものが多い。教え子たちが教場を去り、ペンを銃に持ち替えて戦場に出向いていく。東京五日市のカトリック共同霊園の、草田男の石棺にも彫られている有名な句、

勇気こそ地の塩なれや梅真白

も、まさにそうした句である。戦後の句集『来《こ》し方行方《かたゆくえ》』（自文堂、昭和二十二）に収録された昭和十九年の作品だ。自句自解の比較的少ない草田男だが、この句については、

「地の塩」は「信仰者」を指してゐるのだが、後には――他者によつて生成せしめられるもので

なくて自ら生成するもの、他者によつて価値づけられるものではなくて自らが価値の根元であるもの——の意味に広く用ゐられる。十九年の春——十三才と十四才との頃から手がけた教へ児達が三十名「学徒」の名に呼ばれるまでに育つて、いよいよ時代の火のルツボの如きもの、中へ躍り出ていかうとする、「かどで」に際して、無言裡に書き示したものである。折から、身辺には梅花が、文字通り凜然と咲き誇つてゐたのである。(『句作の道』第二巻、目黒書店、昭和二十五、所収)

と書いている。

戦後の草田男の成蹊高校での教え子だった高井有一は、「風景のなかに」(『中村草田男読本』、角川書店、所収)でこの句について、「学業半ばで戦陣へ赴く教へ子に、勇気の大切さを説いた句とも取れようが、私には、それよりも、学徒すら出陣しなくてはならぬ時代に、自由主義者として迫害を受けながら、頭を上げて生きて行かうとする先生の意志が感じられてならない」と書いている。しかし、宮脇白夜は先の『中村草田男論』の中で、当時草田男を捉えていたニーチェの『ツァラツストラ』の中で使われる「勇気」の意味を重視し、

〝自律の尊さ〟を意味しているのである。従って「勇気こそ」の句の前半を直截的に説明すれば、それは「勇気こそ自律的に価値づけられるものである」という意味となり、さらに〝学徒出陣〟という事実に結びつけて解説するならば、〝学徒〟たちよ、お前達は、自律的に価値づけられる

「勇気」を最も大事にして前線に赴くがよい〟ということになるのである。と書いている。この句に反戦の意味を読むには無理がある。この句を実際に贈られた学徒たちはどのように捉えたのだろう。

草田男をもっとも信頼し、長く草田男の主宰誌「萬緑」の編集発行も務めた香西《こうざい》照雄（一九一七～一九八七）は、昭和十六年に東京大学を卒業、大阪府立堺工業学校の教師となるが、十七年に召集され、オーストラリア軍による抑留を経て昭和二十一年五月復員した。その香西は、この句を次のように解釈する。

「地の塩」は、マタイ伝の「山上の垂訓」による。塩は防腐剤で物の味を保全することから、キリストの信者は人の世の腐敗を止め人間の善性を保全するものであるという比喩に使っている。この句は、この比喩を転じて、勇気こそは世と人間性との腐敗を止めるものだという。（略）これを滅私奉公的勇気と解する人もあるが、私は、この句全体に普遍的広がりが、感じられるので、むしろ「気力」とも置きかえるべきもの、すなわち困難にもめげず生きぬく気力や、克己的求道的意志力と解する。そういう勇気が失われると、人は自棄や絶望や不安という腐敗に陥いる。

つまり、君たちは、戦場に赴いても、自棄になったり絶望して、無駄に死ぬなと言っているのであろう。これは、桜楓社「俳句シリーズ　人と作品」の一冊『中村草田男』（昭和三十八）からの引用である。草田男は香西照雄の第一句集『対話』（星書房、昭和三十八）の、彼への信頼を述べた「序」で、「あの著書（筆者注――『中村草田男』）が広い反響としての「名著」の呼声を一挙に獲得するにいたったのは、全くあの書物が内蔵していた根深い必然性がしかあらしめたのであることは明々白々である」と書いている。

2　草田男の復活

「俳句研究」昭和十九年七月号の村山古郷の「作家点描――中村草田男の巻」によれば、「草田男氏は今回文報俳句部会の幹事に就任した。聡明と雄弁と不屈の逞しさを有つ氏の活躍に俟つものは多い」とある。複製された『日本文学報国会会員名簿』は昭和十八年版であり、日本文学報国会編『俳句年鑑』（桃蹊書房、昭和十九）も昭和十七年七月改正の役員名簿しか掲載していないので、当初、十九年中頃の正確な役員陣容は分からなかった。しかし、桜本富雄著『日本文学報国会――大東亜戦争下の文学者たち』（青木書店、平成七）には、十九年四月以降の新陣容（理事長・高島米峰、事務局長・中村武羅夫）が示されている。そこには確かに草田男が日本文学報国会俳句部会の幹事十人の一人として記載がある（他の幹事は、秋山秋紅蓼、池内たけし、大谷碧雲居、大野林火、川上三太郎、佐藤漾人、松本たかし、三宅一鳴、吉田冬葉）。

右の本には、典拠資料が明示されていなかったので、桜本氏（旧知である）に問い合わせると、文学報国会の機関紙「文学報国」23号（昭和十九年四月二十日）に掲載された記事（「強力な部会整備――

新陣容の各部会役員の顔触れ」）を送ってくれた。いずれにせよ、「地の塩」の句も、そういう立場にある俳人の作品として見る必要がある。草田男のほかの公的な立場としては、文学報国会の幹事就任の前の昭和十八年三月に、日本出版文化協会を改組した日本出版会の雑誌委員に任命されている（「日本出版会規定類集」　昭和十九年九月）。日本出版会は、国家総動員法に基づく出版事業令による統制団体である。

ただ、草田男は、句作にフィクションがまじることを極度に否定し、「戦火想望俳句」を作らず、難解俳句とか人間探求派といわれるように、極めて理性のまさった、精神性の高い俳句を作りつづけていた。「地の塩」の句は、たとえば、「ホトトギス」の先輩である富安風生の「学徒出陣を詠む」（『霜晴』収録）と題した次のような句とは、学徒たちを思う点においてまるで違っている。

学びやもいくさのにはも菊の雨
明日の日は征くべき灯下親めり
けふのためにこゝに鍛へし幾秋ぞ

草田男の当時の作風を見ると、花鳥諷詠を貴ぶ「ホトトギス」になぜこだわり続けたのか、理解に苦しむ。しかし、そうした精神性の高い句の中に、『火の島』（龍星閣、昭和十四）収録の、有名な昭和十四年の句、

人あり一と冬吾を鉄片と虐げし
金魚手向けん肉屋の鉤に彼奴を吊り

など、激烈な感情をあらわにした句も残している。この複雑さが草田男なのである。
昭和十六年七月、友人の川端茅舎が亡くなり、「俳句研究」同年十月号に、

審判の剣に置く露消えしがごと
汝等老いたり虹に頭《づ》上げぬ山羊なるか
人ひとり簾《す》の動き見てなぐさまんや
夏痩の妻抱き言葉口うつし

など「青露変」三十句を発表するや、草田男の姿勢は自由主義的とされ、小野蕪子（「鶏頭陣」主宰、陶器研究家・小野賢一郎）を筆頭とする国粋主義的陣営から圧力がかかり、「ホトトギス」内でも非難にさらされ、「ホトトギス」への投句も控えるようになっていく。しかし、昭和十八年二月に小野蕪子が亡くなると、「俳句研究」などへの寄稿が復活する。

「俳句研究」十八年九月号の特集「決戦下の俳句」に草田男は「拾遺的感想」という文章を掲載している。この時点ではまだ文学報国会の幹事ではないが、日本出版会雑誌委員という公的立場にある者としての発言で、「現在の俳壇は非常時局下、戦時体制下の俳壇である。俳壇の総力が一つに方向づ

けられて、戦争目的完遂、国家発展達成のために捧げ尽くされなければならないことは、理論を超えてゐる。現に、文報俳句部会成立以後、同会は全俳壇を動員して、恤兵を初め、陸海軍傷病兵・産業戦士慰問のために俳句会・講演会を催ほし、或ひは銃後精神生活の潤ひと趣味の向上とを計るべく俳句文芸の普及化に努める等、各方面の事業に精励し、しかも著著として其効を挙げつゝある」と始まる時局的文章だ。草田男の生涯のなかでも特殊なものに当たるであろう。

二段落目からは、戦時にあるからこそ、なお俳句の普及だけではなく、指導者の質的な高度化、あえて言えば天才の必要を、「用」と「体」という概念を用いて力説している。これは、文中に「俳句のアマツールの数を横に増加せしめる「用」」、「体とは芸道としての俳句の「原動力のありか」の意味」とあり、また「文化は「数」だけの上にあるのではなくて、「質」の中にある。「数」が「質」の高度を併せ持つことが文化の向上である」とあるので、用は数つまり普及、体は質つまり内容の高度化とほぼイコールと考えてよいかと思う。どういう書物・思想からの援用かは分からないが、さらに次のように書いている。

今こそ文化は国全体のために存在する。指導、啓蒙とは——「用」と「体」との有機関係を正しくあらしめ、そこから、新しい文化の誕生を計り、真の新人の登場に道を拓いてやることである。もつと具体的にいへば、一国の文化のために、天才待望を実現化せしめることである。もとより、嘗ての単なる個性万能の時代のやうな「私」のための放埒な天才意識や其偏奇性は今の時代に極力排除されねばならぬ。併し、「すめらみくに」の自覚の上に立つた真の文芸的天才の出現を「公」のために嫌悪するものがどこにあらうか。

この発言は、意地悪くとれば、己こそ天才という主張と受け取られてもやむを得ない面があろう。すでにかつての論敵山口誓子や日野草城は俳壇から身を引いており、小野蕪子もいない。いよいよ自らの考えを実現できる状況となった。草田男は戦争を現実として受け入れながら、あくまでも精神性の高い俳句を求めているのだ。『現代俳句大系』第六巻に収められた『来し方行方』の解説で、香西照雄が「彼（草田男）は、困苦や悲劇など、その生命力を阻害するものが強くなればなるほど、それを排除し克服しようとする気力も強くなる人である。いったん絶望しても、自棄的デカダンにはけっしておちいらず、「肯定と光明」をどこまでも求め続ける性格である」と書いている。「地の塩」の句意にも通じるし、また、一瞬惹かれはしたが、その生き方は自分とは別だと退けた、太宰墓前の句を思いおこさせる。

3　句集『来し方行方』

さて、戦時中の昭和十六年から、戦後の昭和二十二年までの作品を収めた『来し方行方』は、戦中から終戦後の混乱期にも、何とか高い精神を保持しようと懸命に生きる知識人の苦悩がよくあらわれた句集であるが、ＧＨＱの検閲の目を意識して、三百句あまりが意識的に削除されている。同書の「跋」には、「約三百の句は、其質の貧しさ其他の理由で削り去った」と記している。おそらく原稿の段階で削り、さらに校正の段階で削ったと考えられる。同書を見ると、各所に「……」として空白を埋めたところがある。他に×記号も多いが、他の句集でも×は、内容の変わり目に挿入されているので、削除箇所を埋めたのではないかもしれない。しかし、内容上の区切りとしては不自然なところもある。これは、削除した行をつめると全体が動いてしまうので窮余の策として、とられた措置であろう。句は再校以降に急遽削られたのであろう。その削ったうちの九句が、『銀河依然』巻末に「戦時中の句」と題し、「嘗て四年間級主任として相親しみし教へ児R・Y、学業半ばにして出征することなれり」と前書きを添えて収録されている。

冬日に応へ皓と淋漓と旗襷
学兵汝《なれ》吾が仰ぎ目に息白き
近見にも味方の一人冬日の像
冬日勁し握手の吾が手潰《つぶ》れんとす
金具冬日に燦と一語や「師よさらば」
冬日散るよ学兵に師と呼ばれたるよ
冬日見詰めて涙を支ふ下瞼
咽喉も鼻も涙にいたむ松・紅葉
冬の松籟吾《あ》も詩に強きのみならず

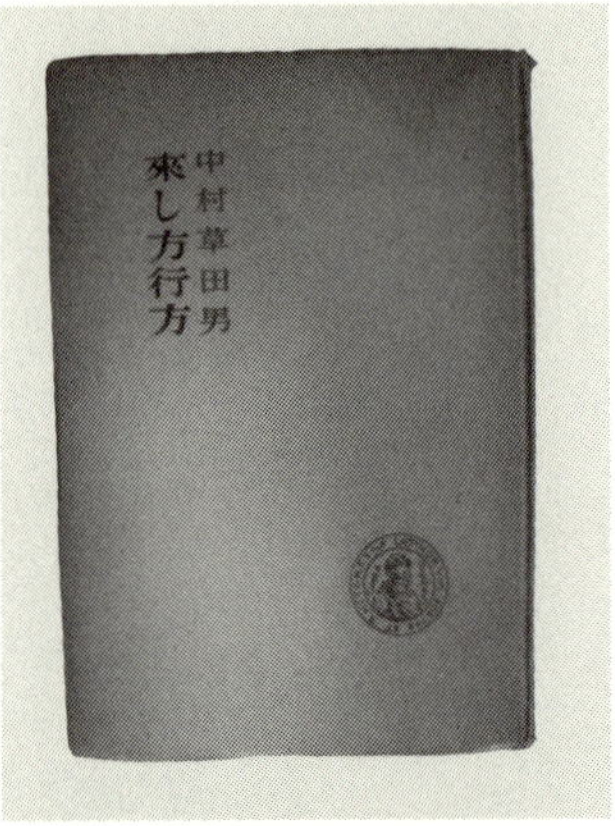

中村草田男『来し方行方』

教え子を戦場に送り出す、教師としての苦衷が滲み出た作品である。これは、「俳句研究」昭和十九年二月号に「一つ・憎し」と題して掲載されたもので、句集『来し方行方』に収録された、R・Y（山本麟）の同級生で応召を前に心臓麻痺で急逝した原田芳治への七句（句集では「入営の君を見たしと思ひしが」という一句を削除）と共に掲載されている。ただ、この後に続く二句、及び「憎し」と題した五句、都合七句は『銀河依然』に収められていない。それは、

亡き彼が汝《なれ》に活き陽《ひ》は冬を超《こ》ゆ
師弟は一つ死生は一つ冬日一つ

小《ち》さき寝顔ヂンヂンと寒気敵憎し
寒夜いま敵都真昼の鬼畜にくし
一失火鳴り照る見ても敵憎し
朝の蜜柑食へ強く産め敵にくし
此年送る辞を述べつゝも敵憎し

というもので、確かに戦後にあえて発表する句ではない。「師弟は一つ」の句など、当時の教師の心情が痛いほどに伝わる句である。「亡き彼」は、病死した山本麟の旧友原田芳治をおそらくは指すのであろう。

改造社版ではなく、戦後の俳句研究社発行の「俳句研究」昭和四十七年六月号「中村草田男特集」に、やはり成蹊高校で草田男の教えを受けた歌人の佐佐木幸綱が、草田男の一句「葡萄食ふ一語一語の如くにて」を取り上げて、教師草田男と俳人草田男を回想している。「いわば述志の句が、大義名分とぎりぎりのところで一線を画し得ているのは、草田男という俳人が、言葉の実態感を信頼し、言葉の感触を信頼しているからだ」と書いている。前述の高井有一も、英文学者由良君美も成蹊高校の教え子で、その教師草田男像はすばらしいものだ。『来し方行方』の昭和十八年の句に、教え子を詠んだ句がある。

教へ児と食ぶ菩薩嶺の残んの雪
教へ児の炉辺なる脛の伸びたる脛
我が声や教へ児五人に鷹舞へり

教え子に対する愛情と希望にあふれた句である。戦時中の経験を踏まえ、戦後の教え子への態度はより理想的なものとなったろうと思う。先にあげた句などは、理知的な草田男にしては感情を顕わにした「敵が憎い」が主で、これは反戦ではない。しかし、教え子への愛情の深さに貫かれている点は見逃せない。

4　十二月八日の俳句

満洲事変に始まる十五年戦争のなかで、昭和十六年十二月八日の太平洋戦争への拡大は、一般の国民にとってまったく次元を異にした事態であったのかどうか、実際の感覚として、昭和二十九年生まれの私にはつかみ切れない。しかし、戦争俳句上では確かに違いがある。例えば、新興俳句と伝統俳句の論争の中で語られることの多かった「支那事変俳句」に比べ、十二月八日以降戦地から寄せられた俳句は、芸術論的に論議されることもなく、尊く冒しがたいものとされるなど、ジャーナリズム上の扱いも違ってきたように見える。

当時の俳壇の大御所たちが十二月八日の大戦の詔勅をどのように俳句に詠んだのか、それらと比較して中村草田男の作品はどうであったかを見てみたい。

改造社「俳句研究」昭和十七年一月号は、巻頭に「詔勅を拝して」と題した特集を設けている。正確に何日に刊行されたかは分からないが、奥付は昭和十七年一月二日である。十二月八日から一月もたたずに刊行されたことになる。はじめに「大東亜戦争と俳句作家の決意」として、富安風生「俳句も起つ」（十二月十六日執筆）、飯田蛇笏「民族詩高揚の秋《とき》」（十二月十二日執筆）の二篇の評論を置き、続いて前田普羅、富安風生、瀧春一、長谷川素逝、佐野青陽人、新井石毛、萩原麦草、竹下しづの女の「宣戦俳句」を掲載している。佐野、新井、萩原は、それぞれ昭和十九年版の『俳句年鑑』（日本文学報国会編）の「作者略伝」には掲載されているが、どのような俳人であったか、私は残念ながら知らない。他の著名な五人の作品を数句ずつ選んで紹介してみよう。

前田普羅　　今ぞ撃たん
現身に撃つ日来たれり霜の朝
戦ふは冬海のかなた夏の海

「俳句研究」昭和17年1月号「大東亜戦争と俳句作家の決意」

我がもんぺ勝ちにおののく軀をつゝむ
命ありこの大霜の朝を覚む

富安風生　　国立ちぬ
かしこみて布子の膝に涙しぬ
寒林の疾風《はやち》呼ぶごと国起ちぬ
冬嶺の威を冒したるもの撃たる
これの斯の国興る年の日記買ふ

瀧春一　　感激の一瞬
冬日寂と聖天子戦ひをのらしたまふ

日冴えたりかくて撃つべし米も英も
星冴ゆる燈管に慣れつこころ勢《きほ》ふ

長谷川素逝　おほみこと
あふぎたる冬日滂沱とわれ赤子
冬の日をあふぎてなにかさけびたく
いまだ暖衣飽食のわれもたいなし

竹下しづの女　土有情
国を挙げてたたかへり吾麦を蒔く
土有情播く麦粒を恋ひこぼる
嶇《ク》と屈し嶷《ギ》と踊《ク》して梅直と樹つ

巻頭に評論「民族詩高揚の秋」を書いた飯田蛇笏は、句集『白嶽《はくがく》』（起山房、昭和十八）に、昭和十五年から十七年までの作品を収めている。「嗚呼皇国」、「皇国戦捷」、「皇天皇土」、「皇国聖戦」、「戦捷と山童」、「新嘉坡陥落」など、戦争にまつわる句が多い。十二月八日に詠んだと思われる句はそこには見出せない。ちなみに十七年冬の「皇国聖戦」と題された作品から数句を引くと、左のような感じで、開戦を言祝《ことほ》ぐ句に見える。

おほみことのり四海に霜は暾に溶くる

国捷てり凍空の冱え弥まさる

捷報はみんなみよりす雪霏々と

戦捷の春をたゝへて雪に詠む

飯田蛇笏の言動で注目されるのは、「俳句研究」昭和十八年二月号に「民族詩の黎明——俳句伝統の現代的相貌」を執筆していることだ。これは前年の「民族詩高揚の秋」をより具体化させた論で、例えば、岡本癖三酔《へきさんすい》（一八七八〜一九四二）、荻原井泉水、中塚一碧楼《いっぺきろう》（一八八七〜一九四六）など、破調、自由律を実践していた俳人たちが大東亜戦争の勃発を受けて、日本の伝統詩としての俳句本来の形に戻る動きを示している、と論じている。一碧楼の例でいうと、

とつとう鳥とつとうなく青くて低い山青くて高い山

番茶のめば父と話したし母と話したし冬宵のほど

あるいは、

飯田蛇笏『白嶽』

草青々半ば去り

などと詠んでいたのが、

かぐわし水うごく国原稲穣りたり
雪白しすゝむ兵みな白し日ざし
道一すじ御社へまゐる枯草を踏む

といった伝統への回帰を示していると指摘している。

現在から見れば、当時の一碧楼の作品全体が、そのような伝統回帰をしているかといえば、疑問が残る。しかし、一般論として、蛇笏の指摘はその通りで、ナショナリズム高揚期には他の芸術分野でも、前衛は影を潜め古典へ回帰していく傾向を示す。一碧楼の句も、現在から見れば、言語芸術としてみた場合の面白さは、前者の破調の句の方が断然優れており、後者は発想や表現上の面白さに欠ける。優れた伝統のよさに戻ったというよりは、こと戦争に関する作品は、感動の表出や表現の規制を受けていると捉えてよいと思う。

前に引いた蛇笏の戦争句にしても精彩がないが、蛇笏の当時の句がすべて類型化しているかといえばそうではなく、『白嶽』に収められた昭和十七年の句には、

春着きて流離の袖をあはせけり
ゆく水に暮春の墓の映りけり
くちづけて連翹あまき露のたま

など、蛇笏ならではの魅力溢れる作品が多数ある。
この『白嶽』は、右に見たような戦争に因む句集としてではなく、書名の由来となった朝鮮半島・京城での作品、

春北風白嶽の陽を吹きゆがむ
白嶽は普陀落にして春の風

など、昭和十五年四月の「大陸羈旅句抄」九十六句、あるいは、昭和十六年六月に、二十八歳で病没した次男數馬を悼む「病院と死」七十五句などで知られている。ことに後者は、蛇笏自ら、「詠むにたへず詠まざらんとしてもまた得ず、生涯をたゞこの詩に賭する身の、之れをわが亡子數馬の霊にさゝぐ」と前書きを添えた、哀切極まりない連作である。

派手ゆかた着て重態のいたましき
夏真昼死は半眼に人をみる

吾子痩せて手に病汗のねばりけり
汗の吾子ひたすらにわが眼を追へり

この句集に、昭和十六年十二月八日を直接詠んだ作品が見出せないのは、子の死による悲嘆からまだ抜け出せないでいたからかもしれない。蛇笏には、さらに長男聡一郎と、三男麗三を戦争で失うという悲劇が襲うのである。

5　富安風生と水原秋桜子の十二月八日

「俳句研究」昭和十七年二月号に「俳句も起つ」を書いた富安風生は、句集『冬霞』（龍星閣、昭和十八）に、昭和十五年から十七年までの作品を収めるが、巻頭から四十二頁までを「大東亜戦争の下に」と題して六十七句を収めている。参考としてどの句を引用すべきかは難しい。陳腐と思われる句と、多少面白いと思うものをあげる。

椰子樹下に裸正月初笑
筆に生きいくさの神に初詣
醜の野を焼く神業をまのあたり

多少発想に面白みのあるものでは、

　警報解除縁に靴ぬぐ余花の塵
　面会のよそ目ゆかしき秋桜
　胡麻を干す門掃いて待ち給ひけり

　富安風生は、昭和十五年十二月に結成された日本俳句作家協会の常任理事（会長高浜虚子、常任理事小野蕪子・中塚一碧楼）、同協会は十七年六月に日本文学報国会に抱合されるが、そこでは俳句部会の幹事長（部会長高浜虚子、部会代表理事水原秋桜子）に就任する。先述の評論「俳句も起つ」も、そうした立場の俳人として執筆したものと思うが、興奮のなか慌しく短い期間に書かれたものなのだろう、理路整然とした文章ではない。

　おそらく風生が伝えたかったのは、

　国家が生死の巌頭に立つとき、その現前の事態に超然とした世界に立籠つてなどゐられないといふのが、われわれの気持だと思ふ。（略）自分の芸に生きること、自分自身を生きとほす気持に真実偽りがないのならば、それが目の前のこの大きな現実と遊離するはずがないのである。自分のほんとの俳句が、すぐにこんにちと取組んだ、こんにちの時代に役立つやうなものになつてをるはずなのだと思ふ。日米が開戦した、ソレ開戦の俳句をこしらへろ—そんな上ツ調子なことを

> こんにち誰だつてするだらうとは思へない。国民の誰の気持だつてもつと遥かに真剣だと思ふ。

と書いたあたりではないだろうか。これでは結局、従来と何も変わらない。変わらないのはある意味けっこうだが、気持ちと掛け声だけは非常時を叫んでも、作る俳句に死に直結する戦時の真剣さ、切実さはほとんどない。もちろん自分の立場や生き方を疑うような観念もない。もっともそれは風生だけでなく、徐々に戦況が悪化し、全国の都市への空襲が日常化し、自らの死が現前のものとなるまでは、一般人共通の感覚だったように思う。

『聖戦と俳句』『聖戦俳句集』

文学報国会俳句部会代表理事であった水原秋桜子は、どうであったか。秋桜子は、昭和十五年に『聖戦と俳句』（人文書院）、十八年には『聖戦俳句集』（石原求龍堂）を編集するなど、戦争俳句に関してはもっとも発言の多い俳人の一人である。とはいえ積極的な戦意昂揚派とも思えない。立場上、発言を求められることが多かったのであろう。句集『磐梯《ばんだい》』（甲鳥書林、昭和十八）に、昭和十七、十八年の句を収めるが、戦争に関した句が非常に多い。昭和十七年二月の句集『古鏡』（甲鳥書林）と比べても、はるかに多くなっている。十二月八日に関する句を上げてみよう。

冬霧にぬれてぞ祈る勝たせたまへ
いまぞ撃つ雲間に明くる冬島を
重油噴《ふ》き冬潮に裂けぬ敵の艦《ふね》

基本的に富安風生と違いがない。戦争に関係した句の場合、主観を尊重する秋桜子と、花鳥諷詠の風生に、文学的に見て違う点があるのであろうか。

6　草田男における他者の重さ

さて、中村草田男である。管見の限り十二月八日を受けての句はないし、翌十七年の句も『来し方行方』収録の三十三句（翌十八年、一一七句）以外、確認できない。前に書いたように、川端茅舎を悼んだ「俳句研究」昭和十八年十月号掲載の「青露変」以降、ほとんど俳壇での活動がない。その後ようやく「俳句研究」昭和十八年二月号に「月桂樹叢」二十一句、同年三月号に「茅舎忌、其他」二十句、同年八月号に無題二十二句、同年十月号に「強壮の夏」四十句、十九年二月号に、前にも触れた「一つ・憎し」二十三句、同年三月号に「機影と騎士」二十三句を発表している。その中から、「一つ・憎し」以外で戦争を題材としたものを順に上げると、

祖国の事新月のある富士へ祈る

佩刀も二《ふた》ふり君等と年送る
初寝覚今年なさねばなす時なし
一月二日決意の雑煮食べしなり
松過ぎぬ戦報映画の揺るる地平
汗の子と未だ剣帯びぬ征く人と
征く友が遠《をち》を見る目や夏夕べ
照空燈ふるき皇国《みくに》の天の川
雪と影戦《いくさ》は昼も夜も深し
我弟《あがおと》ちかく空飛ばんこと雪に著《しる》し

十九年二月号「一つ・憎し」の「師弟は一つ死生は一つ冬日一つ」、「寒夜いま敵都真昼の鬼畜にくし」といった句を含めても、草田男の句は、秋桜子や風生など、当時の指導的立場にあった俳人たちの、開戦の報によってにわかに興奮した決意を表わしたような作品とは、質を異にしているといえると思う。それは戦争句以外でも、戦後の刊行ではあるが、戦時中の句を収めた『来し方行方』と、前記『冬霞』や『磐梯』に収録の戦時中の句とは、自己を客観視できているという点で、まるで次元を異にしているのと同じだ。

ただ、前にも触れたように、けっして草田男の句が反戦の句というわけではない。この違い方の要因は、「俳句研究」昭和十三年八月号に掲載された、渡辺白泉、佐々木有風、加藤楸邨、西東三鬼、石橋辰之助との座談会「戦争俳句その他」での発言、「全体といふ名前を借りて、個人の生活を誤魔化す、といふことは、これからは盛んに起るだらうといふことです。これなどは、芸術家として一番警戒しなければいけないことだ、と思ひますね」といった先見的認識を、十二月八日以降も冷静に持ち続けられたゆえであろうと思う。

戦時中の草田男句が、同時期の俳人たちの作品と質を異にするのは、他者の存在の大きさであろう。ニーチェやキリスト教の影響という以上に、草田男の句には他者が確然と現われる。

たとえば、戦時中の句を多く含む『来し方行方』収録の七百十五句のうち、他者が詠み込まれているのが八十四句、妻子や両親など家族の句が六十二句ある。合わせると実に、収録句の五分の一を占める多さである。家族以外の句では、

遠き丘のマントの人や若からん
我が声や教へ児五人に鷹舞へり
夏ひそかトロへと辿る一土工
汽関車一つ拱手の火夫に音なき冬

「万緑の中や吾子《あこ》の歯生え初むる」など、人口に膾炙している草田男の家族愛の句はもちろんだが、前の二句のように、

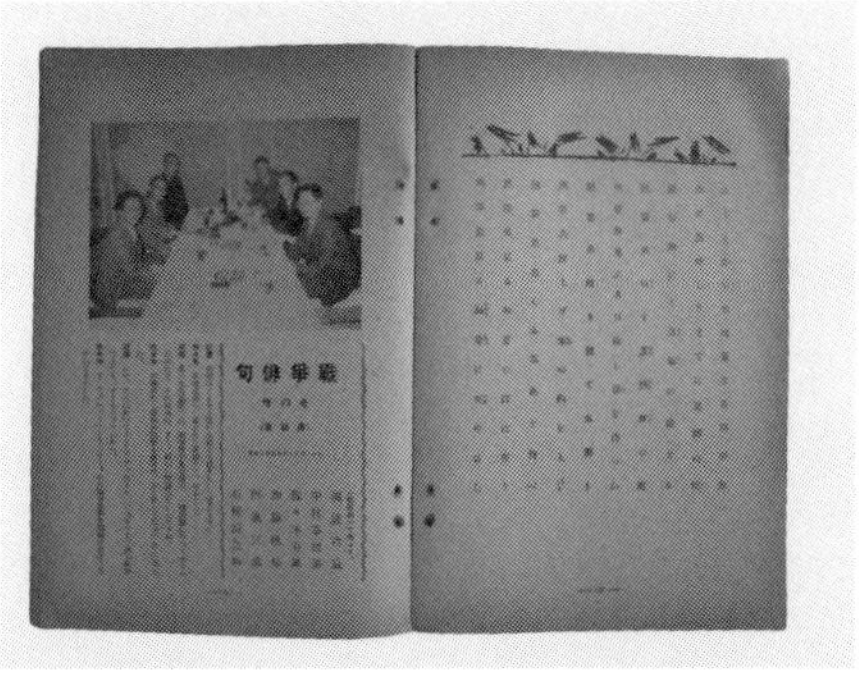
「俳句研究」昭和13年8月号、座談会「戦争俳句その他」

他者が本人と大きくかかわる句に草田男の特色があると思う。後者の句も、単なる景色の中の土工や火夫ではないだろう。

この傾向は、他の俳人と比較することでよりはっきりする。草田男がもっとも信頼した川端茅舎の『定本川端茅舎句集』（養徳社、昭和二十二）には、生涯の作品から一千句が収められているが、他者が出るのはわずか六十九句である。しかもそれらの多くは、

通天やしぐれやどりの俳諧師
病僧やかさりこそりと年用意
春泥に子等のちんぽこならびけり

といったまことに俳趣豊かな、一幅の絵における点景としての他者である。自己との距離感は、あまりに己れが前に出すぎた野暮に対して、己を裏にかくした粋《いき》であり、都会的、近代的であるように思う。草田男とは異質な世界である。国全体が戦果に興奮する中でも、一人冷静に他者と己を相対的に捉えられる草田男の意識は、立派であり、近代的でもあるが、粋ではない。

先に詳しく触れた山口誓子『激浪』は昭和二十一年七月の刊行で、昭和十七年から十九年までの作品を収めるが、伊勢における療養中であるため、詠まれる対象は身辺の風物や小さな生き物たちである。そのひたすら自己を見つめる透徹した世界は壮絶ですらあるが、ほとんど他者は出てこない。日野草城の『旦暮』（星雲社、昭和二十四）は、終戦直後の病気と貧苦のなかで俳句に出てくる他者はほ

とんどが妻であり、草城独特のユーモアを含みながらも、療養俳句のじめっとした典型的な世界を創出している。「春の夕厨の妻を遠くおもふ」、「春の宵妻のゆあみの音きこゆ」など、かつての「ミヤコ・ホテル」や「マダム・コルト」など創作性豊かなモダンな世界を描いてきた草城とは、全く別の私小説的世界である。

草田男にも妻子の句は極めて多いが、「秋落日妻子かげなき真赤な顔」、「掌の白桃父の願ひぞ子に実りぬ」といった向日的な世界である。

芭蕉ですら、俳句への考え方は幾度も変わった。時代により人により俳句の持つ意味が違って当然である。その意味で、しょせん十七文字という狭い世界では花鳥諷詠に徹すべしという俳句への固定観念を否定し、ヨーロッパの新しい文学思潮を取り入れるなどして、意識的で抽象的な表現を俳句に求めたり、逆にあくまでも俳句を言語遊戯ととらえ、江戸期以来の諧謔の精神を、今ふうのユーモアやナンセンスにかえた俳句を志向する動きが出てくることも不思議ではない。しかし、病や貧困、あるいは戦争など生命の危機を強く意識しなければならない状況におかれ、俳句が生きるうえでの糧や杖となるとき、俳句には、作家の実生活が色濃く反映されることを、誓子や草城の俳句の変遷を見ると思い知らされる。草田男はその意味で常に実生活から作品が生まれており、揺れはない。しかし、自己へのこだわりの強さが他者への意識も過剰にしている。

草田男の他者を強く意識する性向は、戦争を題材とする場合にも強く現われる。

雪に征《ゆ》きぬ職員室の端戸より（『萬緑』）
本郷の月大陸へ行く握手（『来し方行方』）
勇気こそ地の塩なれや梅真白（右同）
寒夜母をとほして聞きぬ首途《かどで》の辞（右同）
たゝかひに育ちゆく子とヂャケッツの母（右同）
冬日に応へ皓と淋漓と旗襷（『銀河依然』）
学兵汝吾が仰ぎ目に息白き（右同）
冬日散るよ学兵に師と呼ばれたるよ（右同）
入営の君を見たしと思ひしが（「俳句研究」昭和十九年二月号）
師弟は一つ死生は一つ冬日一つ（右同）

教師という立場が右のような句を作らせるのだろうが、草田男の場合、他者の存在が自己を強く意識する媒介となっているのが特色であろう。

一方、加藤楸邨の句集『雪後の天』（交蘭社、昭和十八）には、中学校教師としての、また俳句雑誌「寒雷」の愛弟子たちを戦場に送り出す際の、手向けの句が多数収録されているが、その句は征く人との別れを心から惜しむ楸邨その人が浮かびあがるのみで、強い自己主張は感じられない。

踏み征くやきらりと春の霜柱
春潮のさむさの果てを征くならむ
遠く来て留守の萩より征きたりき
鵙の舌焔のごとく征かんとす
鰯雲流るるよりも静かに征く

　この二人の俳句を比較してみると、楸邨の句には人としての温もりが感じられ好ましいけれども、感傷を超えて、人の心の奥や社会批判にまで達する迫力はない。草田男の句は、単なる感懐を突き抜けたものを追求しているが、強く自己を反映させすぎるきらいもある。「一つ・憎し」に収められた、

小《ち》さき寝顔ヂンヂンと寒気敵憎し
寒夜いま敵都真昼の鬼畜にくし
一失火鳴り照る見ても敵憎し
朝の蜜柑食へ強く産め敵にくし

といった句、あるいは有名な「金魚手向けん肉屋の鉤に彼奴を吊り」に代表されるような、過剰な自意識が、作品を激情に左右されたものにしてしまうことも否定できない。これは俳句ばかりでなく、評論においても、強烈な個人への批判を制御できない面が見える。

7　楸邨批判

草田男は、「俳句研究」昭和二十一年七・八月に、「楸邨氏への手紙」と題する公開質問状を発表した。草田男の真意がどこにあるのか分かり難い文章で、当時やその後の俳壇でも評価の高い論ではないが、その要旨は以下のようなものだ。

○戦争の時代を生き残った我々は、日本の社会の各分野におけると等しく、俳句の分野においても、認識と実践とを統べた人間及び俳人として、その根源に立ち帰って、更新の第一歩を確実に踏み出さなくてはならない。しかも、それは、俳壇の先輩に期待する事はできず、中堅層の責務である。その点において、楸邨と石田波郷の言動に疑問を感じる。

○戦時中の文芸人としての自己の行動に対する責任の問題があるが、戦時中の受難者たる、私（草田男）や楸邨など俳壇の中堅層は、今日と明日とへの義務として、時代の迎合者となった先輩に対しその責任を問うべきである。しかるに、楸邨は、大東亜戦争の後期から勢力層の利用者に豹変し、戦後の「寒雷」復刊にあたっても、旧勢力層を同人として厚遇し続けている。それは根源に立ち帰って再出発すべき俳人の態度なのか。

質問の要点は以上二点に思えるが、続いて批判の矛先は、楸邨の唱える「真実感合」に向けられる。

論の基本は、戦後の改革に立ち向かうべき「俳人という立場」の認識を問題にしていたはずだが、徐々に立場の問題ではなく、俳句観の問題にすり替わっていく。俳句に対し、どのような考えを持とうと自由であるべきである。俳句理論の違いはあったとしても、それは表現の仕方の問題であり、立場の問題ではないことを、草田男は気がついていない。草田男の批判は次のようなものだ。

○楸邨の句集『雪後の天』（交蘭社、昭和十八）に収録された「山本提督戦死」と「アッツ島答なし」は、「我子病みて」とか「借財重みて」と前書しても、そのままに通用することが可能である。それは「真実感合」という言葉が、作者の個我の内容を、すべて最初から、「真実」として肯定してかかり、ただその「真実」を信じる自意識の気分だけを、勝手に対象の中へ投影し、注入する放埓さに、作者を堕さしめている。個我に執することが強ければ強いほど、「真実」はその人をより強く見捨てる。単なる個我の「思い入れ」「思わせ振り」に幻惑されるのは、当人自身と心なき大衆のみである。それを避けるのは「季題」であり、「季題」は個我の執着を脱せしめ謙虚ならしめる、厳しい鍛錬の救い主である。

草田男は、戦後の変則的な生活で一切の文献を欠くため、原句をそのまま引用できないが、何だか暗鬱な景色が描いてあるだけだと書いている。草田男が、その例として引用した『雪後の天』には、件のテーマの句が十二句あるが、そこより五句を上げてみよう。

青き夜空かぎり知られず桐の花
桐の花むらさきふかく虔しみき
声のむや槻をつらぬくつばくらめ
蝙蝠のはたはためぐる月暗く
こたへなし百合の花粉ははなびらに

確かに前書なしにこれらを読んで、山本五十六やアッツ島玉砕を悼んだ句と判断できる人はいないだろう。しかし、それは、「真実感合」に問題があるのではなく、追悼や悲しみの句とはそもそものようなものではないか。先に引用した楸邨の友の出征に際しての句にしても、具体的な事実を表現しているのではなく、別れの悲しみを率直に表現したもので、そこに戦争批判があるわけではないが、人の心としては充分に美しい詩であると思う。

第一、草田男が「個我への執着」をもって楸邨を批判するのは、天に唾するような気がしてならない。

この楸邨への批判の真意はどこにあったのだろうか。昭和二十一年七、八月というタイミングから、揣摩臆測をたくましくすれば、次のようなことが考えられないだろうか。草田男主宰の「萬緑」は昭和二十一年十月に、戦時中に草田男が指導していた旧制高校生や大学生を中心とする俳句雑誌「成層圏」のメンバーを中心に創刊された。一方、楸邨の「寒雷」の復刊は昭和二十一年八月である。後で詳しく触れるが、「成層圏」のメンバーのうちから「萬緑」ではなく、「寒雷」に参加したものが少なくなかったのである。「成層圏」における草田男への信服は深く高いものがあったため、この離反はショックだったのではないだろうか。不思議なのは、「俳句研究」昭和二十一年七、八月号に掲載された「楸邨氏への手紙」の中に、「寒雷」復刊は八月末であったのに「「寒雷」復刊後」とあることである。戦後の混乱期ゆえ、発行時期と号数の表記に齟齬が生じたのか、あるいは復刊の予告なり情報を得ての草田男の発言だったのか、よく分からない。

戦時中の思想統制、経済統制の中で、雑誌は統廃合を奨励され、多くの雑誌が廃刊に追いやられた。俳句雑誌もその対象で、「旗艦」をはじめとする新興俳句雑誌も姿を消した。さらに戦況の悪化と物資不足に伴い抑圧は度を増した。そんな中、草田男は昭和十八年三月に、統制団体である日本出版会の雑誌委員に就任する。「寒雷」も存続の危機にあったが、それを救ったのは委員草田男の「「寒雷」は若い有能な俳人の養成に特徴を持っている」という発言によってであったという（秋山牧車「戦争と俳句と紙など」、原子公平「戦中日記」、「俳句」昭和三十六年十二月号所収）。事実、「寒雷」は、昭和二十年一月まで継続している。この事実を考えると、戦後の草田男の行動は一層不思議である。

8　草田男の激情

「俳句研究」昭和十三年八月号掲載の座談会「戦争俳句その他」で、草田男は次のように発言している。

何も「平等」とか「全体的」といふことが、「個性」の消失を意味するのでもなければ、個人が磧石のやうに全然同一様式化することを意味するのでもありません。が戦争に就て語つてゐる今の場合の集団といふのは、国家ですが、国家全体といふものを絶えず標準にし、それに合致するやうに、自分自身の生活も合はして行かなければいけないのは勿論ですけれど、個人が悉く内的生活にも、ユニフオームを着てしまふことが、必ずしも集団と全体に忠実なことにはならない。思想、或は生活の動向としては、いままでのやうな個人主義的な得手勝手なことは、意味がありませんし許されませんが、しかし、芸術といふものは、個人がなくなり、個性が消失した時には、其瞬間に消失し滅びるんですからね。

確かに冷静な判断である。昭和十五年二月の「京大俳句事件」以前には、まだ右のような言論の自由が残っていたことが分かる。

昭和十六年十月号の「俳句研究」に掲載された川端茅舎追悼句「青露変」以降、草田男の上にも圧力がかかり、昭和十八年初頭までは俳壇の一線から身を引かざるをえない状態におかれた。その直前、「ホトトギス」昭和十六年四月号に掲載された「遥かより」と題する茅舎についての文章（茅舎死去は同年七月十七日）には、次の言葉がある。

高村光太郎氏が、「抒情」を否定して、もはや単なる抒情でなく、同時に、もはや単なる思想でもない、其双方の根元の相へ詩を帰還せしめた趣き——それを、俳句の世界で、別個の人間とし

て、別個の事情の下に見事に実現してゐるのが、茅舎の芸術ではないであらうか。（略）
茅舎の裡には、中天に寒々と一本の「審判の剣」がかゝつてゐる。それの存在も、それの打振はれる際のけはひも、常にいかにも静かである。
金剛力をもつて、それは「罪ある者」よりも「他人を裁く者」の頭上にのみ打下ろされる――もつともらしさうにする者、深刻さうにする者、悩める者のやうに振舞ふ者、求道者らしく振舞ふ者――それら一切の者の頭上に。

この文章を読むと、「青露変」中の難解な「審判の剣に置く露消えしがごと」という句の意味がよく分かるが、これも茅舎をかりて自らを語っているように、私には聞こえる。
草田男は、この「遥かより」と全く同時期の「改造」昭和十六年四月号に、「野を指す人」七句を発表している。

縮れ毛を刈りペンを捨て雪に征《ゆ》きぬ
冴え返る面魂は誰にありや
教へ児の咳せる声のそれと判《わか》る
我を越えてはるか春野を指し居る人

また、句集『萬緑』（甲鳥書林、昭和十六）に収録され、戦後、赤城さかえのエッセイ「草田男の犬」（「俳句人」第一巻七号、昭和二十一年十一月）をきっかけに、戦争批判か戦争謳歌か、その解釈をめぐって論争が起こった、昭和十五年の有名な句、

壮行や深雪に犬のみ腰をおとし

も、この犬が草田男であることは論を俟たないが、草田男が楸邨を批難したのと同じ意味で、この犬が何を考えていたかは、この句では分からない。「我を越えてはるか春野を指」す人が、どういう人なのかも分からない。それでいながら、草田男の句は確かに深く面白く、考えさせられる。

草田男が、「俳句研究」昭和十一年十、十一月号に寄稿した「長生アミーバ」で、「俳壇にも「都ホテル」の如き醜陋なる作品が現れた」と口を極めて批難した日野草城や、山口誓子などの新興俳句が、ことに戦争を題材とする作品において読者の反応を意識した上で作句したのとは違い、草田男はあくまでも自分のために作句している。「自分の正直な生活をやつてゐれば、銃後における、さま〲の生活感情も起つてくるし、同時に、戦争とは関係のない、普通の生活感情の句も生まれてくる。自分に忠実であり、生活に忠実であれば、それが直接の焦点となつて、うたはざるを得ないやうなものが種々沢山生まれて来らざるをえない」（「戦争俳句その他」）というような考え方から作られた作品である。

また「実際の数の上で大勢に造作なく解るといふ意味での普遍性といふのは、これは普遍性ではなくて通俗性だと思ふ」（座談会「新しい俳句の課題」、「俳句研究」昭和十四年八月号所収）というように、

草田男の句は、読者の存在をあまり念頭においていない。また、そのように作られる句だけに誤解も生みやすい。

草田男は、教え子に代表されるような、目下の者や、素直に慕ってくる者に対しては限りない愛情を注ぐが、自分に対して異論を唱えるもの、対抗する者に対しては、非情の牙を剝く。楸邨の句を批判するに際し、一切の文献を欠くがと言い、草城を否定するに、その作品「ミヤコ・ホテル」を「都ホテル」とするなど、批判者としての資格を欠く点も無視できない。その激しく相手を論難せずにはすまない性格と論調は、「審判の剣を他人の頭上に打下ろした直後には、必ず、何かの機会に、其剣を我と我胸の上にもふり落し」た茅舎（前記「遥かより」）の姿勢とは違うようだ。

9　「成層圏」における草田男

草田男については考えれば考えるほど、その複雑さは興味深い。「日野草城」の章で、「俳句研究」昭和十七年一月号に大東亜戦争宣戦俳句を寄稿した竹下しづの女（一八八七〜一九五一）を取り上げたが、彼女は昭和十二年、旧制高校および東大、九州大などの学生を中心に結成された学生俳句連盟の機関誌「成層圏」を創刊し、その指導に当たった。二年後には中村草田男が指導者として参加する。草田男は当時の学生たちにとって注目の俳人であった。主に東京での句会の指導に当たっていた。金子兜太《とうた》の『わが戦後俳句史』（岩波新書、昭和六十）に、その句会の様子がわかる記述があるので、少し長いが引用しよう。それは、戦後、期待されながら若くして亡くなった堀徹（一九一四〜一九四八）

との出会いでもあった。

まだ旧制高校の学生だった私は、心臓が強くて行動力のある、そして才溢るる感じの出沢三太先輩に連れられて、おそるおそる大学生と大学OBばかりの句会に参加したのですが、よせばよいのに、なにかいわないと来た甲斐がないとでもおもったのでしょうか、私は「俳句は〈構成〉されるべきものだ」と一席ぶちあげてしまったのです。当時『成層圏』の同人たちの注目の的だった草田男や楸邨の作風を踏まえて述べたのですから、並みいる先輩の大学生たちはいささか呆れ気味に、しかしときには後輩の幼稚な意見も聞いてやろうではないか、といった調子で、私の顔を見たり天井を仰いだりしていました。

私のお喋《しゃべ》りが終わると、それまで草田男の横に座っていて、この人だけ机に顔をくっつけるようにうつむいていた、背広を着て、痩せて色白の、額がバカに広く、眼鏡がこれも驚くほど強度の男が、やおら顔をあげると、「俳句は日常性が大事なのだ。詩歌にとって目的的な作法など百害あって一利なし」と吐いて捨てるようにいい切ったものでした。

金子は、この強烈な出会いから、昭和二十三年五月に堀徹が喉頭結核で亡くなるまで交流し、大きな影響を受けることになる。

以前からこの「成層圏」を通覧したいと考えていたのだが、俳句文学館に所蔵されていることを知り見に行った。それは、原本ではなく、同誌の中心的メンバーであった香西照雄所蔵分をコピーしたものであった。昭和十二年にはすでに日中戦争は始まっており、自由を謳歌していた旧制高校生にとっても、軍隊への召集は重大な問題であった。この雑誌にも、それが重い影を投げかけていたことは、誌面からも分かった。

「成層圏刊行ノ辞」は左の如くだ。

詩は青年の特権！　吾々は斯かる詩を思ふ存分既成老俳壇にホルモンとして注射したいのだ。吾々は学生の叡智と、純粋なる感激との堝として、成層圏を全高校生に捧げる。吾々は、青年よ！　明朗たれ、飽くまで理知的たれ、而して〝成層圏の一員として其の完成、更に俳壇の掃海艇たるの任務に奮闘せよ〟と叫ぶ。

その第四巻一号（昭和十五年四月）は事実上、中村草田男特集で、瀬田貞二、堀徹、香西照波（照雄）、永井睡草、松本風車、岡田海市が、それぞれの草田男論を書いている。このメンバーのうち瀬田、堀、香西、岡田が、戦後の「萬緑」創刊に参加する。岡田は後に朝日新聞出版局長などを務めている。

金子兜太も『わが戦後俳句史』で書いているように、当時の高校生にとって草田男、楸邨は憧れの存在であったが、特集を見ると草田男の影響のほうが強かったのだろう。それぞれの論も全面肯定ではないのだが、草田男が同誌の選を担当しているからという以上の関心の高さが現われている。ニーチェ、チェーホフなど草田男の核となる知的バックボーンは、まさに旧制高校生のそれと共通していることが大きいのだろうと思う。

それでも金子兜太は、悩んだ末に楸邨への師事の道をとるのだ（詳しい経緯は同書を参照されたい）。金子の本で、後に児童文学研究者となる瀬田貞二や、若くして亡くなった堀徹との思い出を読むと、当時の俳句に託した高校生の思いがよく分かる。

10　中村草田男の不可解

戦争俳句の問題とは離れるが、草田男の、といってもその文章から受けるものに限られるのだが、人間的な分からなさを整理しておきたい。

この項の最初の方でも触れたが、草田男の俳句の作り方は、「ホトトギス」の「客観写生」「花鳥諷詠」の姿勢とは明らかな違いがあり、事実、先輩同人との軋轢もあったのに、なぜ独立しなかったかという点が第一の問題である。これは草田男の虚子観が問題となる。

『中村草田男全集』第八巻には、「すぐれた俳句――虚子の一句」（「週刊少国民」年月不明）、「ゆかりの虚子二三句」（「現代俳句」昭和二十二年三月）、「虚子先生の存在」（「俳句研究」昭和二十二年九・十月合併号）、「師の一句」（「俳句」昭和二十七年七月）、「解説――『五百句・五百五十句・六百句』」（角川文庫解説、昭和三十年三月）、「平日平路の人」（『現代日本文学全集』月報、昭和三十二年一月）、「虚子先生のことなど」（「萬緑」昭和四十六年二月）、「虚子三句」（「毎日新聞」昭和四十九年四月十四日）、「高浜虚子」（「海」昭和五十三年六月）の、九篇の虚子関連の文章が収められている。

虚子生前の六篇と没後の三篇に分かれており、自身で「私が政治的意図の下に、虚子先生礼讃の文字を綴っていると思うならば誤解といわざるを得ない」と書いているが、前六篇が虚子の目を意識したものであることは、読めば分かる。この六篇の中で草田男の心情が一番表われているのは、右のことわりを含む「虚子先生の存在」であろう。

この文章が巻頭に掲載された「俳句研究」（巣枝堂書店）は、本文わずか五十頁のいかにも終戦直後の雑誌だが、文芸復興期の潑剌とした活力を感じさせる内容でもある。京大俳句事件で俳壇から遠ざかった渡辺白泉が、「All in the wrong」と題して「麦の粒こぼして降りし娘かな」、「蛍より麺麭《パン》を呉れろと泣く子かな」、「兄弟の嘘の昼餉や夏の雲」など、戦後の世情を直截に詠う。俳句にも社会性が強く打ち出されるようになった中で、草田男の虚子観も書かれている。

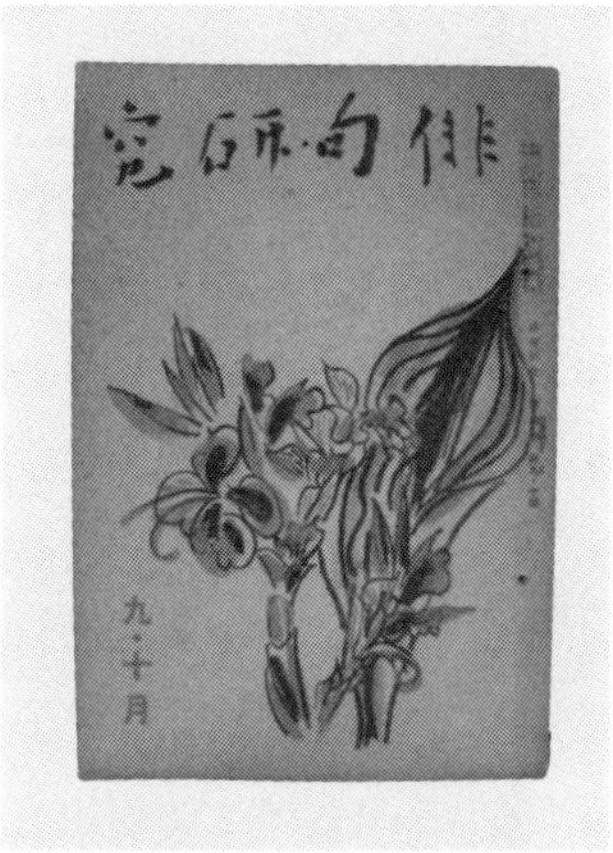

「俳句研究」昭和22年9・10月号

> 現俳壇の急進的な人々は、しばしば易々と「虚子を乗り超えよ」と唱へる。しかし、この、現実其物のやうに豊富に、現実其物のやうに広い存在を「乗り超える」方法と力量とが、「我々の世代」に、既に備はつてゐると果たして言へるであらうかどうであらう。我々は今、突如、我々の歩みをとゞめて、虚子先生の世界へその儘に復帰することは、勿論不可能であらう。先生の世界は、寧ろそのまゝに、「受けとられる」べ

きが至当ではあるまいか。それにしても、「受けとつて、さうして乗り超える」とは、文字の上でなくて、実践の上では、はたしていかなる運命を指すことになるのであらう。先生の「平静なる偉容」に、ひたすら圧倒されながら、私が苦渋の思ひに封じられるのも、ただ其、運命の一点にかゝはつてのことである。

（略）

我々の世代は、我々の実生活者としての薄弱さを、虚子先生の具現してゐる「平静さの偉容」の前に、はぢらひつゝも、虚子先生の啓示する日本人の生活の母胎に立帰ることによつて、各々の直接の答を、各々の答を身を以て創造しなければならないであらう。そして、それは、現在に於ける唯一の当為の道ではあるが、決して、平穏な運命の道ではあり得ないことも、もう今から予想として自明である。

この「平静さの偉容」は、後には「自然人」（「解説――『五百句・五百五十句・六百句』」）、あるいは「本末を乱さなかった人」（「虚子先生のことなど」）と変わるが、超えられない存在という意識は変わらなかったようだ。宮脇白夜が「虚子は草田男にとって一貫してかけがえのない俳句の上の「師」であり、讃仰するにふさわしい偉大なる平凡人であったが、結局それ以上でも以下でもなかった。そして草田男の孤独は、その人生上において、終生思想上の「師」にふさわしき人物と直接巡り逢うことがなかったという点にある」（『草田男の森　1』本阿弥書店、平成十四）というのはよく分かる。草田男は、昭和二十一年十月に「萬緑」を創刊するが、もっと早い段階で自分の主宰誌を出していれば、おそらく師に対する考えも違っていたのではないか。
「成層圏」で見たように、若い世代から圧倒的な支持を得るなど、実力は自明のことでありながら、師を超える試みであるはずの独立に踏み切れないもどかしさを、自分でも感じていたような気がする。それは、「現代俳句文学全集12」『中村草田男集』の「あとがき」の最初に、「俳句の実作に携はり初めてから間もなくの頃、――二十四五年以前――に、第一書房から、当時活動中の俳人十数氏の句文集の叢書が刊行されたことがある。それを毎月一冊づつ購入して、たのしく繙きつづけると共に、斯かる自著を持ち得る人々を真から羨しく感じたことを思ひ出す。（その中には、年齢の上では、私とまつたく同一の人も数人混つてゐた）」と、あえて書かずにはいられないような拭いがたい劣等感、または新興俳句への感情的ともいえる反発の裏にある劣等感に、遠因があるのではないか。

　第二の問題は、「萬緑」創刊号に掲載された草田男の「創刊に際して」が、創刊の辞としてはあまり高揚感のない文章であることだ。見開き二頁のもので、左の最後の段落も独立宣言としては異様である。

> 　近来の俳壇に、新しい一現象として認め得られるのは、各結社の上に、一種の綜合化を計らうとする傾向――少くとも要望――である。各結社を通じての、横への広い聯絡と共力――それを、本誌も出来るだけ実現さしてゆきたいと考へる。しかしこれにも亦、縦への統一が先行しなければならない。根本に於ては、各結社内に於ける、文芸活動としての独自性が保持され自立性が逞

しく、達成されつゞけられての上での問題である。本来を転倒すると、徒らなる自力の分散を招き、不当なる他力への依存をひきおこす。無形の範囲内に就て言ってもほぼ同様である。「結社意識」と「結社精神」とは全然別個の物である。われわれは、世渡り術的な「結社意識」を脱却してかゝらなければならないが、中心の本核をなす「結社精神」は、一日も早く、正しく逞しく樹立しなければならないのである。

言わんとするところは分かるが、肝心の「萬緑」の独自性がいかなるものか、ことに「ホトトギス」との違いがどの辺にあるのかは、具体的には語られていない。どうも万全の準備を以て創刊したのではない感じが、「編輯後記」からは窺える。

草田男の愛弟子でもある香西照雄が、「俳句」昭和三十六年十二月「特集弾圧以降戦時下俳句史」に寄稿した「「成層圏」とその終末」には、「萬緑」創刊の事情と、草田男の性格が書き留められている。

終戦後このグループ〔「成層圏」に集った学生たち〕は戦死した〔館野〕喜久男を除いて、次々と復員してきた。そして二十一年の春頃から準備され二、三回の句会を経て、十月の「萬緑」創刊となる。

「萬緑」には、「成層圏」グループだけでなく、成蹊高校系の「貝寄風」、「季節風」や、「文芸首都」

俳句欄で草田男の選を受け、後に「萬緑」の発行や、草田男著作の刊行に深く関わる北野民夫（元みすず書房社長）が参加したが、前記したように、金子兜太は楸邨の「寒雷」につき、やはり「成層圏」に参加していた沢木欣一や原子公平と「風」を創刊した。「成層圏」に集った若者たちは、大まかにいえば、「萬緑」系と「寒雷」系に分かれた。

香西照雄は続けて、草田男の性格を左のように記している。

草田男が戦時から戦後へかけて青年層の支持を得たことは事実だが、指導者によくある青年の好みや傾向に迎合したり甘やかすということはしなかった。我々が新興俳句調を脱し、俳句性開眼の端緒をつかんだのも、きびしい指導のお蔭だった。しかし、句作指導以外のこと、例えば雑誌経営とか、新人を俳壇へ押し出すこととか、職の世話をするとかいったことを器用にやれる親分肌でなかった彼は、一度指導した青年を永く膝下に止めておくことはできなかった。それに、自分自身の句作に対してもなかなか満足できない理想家だけに、青年に対しても手放しの讃辞を送ることはせず、不満も遠慮なく言った。

そうした背景もあったのか、「萬緑」は創刊翌年六月発行の第七号に至り、発行元の三誠堂主、二戸誠一とトラブルを生じ、萬緑発行所を新たに創設し、草田男自ら発行者となる。草田男は巻頭に、「新しき発行組織による続刊に際して」なる一文を掲げた。

元来本誌は、「萬緑」といふ私のみに有縁の誌名がそれを雄弁に語つてゐる如く、「主宰」なる冠辞が明瞭に示してゐる如く、又、俳句雑誌としての其固有の性質からいつても、飽くまでも私あつての上での存在であつた筈である。即ち、微々たるながらにも、私といふ俳句作家の存在にあつて、はじめてそれを中心に編輯同人が結集し、読者亦、私の存在を信用することによつて、雑詠欄に句を投じ来つてゐた筈である。このことは常識的に自明である。私及び編輯同人は責任を以て編集の事に当り、ただ発行営業のことのみを三誠堂に委任したのである。

然るに、三誠堂は、一般綜合雑誌又は娯楽雑誌の場合と事情を混同し、本誌を徹頭徹尾完全に自己の支配下にある自己の所有物と誤認するに到つた。

そこで昭和二十二年三月に至り、それまで正式契約をしていなかったので、俳句雑誌発行の経験者数氏の知識と判断とを仰いで、編輯費その他について一般俳句雑誌の例に倣ったところの標準的条件を提示したが、容れるところとならず、やむなく発行の委任を解くことになった。これが草田男側の理由である。

一方、解任された三誠堂二戸は、小泉迂外を主宰に「萬緑改題」を称する「俳句と人生」を、昭和二十二年六月に創刊する。こちらは「萬緑」の巻数を引き継いで、第一巻七・八・九合併号としている。何と巻頭に、虚子の「迂外君の「俳句と人生」の発刊を祝す」とする「鮓の香と沈丁の香と相通ふ」という句を掲げている。「萬緑」と「俳句と人生」は同じようなものだと言っているわけで、分裂に際しての句としては、真に意味深長ではあるが、草田男はどんな気持でこの句を読んだのだろうか。

また二戸自身、かなり長文の「萬緑廃刊の真相」を書いている。ここには草田男側が提示した契約書文案が掲載されている。九条に及ぶもので、中でも五条が核であろう。二項に分けて左のような条件が示されている。

一、甲（萬緑）ニ対シ主宰者ノ報酬トシテ毎月金壱千五百円ヲ支払フコト
二、甲ニ対シ編輯費トシテ（原稿料ヲ含ム）毎月壱千円也ヲ支払フコト
　但シ右ハ発行部数五千部ヲ限度トシ発行部数五千部ヲ超エタル場合ハ壱千部毎ニ金五百円也ヲ若シクハ直接購読者壱千名ヲ超エタル場合ハ五百名毎ニ金五百円也ヲ増額支払フモノトス。

「萬緑」と「俳句と人生」

二戸によれば、「萬緑」側から、ある雑誌は編輯費として二千円宛受け取っているが、いくら出すかとの談判があったので、編輯校正を完全にやってもらえればそれだけ出すと返事したが、割付構成一切は誰も手を出さず、校正の責任を取る者もいない。「萬緑」の発行部数は六千部。三万部以上出ていないと雑誌の採算はとれない。直接購読者は三千の見込みということだった

が、ようやく半分にしかならない。こちらが、些少なりとも原稿料を出し、割付校正もしているというと毎号七百円、創刊号からの五号分は三千五百円に負けるというのでそれで清算し、一切の関係を断絶したという。

どちらかに非があったというよりは、俳句雑誌経営の実態と技術を双方とも持ち合わせていないところに、齟齬が生じたと見てよいだろう。だが、俳句結社誌を営利目的で出版社が発行し、結社側に編集費、原稿料を払うことで成り立つようなことが前例としてあったのだろうか。ここでも草田男側の準備不足は否めない。ともかくも、「俳句と人生」は数号にして消え、「萬緑」はその後も今日まで継続されている。これは、後にみすず書房の社長も務めた北野民夫が「萬緑」創刊から参加しており、運営、編集を担当するようになったことが大きいだろう。

「萬緑」のような有力誌でも、俳句結社誌の経営は難しいようだ。日本が高度経済成長を達成した昭和五十年から平成二年まで、「萬緑」の編集実務を担当した、草田男の実弟高樹の妻・中村光子の『緑なす大樹の蔭に――草田男曼荼羅』(ぺりかん社、一九九五)には、雑誌経営上の人間関係を含む赤裸々な実状が描かれている。

第四句集『来し方行方』は、戦時色の強い作品は削除されてはいるが、戦中から戦後への受難期にも、懸命に精神性の高い俳句を目指した俳人草田男がよく現われた見事な句集だと思う。今読んでも、この時期の句集の中で、傑出した読み応えのある作品集である。草田男は、その句集の「跋」に左のように書いた。

迂愚私の如きでさへも、生きてゆく途上の今日にいたつて、はじめて、此世に文芸が存在しなければならず、身又、文芸を生みつづけなければならない所以が、私なりにハツキリと解つてきたやうな気がする。本書出版を紀念して、たゞ私自身のための言葉を、短かく次に誌して置かうと思ふ。

「作品は生みつゞけられなければならない。此世に、避け得られない死といふものが存在し、抑へ得られない愛といふものが存在するが故に。」

『来し方行方』に収められた、昭和二十一年二月三日、結婚後十年を回想と題しての句に、書名の由来となった、

深雪道来し方行方相似たり

があるが、けっして、聖人君子たりえず、強さと弱さが入りまじった人間らしさが複雑なままに出ているこが、この句集の魅力であろう。

加藤楸邨

荒野・死を見つめるこころ

1　『火の記憶』

火の奥に牡丹崩るるさまを見つ

加藤楸邨の第六句集『火の記憶』（七洋社、昭和二十三）に、「五月二十三日わが家罹災」と前書きされて収録された句だ。楸邨にとっての戦争がどのようなものであったかを、この一句から推測することができるように思う。

前に触れた、中村草田男による楸邨批判の「楸邨氏への手紙」は、昭和二十一年七、八月号の「俳句研究」（目黒書店）掲載だから、この句集を読んでの批判ではない。『火の記憶』は、七洋社の俳句叢書の一冊として企画されたため、頁の制限、占領軍政策への配慮、また昭和二十年四月から八月にかけての手帖を車中で紛失するという事情も重なり、多くの作品を割愛した形で刊行された。これがほぼ本来の姿で復元されるのは、昭和四十七年九月、角川書店の「現代俳句大系」第七巻で、本人の補記によれば約百五十句、解説の森澄雄によれば百七十一句が増補されるまで待たねばならなかった（昭和三十三年の新潮文庫自選句集では、楸邨自身による『火の記憶』書き入れ本があり、増補された百二十八句から九十三句が追加されている）。

『火の記憶』は、「大陸行以前」と「火の記憶」という二部構成で、収録は「大陸行以前」百二十八句、「火の記憶」百六十九句、三十七歳から三十九歳までの作品を収めている。今日、「現代俳句大系」収録の「火の記憶」は、約二倍という大幅増補がなされているのだから、この単行句集には意味がないかといえば、それは違うと思う。この制限された句集を読んだ上で、改めて「大系」版を読むことで、戦時中に楸邨がどのような思いで俳句に臨んでいたかが、はっきり見えてくる。どういった句が削られたかも重要であり、また、作品は時代を背景として読まれるものであるとすれば、本来の「火の記憶」は、七洋社版の粗末な仙花紙に印刷、発表されたはずのもので、そのイメージを持って「大系」版を読むべきなのだ。

加藤楸邨『火の記憶』

「大系」に付された月報に、楸邨は「『火の記憶』の復元について」という一文を草している。それによれば、当初、この大系には『寒雷』、『山脈』、『野哭』が収められる予定であったが、楸邨の希望により『火の記憶』を本来の形に復元して、『野哭』の替わりに収めることにしたようだ。その思いを次のように書いている。

その頃私は一教師として生徒といっしょに大森の工場に毎日働きに行ってをり、文字通り星をいただいて出で星をいただいて帰るといふ日々であり、その間学校に宿直が頻繁に続けられ、往復に艦載機グラマンの掃射を受けるといふやうな有様だったから、どの日も死がすぐそこにあった。いはば明日がないといふ日々だった。だから強い印象を受けたことは時折大学ノートなどに書いたりしてゐたが、まとまった時間などはまったくといってよいくらゐ持てなかったので、日々のことは自づと俳句に書きとめておくといふことになったわけである。来る日も来る日も空襲又空襲といふ連続だったので、防空壕の中で息を凝らしてゐるときとか、宿直のごろ寝の真く ら闇の中だとかに書きとめた句であり、それが詠まれたときの空襲の有様をメモした詞書だったりで、まったくの俳句による記録に過ぎないものであった。少しまとまった感想だとか出来事だとかは大学ノートに書くのが常だったから、俳句をしるす手帖の方は空襲の日時とか、大本営発表のメモとかに過ぎない程度だった。大学ノートの方が五月下旬の大空襲で我が家の焼失のとき、芭蕉の原稿と共に灰燼に帰した。そのときは、やはりやりきれなかった。しかし、さうなってみると、辛うじて残った俳句メモ帖の方が空襲下の記録として、私にとっては大変なつかしい記念となったわけである。殊にその時は前書がはりにメモしたそのときどきの大本営発表の機数とか、侵入の仕方とかは、正確な数や戦況とかは別に記録されたものによるべきであらうが、それを聞いた時の空気が再現されることになるので、私にとってはかけがへのない記念といってよいものになった。

現在、「大系」版の「火の記憶」を読むと、やがて作品として発表されることを想定したものとは思えない。昭和二十年にはすでに物資は欠乏し、句集の出版など望むべくもないし、主宰雑誌「寒雷」も同年一月で休刊になっている。楸邨自身、発表の機会はないと思っていただろう。内地でさえ日ごと空襲を受ける戦場となり、国民は一億玉砕のスローガンのもと死を覚悟していたのだ。一部には、戦争はやがて敗戦で終わると考えていた人はいたろうが、その時言論の自由の時代がくると予測した人は、まずいなかったはずである。

私は、雑誌編集と古本屋稼業の三十数年を通し、人は記録する人としない人に分かれることに気がついた。たとえば、無人島に漂着して命は助かり、ノートと鉛筆だけがあるという場合、すべての人が、亡くなるまで、あるいは救出されるまでの日々を記録するかといえば、そうではない。あるいは、敗戦後ソ連によるシベリア抑留で絵筆を奪われた画家が、監視の目を盗んで、飯盒の底や煙草入れに釘などで捕虜生活を描写し、それをひそかにカバンに収め帰還したという話はあるが、すべての抑留画家がそうしたわけではない。死を目前にしても、記録せずにはいられない性質の人間が存在するのだ。人は、ある場合は記録し、別の場合には記録しないという面もあるし、客観的な事実を記録することに重きを置く人と、あくまでもそのときの感情を書き残すなど、自己表現にこだわる人の、二種類に分かれる。楸邨の「火の記憶」も、いわば俳人としての業《ごう》ともいうべき精神がのこした俳句的記録なのだ。

愛弟子の一人、田川飛旅子《ひりょし》の『加藤楸邨』（俳句シリーズ人と作品、桜楓社、昭和三十八）に収められた「火の奥に」の句鑑賞によれば、「一面に燃えさかる家々の間に更に火勢の強い一画があって、そこが遂に音を立てて崩れ落ちたのである。瞬間崩れたのは家ではなくて、咲き盛った牡丹の花弁が崩れ落ちたのではなかったかと思ったという句意である。季語を大切にする俳人ならではの発想契機である。（略）火の中を逃げ廻っているさ中に、こんな発想が出てくるということは驚くべきことである。表現を美化しようという意図など考えられない時である。然し、詩人の目は瞬間に現象を詩的につかんでしまう。これは宿業ともいうべきものであろう」と書いている。この牡丹に、季語以上の象徴的な意味が付加されていることは明らかである。

同じく弟子である平井照敏は、「俳句研究」の楸邨追悼特集（平成五年十月）に書いた「楸邨世界の達成」という文章で、「崩れる牡丹を紅蓮の炎の比喩とみる読み方が多いが、楸邨自身の文によって、火中崩れたのは牡丹の花であったことがわかる」とある。確かにこの句の前にも、牡丹の句がある。平井が典拠としたのは、「牡丹」と題されて「西日本新聞」昭和四十五年四月六日に掲載された、楸邨の短いエッセイである。日々苛烈さを増す空襲下、それまで好きでなかった牡丹に、楸邨はなぜか心を寄せていた。そして、防空壕の中から、火に崩れる牡丹を見たのである。

平井は、「火の記憶」のほとんどの句は記録的デッサンに終わっていると評価が低いが、この「火の奥に」の句については、「生死の関頭に立って、異様な美の刹那を眺めている」と、戦後の句集『野哭』につながる句風を見て取り、出発期からの楸邨の句境の変化を、左のように要約している。

『寒雷』によって発見した、人間の生を掘り下げるという自分らしい道筋に、『雪後の天』によって自然と気息をあわせる大きな古典的調べをつけ加え、『沙漠の鶴』や『火の記憶』の、大きな悠久の時間、あるいは人間の生死を見つめる執拗なデッサン反覆の鍛錬を経て、大きな逆境の嵐の中で、悲を基調音とした、杜甫的ともいえる高揚の述懐歌、『野哭』が成立するのだ。

『雪後の天』、『沙漠の鶴』については、後に詳しく触れるが、「火の記憶」は、戦火の中、発表を前提に書き残されたのではない、という点を見過ごしてはいけないだろう。平時であれば当初の記録は推敲されて芸術作品として完成が目指されるが、非常時には事実の記録に変化することもある。表現者によっては非常時には筆を折る者もあり、ある者はひたすら自己凝視に終始することもある。本書でも触れてきた日野草城や、『激浪』の山口誓子を思い起こしていただきたい。私は、この句から、焦熱地獄の様を連想する。小さな実景が期せずして、戦争がもたらす悲劇を象徴的に描き出している。句集『火の記憶』でも、この「火の奥に」の句から、楸邨の中で変化が起きたことが分かる。極限状況の中で俳人の執念が生み出した、見事な記録文学であることはまちがいないだろう。

2　象徴性にまさる迫真力

楸邨の変化は、「大系」版「火の記憶」の中で、下町大空襲を離れて見ていた三月十日と、自らが罹災者となった五月の山の手空襲を詠んだ句に現われている。詞書は省き、作品にそって見てみる。

三月十二日から十四日
冬雲に入りて曳光弾道見ゆ
火の色の凪がうがうとして木の芽だつ
鍋釜を胸抱きにして春塵裡
火いろさすときの木の芽に焦衣干す
火の雲の下冬海のとどろきし

五月二十三日、二十四日
火の奥に牡丹崩るるさまを見つ
雲の峯八方焦土とはなりぬ
明易き欅にしるす生死かな

同じく記録性の強い作品でも、後者のほうが、死の恐怖の迫真性が違っている。この間にも、

牡丹の芽萌えむとすなり見ておかむ
梅匂ふ梅のわかれといふべしや
髪焦げて教へ子は来ぬ桃を抱き

焰なす雲は傾ぎて牡丹の芽
火襖にさくらはこぼれやまぬかな

など、なぜ平井照敏がデッサンにすぎぬと言うのか分からないほど、インパクトのある句が作られている。「牡丹の芽」、「梅匂う」の二句など、死を覚悟した目が、今年ばかりの春をとらえた楸邨の心情が伝わる作品である。当時の日本人の共通した思いだったのではないだろうか。確かに、事実の重さの前に、象徴性に欠ける面はあるが、それを超えた迫真力がある。

戦後の著書『芭蕉秀句』上巻（角川新書、昭和二十七）の巻頭に、次の言葉がある。

「物の見えたるひかりいまだ心に消えざるうちに言ひとむべし」、これは「赤冊子」に、その門人土芳が書きとめて置いた芭蕉の言葉である。「物」が単にそこにあつたものとして受けとられてゐるのではなく、「ひかり」となつて見えてきた状態を、そのひかつてゐるさなかに於て把握せよと語つてゐるのである。

「火の奥に」の句は、まさに芭蕉の教えを実現した作品であり、その持つ力は、「火の記憶」の中でも、別格であろう。

3　中国大陸俳句紀行『沙漠の鶴』

草田男が楸邨を批判した一点に、「大東亜戦に入っての当初は時代の受難者であった筈の貴君が、その後半期に入ってからは、当時隆盛を極めた或る勢力層の専らな利用者に豹変した」というのがある。これは、昭和十九年七月、改造社嘱託および大本営報道部嘱託の形で、土屋文明、石川信雄と同行した大陸旅行が含まれるのであろう。ほかに「寒雷」昭和十九年二月号で、独自に「大東亜戦争句集」を編纂したり、「寒雷」同人で軍人である本田功の句集『聖戦句誌　陣火』（文藝春秋社、昭和十九）に、長い跋文を寄せたりしたことも、当然含まれるのであろう。ここでは俳句の持つ記録性という観点から、中国大陸紀行文である『沙漠の鶴』に触れたい。

楸邨の中国大陸紀行は戦後の昭和二十三年、講談社から『沙漠の鶴』と題して刊行された。「寒雷」でも、昭和十九年九月号で「蒙彊包頭《パオトウ》にて」十一句が、翌十月号には「従軍日記抄」が掲載されている。今読む『沙漠の鶴』には従軍のイメージはまったくないから、あるいは戦中に刊行されていれば違ったものになった可能性はある。この旅行は、生涯親炙し研究し続けた芭蕉の紀行文に倣い、自分なりの俳句の完成を志向した、野晒し覚悟の旅行であり、「真実感合」の実践であった。楸邨には芭蕉と共通の漂泊の精神があって、物質的、精神的に移動困難な時期にも、憑かれたように旅行を繰り返している。楸邨にとって、旅は死の覚悟を伴うべきものであった。不安の中に身を晒す、そうした厳しい旅を通して自己を見つめる業のようなものだ。

『沙漠の鶴』の扉には「ここにして楸邨果つとしるしたる手帖は持ちてかへりきたりき」という短歌が収められている。楸邨は、文学的生涯を短歌から出発している。思いを直接表現するには、短歌は俳句よりも適している。その点は楸邨も認識していたのだろう。

第六句集として位置づけられているこの「大陸俳句紀行」は、楸邨の死を賭した俳句の可能性追求が感じられ、今読んでも充分な魅力を具えた作品である。戦時中の記録をあえて戦後に刊行したのは、「真実感合」を実践した作としての自信による。草田男の批判への一つの回答でもあったと考えるべきだろう。

加藤楸邨『沙漠の鶴』、カバー（右）と表紙

草田男の批判「楸邨氏への手紙」（「俳句研究」、昭和二十一年七・八月、目黒書店）に対し、楸邨は、「現代俳句」第二巻第一、二号（現代俳句社、昭和二十二）の「俳句と人間とに就て」（二では「俳句と人間に就て」）と題して答えた。四百字詰原稿用紙で四十五枚にも及ぶ長いもので、執筆は十一月、内容は苦渋に満ちたもので、草田男の批判から四カ月を経ているのを考えても、かなり悩み抜いた上に筆を執ったものと推測される。

私は充分に苛烈な自己批判を徹底しうるかどうか、自分の力があへてそれをつらぬきうるかどうか不安である。そこ

『現代俳句』1月号

に貴兄の手紙が発表せられた。私は貴兄の手紙から、死んでいつた人々の、それから自分ではあへてふれがたいところの私自身の深層よりの声を、ききとりたいと希つた。読んでゐると、非常に痛いのである。然し、これは徹底して内省するよい機縁であつた。（略）私は、単に一返答を以て直にすべてが終るとは絶対に考へない。私は何年或は終生にわたる自分の生涯を以て実証する外はないところに立つてゐるのである。

戦時中の自己の姿勢に一定の反省をしながらも、軍人を含む「寒雷」同人たちを擁護し、彼らが戦時中に俳句へかけた思いの深さを慎重に語っている。自らの姿勢も基本的には戦前と変わらぬところを示し、さらに、草田男らの主張する「ホトトギス」の客観写生が、正岡子規の追求しようとした写生の「正しき発展であるかを疑う」と、反論の姿勢をも示している。

草田男の批判に対してというよりも、楸邨は俳句を選んだ人間として、実践を以て答える道を選んだ。ことに自らの姿勢を示すものとして左の文は鍵になるものであろう。

芭蕉の場合何より心惹かれるのは、人間としての芭蕉の生きる要請が俳諧といふ表現を通して生かされてゆく点であり、芸が人間と一枚になつて進められてゆく点である。俳諧は人間の要請に支へられ、芭蕉といふ人間は俳諧によつて鍛へられてゆくといふ点は現代俳句に満たされぬ私の心に力を与へてくれたのであつた。

文中の「芭蕉」を「楸邨」と読みかえることで、戦中の楸邨の思いを推し量ることができるだろう。この反論は、草田男の感情的な批判に対し、怒りや悲しみを必死に堪えて慎重に書かれたものであった。ただ、この種の弁解は書くほどに、どこか真実と心が乖離していくものである。忸怩たる思いは残ったはずだ。

「現代俳句」昭和二十二年一、二号に掲載された「俳句と人間とに就て」に少し遅れて、楸邨は「俳句研究」昭和二十二年三月号に「俳句と人間的要請」を発表した。ここでは、すでに落ち着きを取り戻し、はっきりと進むべき道を見据えているように見える。

俳句は今やこの激しい現実に際会して、果してこの現実を、この現実に生きぬこうとする人間を生かしきることが出来るかどうかといふ点で、私に深い懐疑を感じさせずにはおかない状態にある。

私は先般も草田男氏から文学的立場に立ち過ぎて俳人的立場に就て語ることが少いと指摘せられてゐるが、私としてはかうした根本的な要請がいつも中心になつてゐるのであつて、かうした要請が俳句に於て果して生かされうるか否かが最も大きな問題である（略）俳句に就て考へる場合、俳句の特性に就て純理論的に考究する立場もあるであらう。また、俳句を芸としてのみ考へる方法もあるであらう。然し、私はそのいづれをも歩まない。なぜなら、私は自分の要請が生かされるか否かが中心であつて、そこからのみ俳句性を考へるのだし、また、そこからのみ芸を考へるからである。（略）俳句が時代の文学として生きぬくことの困難を考へさせる過去の原因は、この人間的要請を考慮しないで、或は趣味的に芸に偏して魂を失つたところか、或は純理に趨つて人間を遊離したところにあるのだと思つてゐる。

（略）

俳句の特性を通して人間の要請が生かされるところに、なまのまゝでない人間の甦生がある。死んで生きるといふ方途である。

（略）

人間の要請を生かす表現の道として俳句に於ては従来説かれてゐた所謂客観写生なるものが、果して万能の道であるか否かに就ては私は疑を持たざるをえない。私はここに新しい芸を掘り起してゆくことこそ向後の私の課題であると感じて、さうした方向に心を向けてゐる訳である。

楸邨の戦時中の中国大陸紀行『沙漠の鶴』（講談社、昭和二十三）は、草田男による公開批判の後に刊行された。この中国への旅行の目的は、随筆集『隠岐』（交蘭社、昭和十七）にまとめられた昭和十六年の隠岐への旅と一続きのもので、このころから「大東亜戦争」全期間を通して進められた、『芭蕉講座』（三省堂）における芭蕉全句評釈のために必要な、やむにやまれぬ旅であった。

『沙漠の鶴』は、昭和十九年七月七日から十月二十八日まで約四カ月におよぶもので、その行程は、朝鮮、北京、大同石窟、ゴビ砂漠、山西省、南京、上海、天津、渤海、ハルピンまでほぼ中国全土にわたる。読んでみると第八章「ゴビ沙漠行」の六十六頁こそ、まさに楸邨の望んだ芭蕉の「野晒紀行」を地で行く成果となっており、西域紀行の印象が濃くなる。

草海の大夏雲をはきにけり
天の川鷹は飼はれて眠りをり
鷹翔り白骨は野に灼けんとす
燐寸擢りてゴビの沙漠の虫を見き
夕焼の雲より駱駝あふれ来つ
ゴビの鶴夕焼の脚垂れて翔く

加藤楸邨『隠岐』

など、大陸に身を置いてはじめて得られるような雄大な作品が、溢れるように生まれた。

前述の『隠岐』は随筆集で、「後鳥羽院懐古」から「黒木御所」まで、大陸行より三年前の昭和十六年三月の隠岐紀行が中心となる。共に楸邨にとっては実り多い旅行だったといえるだろう。

田川飛旅子によれば、隠岐紀行での作品九十九句は

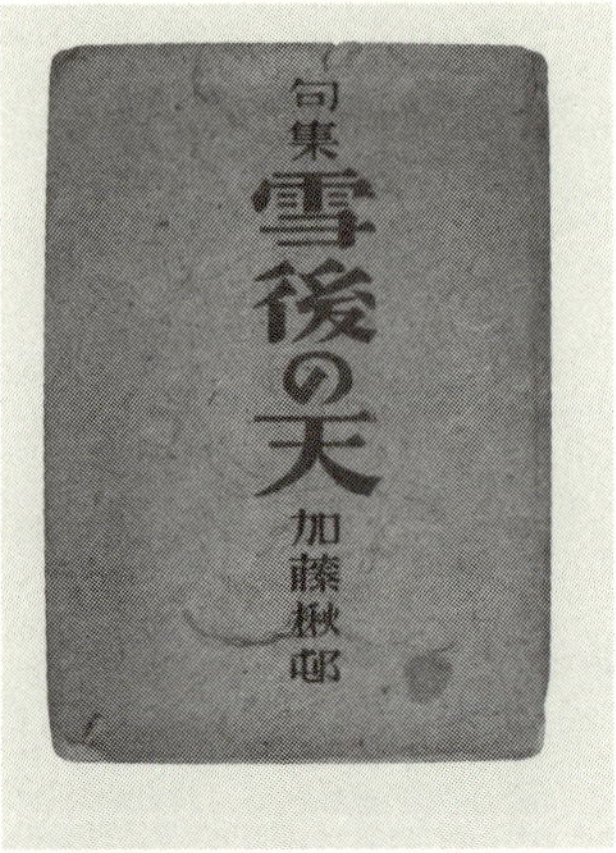

加藤楸邨『雪後の天』

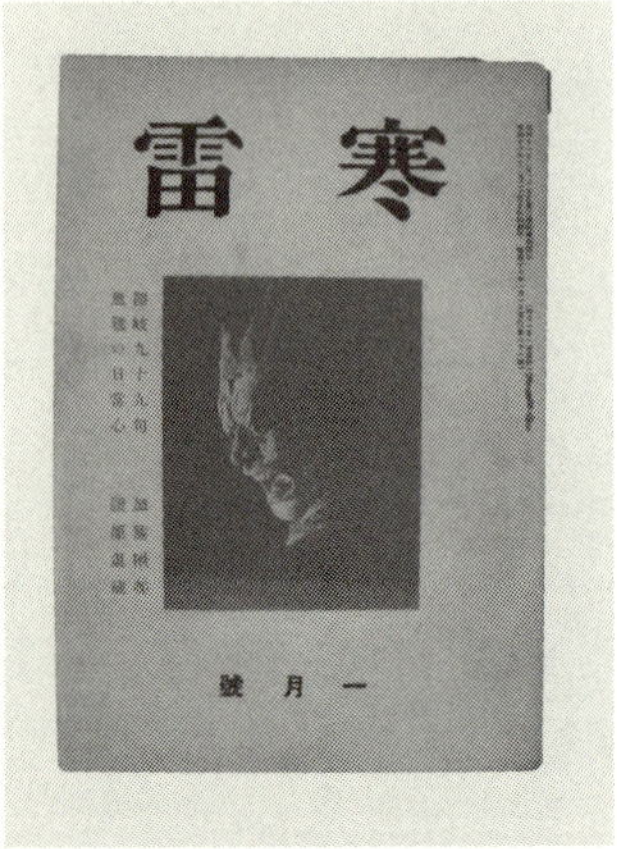

「寒雷」昭和17年1月号

当初「俳句研究」に掲載の予定だったが、ある事情のために発表を差し止められたという（『加藤楸邨　人と俳句』、桜楓社）。それが五月で、翌年の「寒雷」一月号に改めて「隠岐九十九句」として発表されるが、「俳句研究」での発表中止の理由は何も書いていない。そしてこの号が出た時に「大東亜戦争」が勃発する。楸邨は「寒雷」編集後記に左のように記した。

一月号の編輯が終つた、直後我々は霹靂の如き感動に衝たれた。（略）国家の興亡民族の安危を自分の運命とした我々は俳句を作るものとして遭逢した、この非常の秋にあつて、ひたすら軽薄安逸の風を排して、大東亜戦争の下に後世かゝる俳句ありきと誇りうる重さを持たねばならぬ。日々の一句一句に真実の息吹を滲透させねばならぬと、しみじみ思ふ。

昭和十八年十一月に刊行された第四句集『雪後の

天』（交蘭社）には、「隠岐紀行」百七十六句が収録されるが、「寒雷」発表の九十九句すべてが収められているわけではない。例えば、「寒雷」掲載のうち「知夫島《ちぶり》」と題された六句から『雪後の天』には三句がとられ、句集では五句ある「浦郷湾」は、雑誌では二句だけで、句集と重なるのは一句だ。だから、「俳句研究」に発表するはずだった句と「寒雷」掲載句が同じだったとは言い切れない。『加藤楸邨全集』第一巻（講談社）で、山本健吉が解説「後鳥羽院、隠岐、楸邨」を書いているが、当時の事情を左のように記している。

この隠岐行は、昭和十六年の木の芽時であった。時代はいよいよ暗い重圧が強くなっていたころで、どちらを向いても明るい希望はなく、俳句界にも思想的な弾圧の手がだいぶ廻って来ていた時であった。楸邨氏の俳句にも何か暗い翳がつきまとって、その暗さが国家非常の時にふさわしからぬ特色と一部にささやかれたりして、作品の自由もままならぬ時であったらしい。
そのころ私は、改造社の雑誌「俳句研究」を編集していて、楸邨とはことにたびたび会っていたが、会えばかならず熱っぽい俳句談を交わすことが多かった。

山本が掲載中止の理由を覚えていないはずはないと思うが、何も書いていない。昭和十四年の第二句集『颱風眼』（三省堂）には、楸邨への風当たりを強くしたであろう左のような句がある。これらを読むと、「大東亜戦争」の勃発以来、楸邨自身にも何らかの変化があったことが、前記の「寒雷」編輯後記と比較することで窺えるように思う。

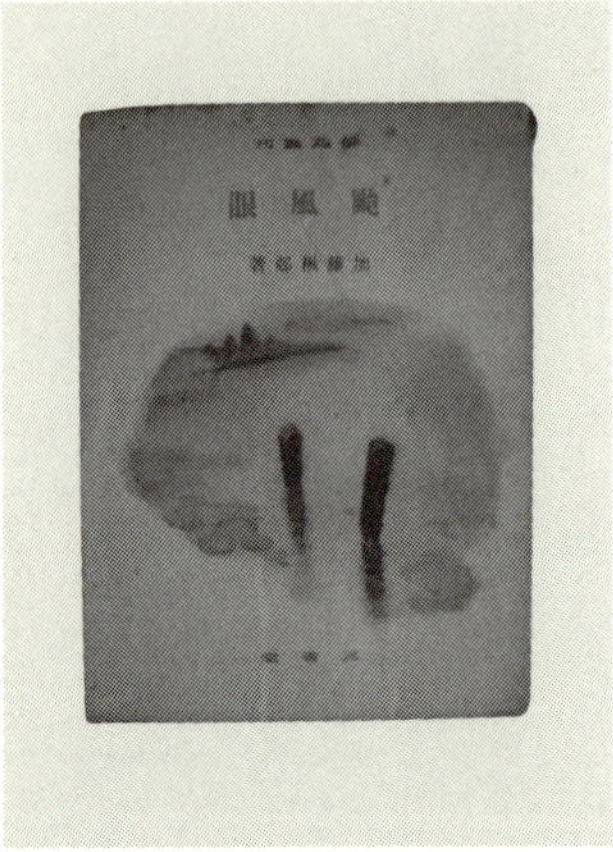

加藤楸邨『颱風眼』

戦死報昆虫の翅高く光り
ひと征きて寒き風塵日日街に
蟇誰かものいへ声かぎり
つひに戦死一匹の蟻ゆけどゆけど

「隠岐紀行」の句に、発表を差し控えるような作品があったとは思えない。山本のいう「暗い翳」ということだけで、排除されたのだろうか。

再び、『沙漠の鶴』の旅に戻る。楸邨は中国から「寒雷」への連絡を絶やさず、昭和十九年十月号には「従軍日記抄」を掲載している。七月十六日から八月二十八日まで見開き二頁の簡単なものだ。楸邨の場合、特定の部隊に随伴取材した従軍ではないが、「従軍日記」的要素を抜き出してみる。

七月十八日　北支軍報道部に竹田中佐を訪ふ
七月二十一日　北支軍司令官岡村寧次将軍訪問
七月二十五日　第一陸軍病院にて土屋文明氏と共に講演
七月二十九日　中蒙軍司令部に香月将軍訪問
八月二日　百霊廟特務機関長幽径大尉来訪、蒙古入りを勧誘、石川氏と共に入蒙を決意

八月三日　厚和特務機関長大山中佐を訪問後、領事館の須田氏の案内にて蒙古軍最高顧問湯野川大佐訪問。同処にて柳下大尉に逢ふ
八月五日　幽径大尉、三枝伍長以下とトラックにて出発
八月十七日　瓦田少将の御世話にて南海子、官渡口に至る
八月二十日　司令部に行き堀毛一麿少将を逢ふ。夜参謀長招待席上成田参謀、田中総領事河本氏等と逢ふ
八月二十二日　晋祠鎮の軍宣伝行事に参加
八月二十六日　鄭州憲兵隊長前田南山少佐、増田秋水氏の案内にて鉄塔見学

昭和十九年七月にはサイパンが全滅、東条英機内閣も総辞職するなど、敗色濃厚となった時期の大陸視察である。冷静な才子であれば、どんな理由であれ参加はしなかったろう。夏休み中（戦時中はなかったか）をはさむとはいえ、楸邨は教師であり、四人の子を持ち、妻は入院後、退院したばかりであった。大いなる覚悟の従軍であったのだ。

戦後刊行された『沙漠の鶴』の「後記」で楸邨は、「私は少年時代から中国には深い関心を持つてゐたので、改造社の依嘱を受け大陸に渡ることになつたとき非常に喜んだ。当時戦時であつたために諸般のこと軍の斡旋を受けたが、その交渉のあつた際いささかも拘泥することなく、存分に俳句を作つてほしい、それが日本人の中国理解の一つの楔となればそれで充分であるとの報道部の秋山邦雄の言葉だつたので、私としては全く芸術的意図の下に終始することに決心して出発した」と書いている。

また、前記「現代俳句」で草田男に答えた「俳句と人間とに就て」でも、「寒雷」の句会の末席にいた秋山から大陸旅行の勧誘を受けた理由として、「今になつて冷静に判断すれば、先づ現代俳句の指導的な立場に立ち、私としても永く敬意を払つてゐた貴兄まづ行き、続いて行くべきが公に見て至当であつたかも知れぬ。然し、続いて計画があつたので、私はそれが実現するものと信じ、この際自分も俳句と真剣にとりくむ機会を生かしたかつたので出かけた訳であつた」と書いている。

しかし、昭和十九年十二月「寒雷」一一四号では、「無事四ヶ月にわたる大陸行を果すことが出来たのは勿論軍当局の御厚情によるものであるが、一面各地在留諸賢の並々ならぬ御厚情によるところ頗る多い。（略）際限もなき大陸の風土の雄渾なる皇軍の力とをまのあたりみて、滅多な作品にはする気にはなれなかつたが、心中些か期するところもある」と記している。楸邨に嘘はなくても、草田男への反論にはやはり苦しい弁解という面があったというべきだろう。草田男の「或る勢力層の専らな利用者に豹変した」という批判も、あながち見当違いとは言えないのかもしれない。

4　大本営陸軍報道部部長秋山牧車

秋山邦雄（一八九九〜一九九五）の俳号は牧車《ぼくしゃ》で、昭和十七年から楸邨に師事していた。当時は、大本営陸軍報道部部長の職にあった。この楸邨の大陸旅行決定にいたる経緯を、「戦争と俳句と紙など」という文章に書きとめている（「俳句」昭和三十六年十二月号所収）。

陸軍省の報道部だけでも、それまでに大陸南方に送つた作家・詩人・美術家・作曲家・音楽家等々は優に二百名を超えていたが俳人・歌人はまだ一回も送り出していないことに気がついた。われながら不覚である。早速改造社に相談して、「俳句研究」「短歌研究」から俳人・歌人一名ずつを派遣してもらうことに決め、軍嘱託の肩書で出発の手続をすすめた。大陸の事態も容易ではないので、取り急ぐ都合上、身近かの楸邨氏に大陸行を勧誘したのだが、氏は一週間ばかり考えた上で「行きましょう」という返事を得た。（略）費用は改造社持ちだが、大陸にゆけば汽車に乗る、飛行機にのる、宿舎に泊まる、すべての行動は軍に依存しなければ一歩も動けない実状だから、軍嘱託の肩書は絶対に必要条件である。（略）その後間もなく、誰だつたか忘れたが、草田男氏が大陸に行きたいと希望していると伝えてくれた人があつたので、この次は是非お願いするつもりだと答えて置いた。

当時の軍務局長は、後にA級戦犯になった武藤章中将であった。その武藤と秋山との間で、事前に、俳人の従軍計画は二、三回を予定し、草田男も候補であったことが書かれている。しかし、秋山はやがて、フィリピンへ赴任することになり、この計画は一回きりとなってしまったようだ。二十七年後の、軍当局者、しかも「寒雷」同人の発言だから、鵜呑みにはできないが、楸邨の昭和二十二年時の回想と矛盾はない。

『沙漠の鶴』の旅で訪れた南京で楸邨はラジオ放送で講演した。昭和十九年九月四日のことで、前夜は米軍によるものか激しい空襲を体験しているが、この旅への思いが明確に語られている。

旅とか死といふやうな絶対的な運命に直面すると、さういふ日常的な覆ひは全く無力になる。底深い人間存在の深淵から、絶対の気配が風のやうに心を揺り立てる。さういふとき人間は始めて、人間存在の真実相に触れざるをえなくなる。（略）素朴ないきいきとした生命の驚きと怖れとが表現の根源の要請であつた筈なのだ。この根源的な要請が見失はれ、日常の安易に覆はれたところに要請を欠いた慢性的表現の俳句が氾濫してくるのである。（略）

真実なるものは、真実なる主体によつてのみ生かされる。真実なるものへの感合滲透こそ唯一の俳句の道である。真実なるものは、われわれの日常安易の生活に歪められてゐる。然し、自然は常に欺かない。造化の理法は自然の中に生きてゐる。自然に直面し、自然の真実相に感合滲透するとき、人間の日常の歪みも正されてくる。しかも一木一草の真実相に徹するところに、人間存在の真実相、人間生命の驚きと怖れとが、一つの気息として自ら漂つてくる。

日常に安住していては得られない、あえて厳しい自然と運命の中に自らを投げ込んで得られる「真実感合」という考えが、この大陸行を通してさらに確固たるものとなったのだろう。

5 「寒雷」大東亜戦争俳句集

昭和十五年に創刊された「寒雷」は、たとえば「馬酔木」以来の盟友、石田波郷が日中戦争勃発の昭和十二年に創刊した「鶴」などに比べ、はるかに多くの戦争俳句とその問題を、積極的に誌面に反映させている。

最も典型的なのは、昭和十九年二月号で「大東亜戦争俳句集」を特集していることだろう。全六十二頁の内三十六頁を費やした大特集で戦地篇、銃後篇で構成、銃後篇はさらに戦局篇、傷療篇、往還篇、生産篇、生活篇、散華・英霊篇に分け、散華・英霊篇の中には、英霊戦死、山本元帥戦死、アッツ島玉砕、戦信、防空、銃後生活という項目を設け、昭和十七年以来「寒雷」に掲載の一千七百余句を収めている。

改造社の「俳句研究」が昭和十七年十月号で「特輯　大東亜戦争俳句集」、続いて昭和十八年十月号で「続・大東亜戦争俳句集」を試み、各俳誌から集めた、それぞれ八百八十句、一千三百五十句を収めたのに比しても、「寒雷」一誌のみの企画として傑出した特輯であった。因みに、水原秋桜子が主宰する「馬酔木」では、昭和十八年八月に、単行本『聖戦俳句集』(石原求龍堂)を刊行し、「馬酔木」掲載の戦争俳句約一千句を収めている。

楸邨は、その「寒雷大東亜戦争俳句集」の出た翌々月の「俳句研究」昭和十九年四月号に「俳句・戦争」という文章を寄稿している。「俳句が戦争を詠むのではなく、戦争が俳句を生む秋《とき》が来た」と始まる文章である。雑誌巻頭の目次は「戦争・俳句」で、本文タイトルは「俳句戦・争」とあって混乱するが、左の如く書いているから「俳句・戦争」が、正しいのだろうと思う。

> 戦争俳句といふやうな俳句の一種が存在しうるやうな時代ではなく、俳句・戦争といふべき秋が来たと思つてゐるのである。俳句・戦争といふ二つの語の間に距離や大小の関係がなく、・に示したやうにそれがそのまゝ一つに生きてゆかなくてはならぬ時代になつたといふのである。

文が進むに従いさらに意識は高揚し、次のように書くに至る。

> 国の命運と一人の命運との直ちにつながるところ、死ぬことをみつめつつ念々に生きつづける生活—そこから生れてくる俳句こそ、現代の「野晒」の俳句である筈だ。空襲で死にたくない、死なないで生きたいといふところには「旅」はない。この国の命運と一つになり、この命運の中に死を通して生きぬくところに今日の生はある。

十九年九月の大陸従軍行にも繋がる考え方である。「寒雷」特輯に収められた楸邨の句は、銃後篇に三十八句あるが、戦争にちなむ作とはっきり分かる句をいくつかあげてみよう。

一万六千の英霊に灯を寒の雲

夜寒星ガダルカナルの霊めざめよ
壁の面の汗の手型や征きにけり
遠く来て留守の萩より征きたりき
鰯雲流るるよりもしづかに征く
朴は実に人は出て征く秩父かな
英霊となりて旱とたたかひぬ
蘭の花葉先の夜空神山本
壕掘りて銀漢あふぐわれと思へ
子が壕りし防空壕も十六夜
いくたりをこの火鉢より送りけむ
蛍籠軍靴さくさくさくと
白麻にしてつはものの膝かたち

「俳句・戦争」の意識の高揚した文章とは少し違和感がある。これらの作品は、楸邨らしい句風を保っているし、ともかくも勇ましい俳句は一つとてない。紹介句以外の句など、草田男が批判したようにそれと言われなければ、戦争にちなむ俳句とは思えないものが多い。

この特輯の二カ月後に『聖戦句誌　陣火』を出す陸軍軍人の本田功の作品も、この特輯の巻頭に掲載されている。

本田功『聖戦句誌　陣火』

音も無く寒雲流る頭に低く
翔りつゝ雪野にゑがく人の面
南のたたかひおもふ氷柱光
雪新た戦新たとなりし道

といったもので、戦争の血腥い匂いのする作品ではない。むしろ俳句的表現に工夫のみられる作品である。

また後に詩人、俳人として大成する、若い軍人であった安東次男や金子兜太の作品も、左のようなものだ。

ふるさとの氷柱太しやまたいつ見む（次男）
春ちかし艦橋に垂るる北斗の尾（次男）
艦団に春月ほそし故郷さかる（次男）
荒天の月光頬を流るるかに（兜太）
靴に充つる冬の足指吾は兵たり（兜太）
穂草まさぐる海に死すべき心たぎち（兜太）

いずれも、文学作品であることから外れていない。

戦時中の「寒雷」同人有志による合同の『句集伐折羅《ばさら》』が、昭和十八年十二月八日に刊行されている。B6横判、六十六頁、東京寒雷俳句会の編纂で、非売品。稲葉正泰、原子案山子、本田功、和知樹蜂、渡辺朔、金子兜太、鎌倉廣義、田川飛旅子、田代田四郎、野田芭茅人、古澤太穂、赤木潤、澤木欣一、峰岸杜丘、皆川弓彦、宮崎暮草、清水清山、関本有漏路が作品を寄せている。発行日から分かるように、太平洋戦争開戦二年目、そして「寒雷」創刊三周年を記念して、東京寒雷俳句会が刊行した。「跋」を引用する。

この日　大詔戴きてここに二年
この月　『寒雷』世に出でて三年
この年　芭蕉逝きて二百五十年
この集　おのづから凝りて一冊となりぬ

「後記」には「この句集上梓の相談を始めた頃は兜太、欣一、弓彦等々皆身近くに居たのであつたが、戦局愈々苛烈の秋。彼等既に征きて遠し。友遑しかれと武運の長久を祈るもの切である」とある。楸邨が何も書いていないのが不思議である。古本としても非常に珍しい句集であるが、日本近代文学館には高見順が寄贈したものが残されている。

前に触れた金子兜太の『わが戦後俳句史』の中に、戦地から戻った金子が原子公平（案山子）から、この『句集伐折羅』に作品を寄せた「寒雷」同人たちの戦後の消息を聞いたことが出てくる。その折の金子の感想は、「それにしても、みな戦中体験が違うのです。そして戦後の歩みだしもまた違っていました。呆れるほどに、同じ境遇などというものはありませんでした」というものであった。年齢的には金子よりもかなり上であった関本有漏路は装丁家で、この『句集伐折羅』も楸邨の『雪後の天』も装丁している。その有漏路の『句集伐折羅』収録句に左の作品がある。

逝く春や錆赭々とあらわなる
玉虫や遠くもあらぬ昔あり

次々に出征していく若い同人たちを見送る複雑な心境が伝わってくる。

6　「俳句研究」大東亜戦争俳句特輯

「俳句研究」昭和十七年十月号の大東亜戦争俳句特輯・正篇は、海洋、南方、支那、北疆篇に分けていわゆる前線俳句のみを、全国の俳句雑誌百十五誌から選び収めている。例えば巻頭には、真珠湾攻撃九軍神の一人、古野繁実海軍少佐の句が置かれている。

靖国で会ふ嬉しさや今朝の空

または、某氏とされた海軍大佐の漂流時の感懐の句、

船は沈みて魔の海に漂ふ身にも月は美し

これは、七五七七で、自由律俳句なのか、短歌なのか分からない。前句は、季語はないが、「や」という切れ字を用いた俳句である。共に、「東京日日新聞」掲載句で、イメージは極めてはっきりしているから、当時の日本人には素直に響くものがあったのだろう。

続く、昭和十八年十月の続編も基本的には同じ編集で、百十八誌から選ばれた前線俳句の特輯だ。巻頭は、

消灯ラッパひびく古城に月白し（呉正雄）
棉畑に撃ちつゞけたる銃灼けぬ（酒井菜花）

前句は「書信」からとある。どこかに掲載された手紙からの引用であろう。後者は「馬酔木」掲載句からの選句だ。

「寒雷」同人の清水清山の句もある。

（星港攻略）

春立つや地球はまたも色変へぬ
夏潮を迷彩艇の往き交す

清水清山については、後で詳しく触れる。

「ホトトギス」同人で戦病死した永田青嵐の作品も、

米兵のカルタ棄てあり陣のあと
許されて兵の昼寝や手に端書

といったものだ。戦時に生きながらも、文学として俳句を志向する「寒雷」の作品と、全国の俳句雑誌からあえて軍人・兵隊の前線作品を集めた「俳句研究」を、同列に論じることはできない。しかし、「俳句研究」の昭和十三年十一月の「支那事変三千句」、同十四年四月の「支那事変新三千句」が、銃後篇を含む国民全体の意識を反映させているのと比べても、大東亜戦争期の「俳句研究」の編集姿勢は、戦線俳句のみに限定されており、文学的にも後退している。

「俳句研究・大東亜戦争俳句集」正篇に集められた無名の兵士たちの作品八百八十句から、目についた作品を選んでみる。括弧内は元の掲載俳句誌である。これらの作品は、当時の人々にどのような感想を持って読まれたのであろうか。現在の日本に生きている我々が感じるのとは、違ったとらえられかたをしているはずである。

冬の虹甲板右舷にかたむきぬ　岡部弾丸（雲母）
スコールそれから虹の出たりしてすでに敵の爆撃圏内　遠藤虹水（層雲）
護送船団の煙は虹があつて消えて行くと雨　小沼仏想華（層雲）

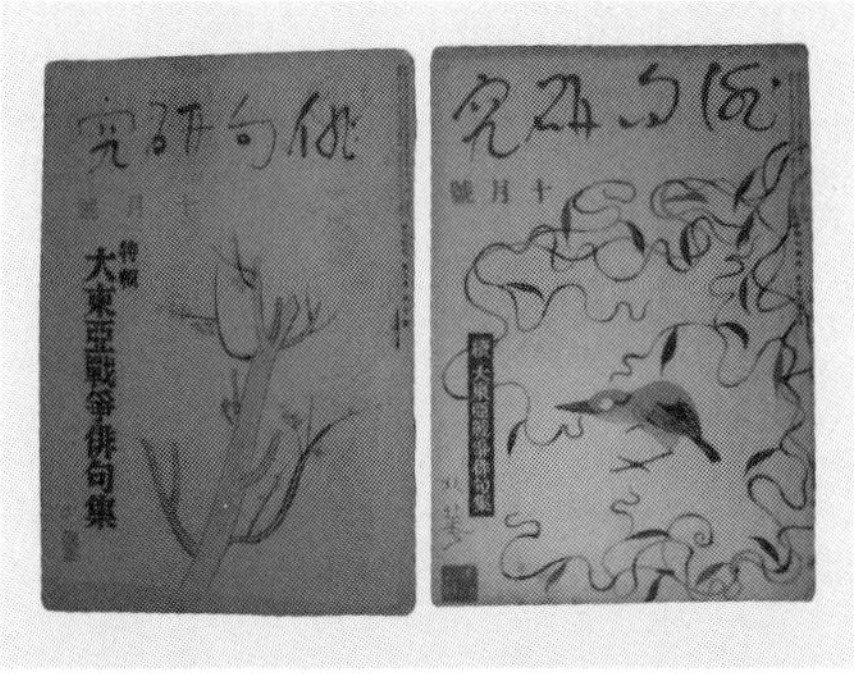

「俳句研究」、「大東亜戦争俳句集」正（左）と続

マンゴーもパパイアも買ふ寄港かな　斎藤千衣子（九年母）
強東風に離陸の機翼うちならぶ　鯉沼御空（山茶花）
昼顔の蔓延びて咲く兵の墓　田中蘇冬（ホトトギス）
椰子樹海積乱雲に押されけり　長澤ゆたか（曲水）
夕こめて葉降る野象の跡を征く　山口蒼丘（石楠）
大休止汗にふくれし「若葉」手に　西木正夫（若葉）
夜の梅しん〳〵香り軍馬眠らず　木本夢秋（天の川）
煙草なくマッチなく月まろみけり　八杉千夏（倦鳥）
明日はまた明日なりと兵等花蒔く　岩原茶子（大富士）
彼の負傷白き夏蝶ゐし記憶　安住夜吟子（砧）
爆撃の跡がそのまゝで月から白いものがちらついてくる

深見武則（層雲）

二三騎が来る雪けむりはるかより　　森春鼎（ホトトギス）

涯しらぬ死の曠原や流れ霜　　鍵谷芳春（鹿火屋）

蒙古風列兵眉宇を動かさず　　小野蒙古風（寒雷）

冬帽の眉昂然と中尉たり　　池田としを（砧）

選んで抜き出してみると、それぞれ個性的な作品で、胸に響くものがある。ただし、これらが、全体の特徴を現わすものではない。全八百八十句の中に、一句として血腥い句もないし、かつて、長谷川素逝が詠んだ「稲の山にひそめるを刀でひき出だす」といった勇猛な句もなく、「あわれ民　凍てしいひさへ掌に受くる」といった民衆への視点もない。富澤赤黄男の「やがてランプに戦場のふかい闇がくるぞ」といった、はっとするようなインパクトの強い句もない。もちろん、それはプロの俳人の句と、庶民の俳句の違いでもあるが、「支那事変」当時にはあった表現の自由が、「大東亜戦争」下ではすでに許されなくなっていたことの反映であろう。しかも、軍の厳しい検閲を経て投句された作品である。当然、戦争の悲惨さも、兵隊の飢えや病気を詠んだ句もない。戦傷を負った「白衣戦士」の句すらもないのである。

ただ、微かに兵士たちのつぶやきが聞こえてくる作品はある。

大休止汗にふくれし「若葉」手に　　西木正夫

「若葉」は、富安風生主宰の俳句雑誌だ。前線の西木のもとに、軍事郵便として、投句している「若葉」が届いたのであろう。それを行軍中にも持ち歩いたので、汗でふやけてしまった。しばしの休憩のおりに取り出して頁を開く。それは俳句を作る西木の生きる喜びそのものなのだ。汗は実は血であるかもしれない。自由律の作品「爆撃の跡がそのまゝで月から白いものがちらついてくる」も、寂しさが滲み出ている。

この「大東亜戦争俳句集」に、戦意高揚の効果があったとは思えない。赫々たる戦果を誇るでもなく、過酷な戦争の実体を伝える作品でもない。自分の置かれた状況を疑うことを禁じられた兵士たちのつぶやきだけが聞こえるようだ。それがもし、改造社「俳句研究」編集部の目的だったとすれば、文学的後退を余儀なくされた中での、せめてもの抵抗だったのだろうか。それとも、現実にこのような作品しかなかったのだろうか。

7　清水清山の存在

「寒雷」は戦争という現実に真正面から取り組んだ。ことに前記の清水清山中将には楸邨からの望みで、軍人からの投句の選を依頼し、昭和十七年五月から聖戦作句「山河抄」欄を設けた。清山も「一度は堅く御辞退したが御聴入れがなかつた。一代の光栄として御引受することにした」というもので、清山が各投句に手を入れて掲載、途中からは選評もしている。昭和十九年十月号掲載の一部を紹介しよう。

単騎深く大夕焼に乗り入るる　山下淳
爽やかに日朝点呼報告す　同
滞陣や高粱いつか穂を揃え　同
決死航今宵銀漢降るごとし　山本一夫
　野田一機曹より帰郷通信あり
縁端に義足いたはり粽結ふ　同
　看護婦養成生徒の開墾隊
あどけなき額の汗もいくさかな　同

山下淳君の三句は孰《いず》れも戦場生活を写した率直の作であつて此の表現が洵《まこと》にすらりとした歪の無い表しで敬服する。此の作風を何処迄も成長させて行つて貰ひたい。
山本一夫君の三句もよろしい、殊に最後の「あどけなき額の汗もいくさかな」の汗はややもすると嫌味の出易い汗の難点が少しもないところが成功だ。

楸邨中国従軍中の『寒雷』の投句欄である「寒雷集」の選句も、楸邨選から、清山、茂木楚水、峰岸杜丘、本田功、加藤知世子の共選に代わるなど、清山の役割が重みを増している。楸邨が清山に

「山河抄」を任せたのは、「私は都会風な繊細一方の俳句が、俳句を弱くしてゐることを前から感じてゐたので寒雷では、盛りあがつてくるやうな人間の力、体験の重さで生きてゐるやうな句を求めたいと思つてゐた。戦場にある軍人からこれを求めるのが最も甲斐あるやうに思つた」（「甘栗将軍」、「寒雷」昭和十七年五月号所収）といった理由からであった。それにしても、これが、楸邨が望んだ作品や批評だったのだろうか。『沙漠の鶴』に楸邨が書いた、「底深い人間の存在の深淵から、絶対の気配が風のやうに心を揺」るような作品だろうか。私にはとてもそうは思えない。

楸邨の清山への信頼は、「寒雷」創刊時以来のものだった。それはずっと変わることなく、清山の句集が出るにあたって書いた「「益良夫」に就て」（昭和十九年三・四月合併号所収）でも、三頁を越す実に懇篤な言葉を残している。

清水清山句集「益良夫」が出ることになつた。これは私にとつては自分の集が出ることと同じやうな思ひがする。思へば私が「寒雷」を創刊した時、いちはやくこれに応じたのは清水清山であつた。（略）利害を超えた純粋な俳句道行者でなくては、現代に酬いらるゝことを望まず、むしろ俳句の運命を自己の運命とする人でなくては、到底その寂寥に堪へられなかつた筈である。

（略）

棉花摘むや蒼天かくも一家の上

「益良夫」の作者は、私の声に応ずる曠野の谺のやうに、かういふ句を以て「寒雷」に登場した。私は自分の念ずる向後の俳句の道の一つの姿を、この作者が担つてくれるに相違ないと直感することが出来た。

この清山の句集『益良夫』は、刊行されたのかどうか、調べても分からなかった。昭和十九年はすでに出版の難しい時代だが、陸軍中将の戦争俳句集なら内容的に出せない理由はない。何か別の理由があったのだろうと思っていた。その後、昭和四十三年に、「寒雷」同人の森澄雄が雪櫟書房（雪櫟は、森が書肆ユリイカから出した処女句集の名）という名で、清山の句集『旗薄』を刊行しており、入手することができた。この句集の清山の序文と、森澄雄、矢島房利の「巻末小記」で、『益良夫』は昭和二十年五月、羽田書店から刊行されたが、同年五月二十五日の空襲で数部を残して灰燼に帰し、市販されなかったとわかった。作品は『旗薄』に収録されているが、秋桜子の序文と楸邨の跋は収録されていない。楸邨の跋は前記した「「益良夫」に就て」であろう。五月二十三日の空襲は楸邨を、同二十五日の空襲は清山の句集を襲ったのだ。山口誓子の『激浪』のことが思い出される。この羽田書店の主人は羽田武嗣郎といい、戦後衆議院議員になっている。元総理、羽田孜の父である。

ともかくも楸邨の清山への思いは強い。ただ、難しい問題だが、楸邨自身が俳句にとっての戦争という現実を受け止めるのではなく、信頼できる人物だという認識の上とはいえ、軍人に「山河抄」を依頼してしまったことは、後から見れば悔やまれることであろう。

楸邨の師、水原秋桜子の「馬酔木」では、「寒雷」の「山河抄」にはるかに先立ち、昭和十四年一月号、通巻二百号から「聖戦俳句抄」を設けており、手元の「馬酔木」昭和十八年九月号では連載回数五十七回、結局翌年九月号まで続き、昭和二十年一、二月号では「戦線と銃後」に変わっている。

「聖戦俳句抄」第一回目には「朝顔や砲《つゝ》天津にとゞろくと」（悌二郎）、「秋風に立ち号外を日々手にす」（波郷）など、「馬酔木」同人による銃後俳句が取り上げられているが、五十七回では「椰子の暮鰐ひきあげて浜涼し」（三上木草子）といった、無名俳人の前線俳句が取り上げられている。ただ終始一貫して、秋桜子が選と講評を務めた。楸邨の行動は、ことに戦前にあっては秋桜子を意識した傾向が強い。師からのさまざまな意味での独立という意識が働いたのではないだろうか。「馬酔木」の「聖戦俳句抄」に対しての、「寒雷」独自の「山河抄」であり、前に触れた、秋桜子編の『聖戦俳句集』（昭和十八年八月）に対抗する「寒雷」の「特輯大東亜戦争俳句集」であった。

8　執念の芭蕉全句評釈

楸邨が清山に「山河抄」を依頼した理由は、何だったのだろう。戦争を受け入れなければ「寒雷」の継続は難しいいし、それ以前に、当時の日本人にとって最大の問題は戦争に勝つことであってみれば、必ず取り上げねばならぬテーマであった。しかし、それ以上に楸邨にとっては、生あるうちに達成しなければならない大事な問題が別にあった。戦時中没頭した『芭蕉講座』における全句評釈（第一～三巻、発句篇、上中下巻）である。これあるゆえに、楸邨は戦争俳句と直接ぶつかっていく余裕がなかった。ともに、いい加減な態度で臨めるテーマではなかったのだ。

楸邨は、「俳句研究」昭和十八年十一月の芭蕉二百五十年忌特輯で「芭蕉復興の精神」を書いた。時勢におもねるように頻出するさまざまな芭蕉像に苛立つような、少し昂揚した文章だ。楸邨は左のように書く。

芭蕉の精神は、一言にして言へば、「風雅の誠」を求めて、刻々に生き、「新しみ」を求めて刻々に展開した精神であった。芭蕉の文学行動を辿れば、「誠」を勧《せ》めて、「新しみ」に痩せた求道不退転の精神が、寸刻も停まるところなく、最後の旅に、浪花の客舎に息絶ゆるまで、はげしく然ししめやかに続いたことを知りうるのである。ここに触れることによつて、この精神は、直にわれわれの血脈の中に流れひびいてくるのである。過去的でありながら、直に現実を尖端として生きてゐるのである。「不易」なるものを求めて「流行」することが芭蕉の精神であつた。

全句評釈の執筆は昭和十六年から進められ、十八年一月に上巻が、十九年六月に中巻が完成し、下巻は校正ゲラを残して、原稿は二十年五月の空襲で消失し、上中下三冊が完成したのは、昭和二十三年二月である。総ページ数一千四百二十一頁、原稿用紙にして四百字詰二千八百枚に及ぶ労作であった。「芭蕉復興の精神」は、まさにその間の執筆である。ただ、命をかけた仕事にしては、本に直接記した感想は少なく、上巻の「あとがき」（昭和三十一年の改訂四版の下にも同じものを収録）で次のように語っているだけだ。

この講座では、表現契機が「物」から如何にして内化されてゆくかを、各句に於て吟味してみたものである。そして、俳句の解釈に於ては、その表現が感合滲透によるものである以上、解釈に於てもその合理的な実証の限界まではつきつめなければならぬが、その上は、飛躍、すなはち感合滲透が究極の方法であると感じてゐる。

貧しい戦闘記録であるが、更に努めてこの稿の成長を期したい。

「戦闘記録」としたところに当時の楸邨の思いを量ることができよう。講座中の企画であり、物資欠乏の時代である。当然頁制限はあったはずだが、各句における「評」は、句によって長短はあるが、伸び伸びと自由に書かれている。それぞれの句の発想契機を軸に、研究者というよりは俳句実作者の視点から、語り尽くされていることが特徴だろう。

ただ、楸邨が命をかけ戦闘の意思をもって臨んだ芭蕉俳句全評釈であったが、現実の戦争は、つまり昭和二十年五月二十三日の空襲は、その意思をあざ笑うかのように、その厖大な原稿と書き溜めていた『芭蕉表現考』の原稿を焼いてしまった。楸邨は大陸行から帰国したとき、「寒雷」一一六号にエッセイ「霜柱」を書き、最後に左の如く結んだ。

Ｂ二九の来る度に戦ふ如く俳句を作りつゞけてゐる。勿論俳句はまだ快心不滅のものなどゆめにも出来さうもない。然し、Ｂ二九を上空にしながら、見よ、Ｂ二九よ、汝等は日本を動揺せしめつつあるつもりであらうが、日本人の一人は俳句を作ることによつて汝等の惻りがたき心の世界を味ひつつあるぞといふやうな喊声をあげてゐるのである。

霜柱この土をわが墳墓とす　　楸邨

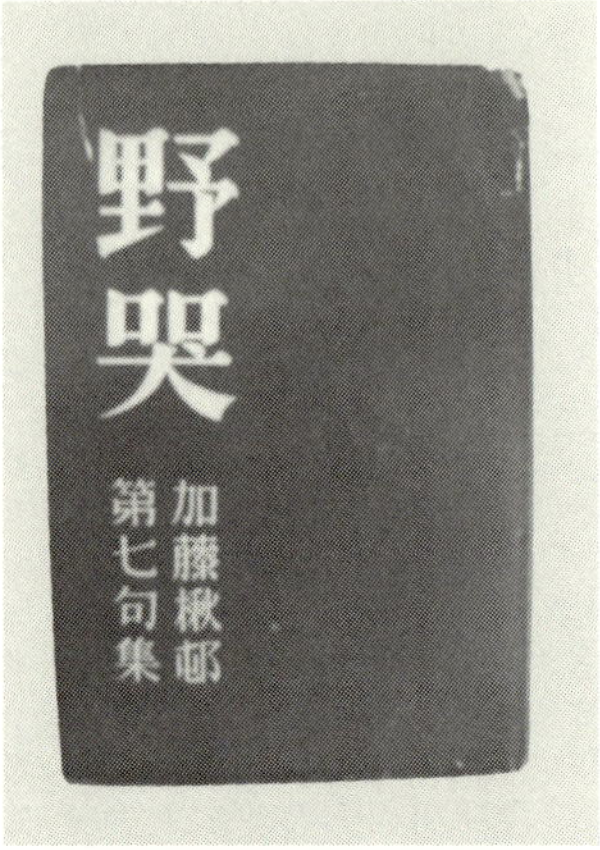

加藤楸邨『野哭』

そして自らの本当の死を実感させられた空襲を受けての感想が、最初にあげた、『火の記憶』に収められた次の句だ。

火の奥に牡丹崩るるさまを見つ

さらに戦後の昭和二十三年二月、『沙漠の鶴』とほぼ同時期に刊行した第七句集『野哭』（松尾書房）の巻頭に、「この書を今は亡き友に献げる」として次の句が置かれた。

火の中に死なざりしかば野分満つ

戦争への決意を表わした「霜柱この土をわが墳墓とす」と、右の句との隔たりは深く重い。戦争の中、確信的に思えた死も、結局は観念的なものでしかなかった。現実に身に迫ってきた死の恐怖を切り抜けたとき、胸に湧いてきたのは「死なざりしかば」という生への執着であった。人間であれば当然である。

『野哭』は、紺色のカバーと表紙に、大きく書名を白抜きにした大胆な装丁である。真っ白な表紙に、黒色の書名と中村草田男の赤い文字が配された『来し方行方』を意識したのだろうか。

昭和二十一年九月（発行は八月二十五日）、「寒雷」は復刊を果たし、表紙裏に、

どんなに苦しい現実でも、一歩一歩ゆたかに踏み出したい。つまさきで探りあてる一粒一粒の砂のやうに、一句一句を生み出したい。現実はよし荒野であつても心に花の蕾をもちたい。

と書いたが、ほぼ時を同じくして草田男の批判が加えられた。そこからが、まさに荒野を行くような楸邨の戦後の始まりであったといえよう。

命を懸けた芭蕉全句評釈であったが、無意識のうちに、戦争という現実からの逃避、あるいはこの仕事に没頭することで、嵐の過ぎ去るのを待つ、という面がなかったか、そう言っては酷に過ぎるだろうか。

「寒雷」復刊号

第Ⅱ部

戦前・戦中の俳句入門書を読む

小説や詩、短歌の世界では戦後、激しい戦争責任追及が行なわれた。それをテーマとする書物も多い。俳壇でも、戦後組織された新俳句人聯盟の機関誌「俳句人」誌上などで同様のことが行なわれはしたが、むしろ戦後の急激な欧米化と日本の伝統文学に対する軽視や、昭和二十一年に発表された仏文学者桑原武夫の一論文（「世界」昭和二十一年十一月号「第二芸術――現代俳句について」）によってにわかに沸き起こった「第二芸術論」に対して、どう応えるかという問題が主となり、その中で戦争俳句の問題が深く取り上げられることは少なかった。

俳句の退嬰性、無思想性、組織的前近代性を衝いた桑原の「第二芸術論」（『現代俳句事典』辻田克巳解説より）は、桑原本人の予想を超えて、当時の俳人たちに大きな衝撃を与えた。第Ⅰ部で取り上げた山口誓子、日野草城、中村草田男、加藤楸邨を含む十二人の反論を集めた『現代俳句の為に』

（孝橋謙二編、ふもと社、昭和二十二）が刊行されたりしたが、戦時中の反省はそこには見られない。前記の「俳句人」誌上で栗林一石路、古家《ふるや》榧夫《かやお》、湊楊一郎、東京三らが展開した「俳壇の戦犯」問題も昭和二十二年までで、その後問題は棚上げされた形で、俳句の近代化一般へ舵を切っている。

戦後の俳句界にも戦前の新興俳句運動と同じように、花鳥諷詠ではなく社会性のあるテーマや素材を扱うべきだとする社会性俳句や、伝統俳句規制の枠を排し、現代人の内面意識や詩的感覚を盛り込んだ前衛俳句の動きがあったが、その中でも戦前の俳句のありようが問い直されることは少なく、俳句界の指導者が戦中の言動を厳しく清算せぬまま、戦後も指導を続けるという事態を招いた。

第Ⅰ部で取り上げたように、戦争俳句に関する論争の中には俳句のかかえる理論上の問題と、実作者の生き方の問題まで含めた根本的テーマが提示されていた。そこに改革の芽はあったのに、第二芸術論議の中で忘れられてしまったと言えるだろう。

以前から漠然とそのような感じを抱いていたが、戦前の俳句入門書が戦後も版を重ねていることが多いのにも気づいた。そこで、戦中期の俳壇の指導者や各俳句結社の主宰者たちが戦争を俳句に詠む場合、どのように自らの結社の俳人や一般の人々を指導したのかを、当時の俳句入門書を通して調べたいと思ったのが、本書の当初の目的であった。

古書展などで戦前の俳句入門書を目にするたびに購入し、手元にかなりの数が集まった。俳句は国民文学、伝統文学といわれ、広い愛好者の裾野を形成している。その多くはおそらく何百とある結社や同人誌に属し指導を仰ぐという独特のもので、自ずから多くのバリエーションを持った入門書が生まれた。江戸期には業俳《ごうはい》という職業俳人を多数生み出し、多くの作法書が出されていた。指導者が宗匠といわれた江戸時代から、俳人は多くの流派に分かれ、俳句に対する考え方も違った。その時代の世相も、俳句に大きく影響する。俳句史の中で、入門書・作法書の持つ意味は極めて重大である。

第Ⅱ部では、戦争と俳句という視点から戦前の俳句入門書を紹介する。昭和戦前期の俳句入門書と理論書を取り上げていくが、最初に結論的なことを言えば、戦後も活躍し続けた俳人たちによる俳句入門書の中に、積極的に戦争を讃美し、絶叫するような俳句を提唱したものは、私の見るところない。もちろん多くの俳人が戦争に関する俳句を作り、戦争俳句の問題を雑誌などで論じているのだが、戦争俳句はこのように作れと指導した入門書はほとんどなく、一冊の本の中で一部分として取り上げられる程度である。

第Ⅰ部で取り上げたように、戦争俳句論議は当初、伝統派と新興俳句との芸術論争として活発だったが、戦況が厳しくなるにしたがい、ほかの俳句とは別のものとして、ことに前線の将兵による俳句は、神聖にして冒すべからざる「聖戦俳句」として考えられた。日中戦争から太平洋戦争へと拡大するにしたがい、純粋に芸術的であった俳人たちも、徐々に時代の大きな流れに翻弄されていく様が、入門書からも読み取れる。本書では、そうした戦前・戦中期の俳句状況を作りだした俳句理論を知る手がかりとして、なるべく多くの入門書を紹介しようと思う。

配列は、発行順ではなく、著者の生年順としたが、俳句の新しい動向に対する受け止め方が、必ずしも指導者の年齢と対応していないのに気づく。指導しながら若い門人たちから受ける影響も大きかったのではないだろうか。内容に応じて一部随筆集、句集の類も含める。

書き方は、略歴、代表句、「俳句研究」の特輯「支那事変三千句」正続に収録された戦争俳句を記し（これはない場合もある）、次に入門書などの書誌、およびその中で問題となる点を適宜紹介する。なお、この書誌には普及の度合いを示す例として、重版も紹介したが、私が入手したものを紹介するもので、戦前期の入門書を完全に網羅したものではない。

取り上げた俳人は左記の通りである。

内藤鳴雪
高浜虚子
沼《ぬ》波瓊音《なみけいおん》
大須賀乙字
嶋田青峰
臼田亞浪
荻原井泉水
飯田蛇笏
富安風生
秋山秋紅蓼《しゅうこうりょう》
宮田戊子《ぼし》
田村木國
水原秋桜子

吉田冬葉
栗林一石路
桜木俊晃
峰岸杜丘
伊東月草
湊楊一郎
山口誓子
東京三
瀧春一
井手逸郎
皆吉爽雨
星野立子
大野林火
加藤紫舟
加藤楸邨
長谷川素逝
岩田潔

内藤鳴雪（弘化四〜大正十五、一八四七〜一九二六）

鳴雪は明治大正期の俳句の普及に大いに活躍した俳人だ。正岡子規没後、子規派の長老として、新聞雑誌などの選者となり、後進の指導にあたった。

初冬の竹緑なり詩仙堂
只頼む湯婆一つの寒さかな
元日や一系の天子不二の山

『俳句のちかみち』昭和二年一月、文庫判、二五二頁、廣文堂。この本の紙型を使った『俳句の作り方と味ひ方』がある。全く同内容。昭和十三年六月初版、同十四年三月八版、B６判、三五二頁、大洋社出版。

鳴雪は弘化四年生まれで大正十五年に亡くなっている。山口誓子や日野草城の新興モダニズム俳句が生まれ評判になった昭和十年代になっても、依然需要があったということだ。左のような俳句に対する明確な主張をしている。

俳句は弄ぶべきものであつて、専らこれに従事すべきものでない。殊に青年が専らこれに従事して、学業なり家事なりを疎かにするが如きは最も戒めなければならぬ。処が勢力の旺盛なる青年時代には、僅か十七字を以て思想を発表する俳句位で満足するものでない。故に如何程俳句を奨めても、彼等はこれに耽るやうなことはない、自然余暇を以て弄ぶ位に止る。これも亦俳句の詩形より生ずる一種の結果で俳句の為に却て幸とすべきものであらう。

明治の自然主義文学運動が俳句に与えた影響を念頭においての発言であろう。モダニズム俳句が人気を博した時代にあっても、こうした俳句に対する考え方は、たかが俳句、されど俳句という形で広く浸透していたといえよう。時代が違うので、本書には昭和の戦争のことは出てこない。

高浜虚子（明治七〜昭和三十四、一八七四〜一九五九）

虚子は、近代俳句の巨星、明治三十一年より生涯にわたり「ホトトギス」を主宰、虚子選「雑詠欄」に選ばれることが、多くの俳人の目標となった。現在でもその血を分けた子孫と弟子筋たちが俳壇で活躍する、俳句の家元だ。

遠山に日の当りたる枯野かな
流れ行く大根の葉の早さかな
去年今年貫く棒の如きもの
砲火そゝぐ南京城は炉の如し

かゝる夜も将士の征衣霜深し
遡江戦山嶽戦に秋重畳《ちょうじょう》

『俳句とはどんなものか』　大正三年三月初版、昭和十七年五月第七十五版、B6判、二〇〇頁、実業之日本社。

『俳句の作りやう』　大正三年十一月初版、昭和六年六月第八十版、B6判、二〇〇頁、実業之日本社。

『俳句入門の知識』　昭和九年五月、池内たけし共著、菊半裁判、二八〇頁、万有知識文庫、非凡閣。池内たけしは虚子の甥。俳句誌「欅」（昭和七〜十九年）主宰。本書はほとんどが池内の執筆で、巻末五〇頁が虚子の「俳諧雑筆」、「自句自解」、「句評」。

『俳句読本』　昭和十年十月初版、同年十二月三版、菊判、三三二頁、日本評論社。

『俳句入門』　昭和十一年三月初版、文庫判、二三〇頁、金葉社発行、素人社書屋発売。発行人金子里江が金葉社主と思うが、多くの俳句書を出した金子杜鵑花《とけんか》の素人社書屋とほぼ同じ会社と見てよいだろう。明治期に刊行された本の再版本か。

『俳句・俳文・俳話』　昭和十三年八月、B6判、三六九頁、河出書房。

　虚子の場合、この種の文章は「俳論」「俳話」と呼ばれる。右のほかに『俳句入門』（少年園、明治三十一、内外出版協会、明治三十一ほか）、『俳諧一口噺』（金尾文淵堂、明治四十）、『どんな俳句を作ったらよいか』（実業之日本社）、『俳句は斯く解し斯く味ふ』（新潮社、大正七・新潮文庫、昭和十二）などがある。虚子の俳句作法書は、明治から昭和まで俳句入門書として、実に長い寿命を保っている。

　これらの入門書には戦争俳句に関する記述はない。しかし、虚子は戦時中の文学報国会俳句部会の会長であり、「ホトトギス」でも多くの戦争俳句を取り上げ、長谷川素逝はじめとする「戦争俳人」を育てた。また、昭和十四年には『支那事変句集』（三省堂）を編纂している。これは「ホトトギス」昭和十二年十月から十四年五月号に掲載された、戦争俳句一五〇人、一二三三句を集めたものだ。出征、北支那、上海、中支那、揚子江、南支那、蒙疆、満蘇国境、艦船常務、不詳に分け、その中で季の配列は、春夏秋冬ではなく、昭和十二年七月に勃発した事変の進展に従い、夏から秋冬春への順序にしている。季を重視しているのが虚子らしい。日本の季節を基本とする俳句で、外地である戦場の風土自然をどう扱うかは、当時非常に難しい問題であった。

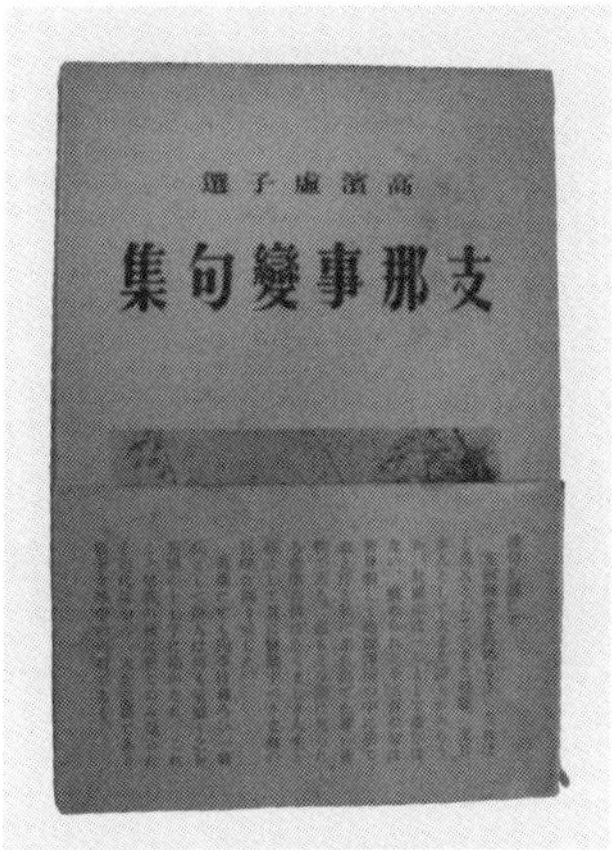

高浜虚子編『支那事変句集』

　「序」を虚子が書いているが、「是は支那事変の生んだ文壇の尊い産物の一つである。身親しく砲弾弾雨の中に血と汗と共に生れ出た尊い産物である」。たったそれだけだ。実のところ、虚子がこの句集の選をしたかどうかも怪しいと私は思う。

　『定本高浜虚子全集』第十巻の、松井利彦の解説によれば、虚子の俳論は、日本派時代、虚碧対立時代、守

高浜虚子『俳句・俳文・俳話』、表紙（右）と箱

旧派時代、客観写生時代、花鳥諷詠時代に区分されるが、明治・大正・昭和の三代数十年に及ぶ俳句創作活動は、ほとんど変わらない姿勢を押し通しているように見える。一時期、俳句創作を休止した時期があるが、新興俳句運動の時期も、戦後の「第二芸術」論議の時期もその姿勢は揺れることなく、有名な句「去年今年貫く棒の如きもの」そのもののような生き方と感じられる。戦争によっても、その俳句に対する姿勢は変わらなかったということであろう。

昭和十三年に刊行された『俳句・俳文・俳話』は、造りも、貼箱の背と平に題箋、本体は布装で背題箋という豪華な本である。フランス旅行時の写真を七葉、それも和服姿のポートレイトを収めている。俳壇の頂点に立つ虚子そのもののような造りだ。内容は様々な文章と俳句を寄せあつめたものであるが、昭和十一年二月から六月までの渡仏旅行の成果を強調することが本書の眼目であったろう。「渡仏句抄」はわずかに二十六句だが、「俳話六則」と題し、雑誌「財政」に連載した文章が収められている。その中の「第二　十七字といふこと」で、左のように書いている。

この頃フランスに参つて見まして、其土地の少数の詩人達と会合をして見ましたが、其等の詩人達は皆日本の詩の簡明なことを喜んで二三十年前からハイカイといふ詩を唱導して居る人人でありました。
フランスでも二三十年前まではローマンチツクな非常に冗長な詩が流行して居りましたが、それに倦いて居つた詩壇は此の日本から齎《もた》らされた十七字の詩といふことに非常な感銘を受けて十七シラブルの詩を作ることを唱へ出したのでありました。それが一時は大変な勢ひで詩壇を風靡したものであつたといふことを聞きました。此の十七シラブルといふことが仏蘭西語でどれだけの必然性を持つてゐるかといふことは私には疑はしいのでありますが、兎に角短い詩といふことが外国では珍しく、その短い詩でもの丶中枢を捕へて簡明な言葉でこれを叙述するといふことが一つの勢力となつたことは疑ひをさしはさむ余地の無いこと丶思ひます。

外国の承認が、日本人に日本の文化を認めさせるに有効であることを虚子も知っていたのであろう。昭和十年前後は第Ⅰ部でも見てきたように、新興俳句やプロレタリア俳句が台頭し大きな勢力となった時代である。主観や思想の表明ではなく、自然を詠う写生こそ俳句であるという自説の正当性を高めるために、西洋の承認は大切なことであったのだろう。この本に収められた「写生寸言」という短い文章にも、自説以外への強い対抗姿勢が読み取れる。比較的短いので全文を引用する。

写生は我ともがらの信条であつて、之を失つたら最後私達の文学は亡びて了ふと思つてをる。

写生といふことに欠点の伴ふことも知つて居る。が、ものには必ず弊害の伴ふものであつて、少々の弊害が伴ふといふことに惧れをなしてゐては何事も出来るものではないといふことも知つてをる。

私達は唯自ら信ずる写生文学を推し立て〻行けばよいのである。

写生反対者からいへば、写生といふものを出来るだけ片寄つた低級なものとしてこれを排撃しようとするのは当然なことである。それと同時に、写生信奉者に在つては、出来るだけこの写生といふ事に光輝あり生命あらしめようとするのも亦当然なことである。

初心者も上堂者も写生を目標にして誤りが無い。唯初心者は浅く物を写せばよい。だん〳〵進んで行くに従つて作者の心が問題になつて来るのであつて、作者の心が深ければ深いほど其写生は根強く深くなつて来る。

非写生の文学にもい〻ものが無いとはいはない。併しそれは我ともがらとは無関係だ。我ともがらには写生の文学がある許りだ。

虚子と戦争の関係について言うならば、宇多喜代子の戦争俳句論『ひとたばの手紙から』（邑書林、一九九五）において描かれた虚子像が、私には、数ある虚子論の中で最も納得できる見解に思える。

戦争を正面切って作品化していないことにおいて、「ホトトギス」の俳人の態度は徹底している。虚子の「俳句は時代の影響を受けることの最も少ない文学だ」という発言を額面通りに受け止めると納得がゆくのだが、たしかに高野素十《すじゆう》、松本たかし、後藤夜半《やはん》、阿波野青畝《せいほ》、川端茅舎《ぼうしや》などの当時の句をみていると、彼らの俳句に「戦争」は直接には何の影響も与えていないのだ。

（略）

虚子の「俳句は時代の影響を受けることの最も少ない文学だ」という表明は、客観写生を唱えつつ自らの作品に唯我独尊の主観を通した虚子の本質、戦後の「第二芸術」論沸騰に対して、俳句も芸術となったかと平然としていたという対処の仕方などと通じているようである。（「戦争と機会詩」）

一人の作家としての虚子と、集団の指揮官としての虚子との間には、例えば、皆さん主観俳句をつくってはいけませんといいながら、自分は史上に最たる主観句をとどめたというような、はなはだしく背反するものがある。俳人であって政治家、経営人だったたと思う所以だが、かりにも虚子が自作で示した方法を集団のテキストにしたらどうなるか、大集団に対しては常に「俳句は客観写生、俳句は花鳥諷詠」だといい続けなくてはいかなる混乱が生じるか、たぶん虚子にはここのところが見えていたのだろう。本当の書き手は作家としての虚子を見抜き、指揮官としての虚子を裏切って出てくるものだということを虚子自身が悉知していたとしか思われないのだ。(「戦中の虚子」)

宇多は虚子の「大寒の埃の如く人死ぬる」という、昭和十五年一月の「ホトトギス」に掲載された代表句を取り上げ、「人間の死の普遍性を的確にいい止めた句として抜群の句である。(略)この読みのキーは、この句の人の死が「埃」のような死ではなく「大寒の埃」のような死だというところにある。これは季語季題の問題ではなく、言葉の問題であり、たとえ「如く」があろうともこれは比喩ではないと断じていいだろう。人の死とは条理、不条理で割り切れるものではあるまいが、それが戦争の中でなされるということは限りなく不条理である。埃のような死こそ戦争そのものとも読めるのだ」と書いている(「戦争と機会詩」)。もちろん、これは虚子の意思を超えた読みであろう。優れた俳句作品は作者の意図を超えることが多い。

大虚子といわれる割には、虚子に入門書の類は少ない。おそらく指導の内容は変わらないのだから、古い本の再版を続けるだけで間に合い、弟子たちが虚子を尊崇する形で多くの入門書を書いたから、問題はなかったのだろう。

沼波瓊音(明治十～昭和二、一八七七～一九二七)

瓊音は大正期にはキリスト教徒だったが、一高・東大教授を経て、晩年には日本思想の研究、国粋主義の鼓吹に専念した。病を得て昭和二年に没した。俳句は大野洒竹らの筑波会に参加。俳諧研究にも精進した。

ほころびの肱がかはゆき浴衣かな
黒雲をうしろにしたる桜かな
障子しめて秋の夜となる一間かな

『俳句の作り方味ひ方入門』　昭和十二年六月初版、昭和十六年七月譲受（筆者注――元の版元から紙型や版権などを譲り受けて再版すること）三版、Ｂ６判、二七四頁、洛東書院。昭和十一年玄洋社刊行の復刊。初版の発行元玄洋社は、頭山満の右翼政治結社のことであろうか。この本に国粋主義的な要素はない。明治三十九年に『俳句講話』（東亜堂）、明治四十二年に『俳句の作り方』（文成社）が出ているが、内容が違う。

巻頭の「俳句の作り方」に次の文章がある。

俳句の内容は大自然から一歩たりとも外に出ないのであります。其の内容は大体に於て次の三つに分類して見ることが出来ます。
一、自然をあるがまゝに表現した句
二、感情を自然によそへて表現した句
三、理智を通じて自然を表現した句

後半は、山崎宗鑑、西山宗因、芭蕉、さらに正岡子規の日本派俳人を個々に取り上げている。

大須賀乙字（明治十四～大正九、一八八一～一九二〇）

乙字は、明治・大正期の俳論家として活躍した。当初、河東碧梧桐の新傾向俳句を支持したが、明治末ころからその自然主義的色彩を批判、古俳句を尊重し、芭蕉への憧憬・復古と、自然への讃美と観照の論陣を張った。大正四年一月に碧梧桐が『新傾向句集』を刊行したのに対して、翌年二月、乙字は碧梧桐の新傾向以前の句を集めて『碧梧桐句集』を刊行し、新傾向後の碧梧桐にはほとんど拾うべき句がないと書いた。

高山に大声放つ秋の空
稲妻や牛かたまつて草の原
火遊びの我れ一人ゐしは枯野かな

『乙字俳論集』　大正十年十一月初版、昭和十二年四月四版、B６判、五六〇頁、獺祭発行所。大正十年の元版（乙字俳論集刊行会）は三版発売中に関東大震災によって焼失、その後絶版になっていたものを、昭和十二年に獺祭発行所（吉田冬葉）が、装丁を変えて復刊した。

本書は、「概論」、「本質論」、「季題」、「形式及調子」、「選者論」、「月並研究」、「俳書研究」、「古研究」、「評伝」、「句評」、「時論」、「序文集」、「句作経過の消息」、「俳句表現の古今弁」、「雑論」、「乙字俳論集著作年表」から構成。乙字の評論全集ともいうべきものだが、大正四年十月の雑誌「文章世界」に掲載された「現俳壇の人々」（同書「時論」に収録）の中で、碧梧桐について左のように評している。

碧梧桐氏の句風変化の跡を見れば、内的には境涯の失意から得意にうつると共に物質主義になつて居り、形式は簡素より複雑に変つて居り、対象の好みの傾向からいへば常に句作旺盛の作者の後を追つて居て一定しない。然し碧梧桐氏には何処となく碧梧桐らしい調がある。青年の句作はまづ調子から入るのが普通で、口調は多数の模倣者によつて忽ち飽かるるのであるが、碧梧桐氏も直ぐに或種の口調から或種の口調へと常に移つて行く。
碧梧桐氏の思想方面を探つて見ると虚子氏の趣味的耽溺が一種の人世観を産んで居るやうに、碧梧桐氏の官能的陶酔が一種の人世観を形造つて居ることが知らるるのである。

晩年に近い大正八年九月、雑誌「懸葵」（大谷句仏発行）に書いた「写生から写意に」（「本質論」に収録）に、世阿弥の花実の論を援用して、俳句の本質を次のごとく記している。

実のみに就けば写生になる、花のみに就けば空想になる。実を踏へての花は心の匂ひのことである。性格美である。又作者其人の境涯から出る感情である。境涯あつて自然は生きて来る。表現しなければならぬものが捕まるのである。其時何として写生の繁に堪へやう。しかし作者に境涯があつて情意活動のはげしいものがあらうとも、其まゝでは俳句にはならない。山静にして草木生ずといふ。静なる中に俳句の機縁が熟するのである。閑寂を旨とする自然静観の芸術がこゝにある。

評論ではあるが、心地よい文章のリズムで読むものを引き付ける力がある。

嶋田青峰（明治十五〜昭和十九、一八八二〜一九四四）

青峰は、篠原温亭の死去後、「土上《どじょう》」を主宰、新興俳句の有力誌として、生活俳句、リアリズム俳句を推進した。東京三、古家榧夫など門人たちが京大俳句事件で検挙され、自らも検挙投獄され、それが原因で亡くなったことでも知られる。

白日の微塵の中に虻澄めり
わが影や冬の夜道を面伏せて
木に凭れ梅干す母を見てゐたり
兵の靴営庭の土を蹴て進めり

兵の列涙にくもり見えずなりぬ
山なみの雪かゞやけり徴馬征く

『俳句読本』　昭和五年二月初版、同年八月廉価版、Ｂ６判、三〇八頁、富士書房。

『俳句の作り方』　入門百科叢書、昭和十一年五月初版、昭和二十四年十一月二十八版、Ｂ６判、四一九頁、新潮社。

『俳句の作り方』新潮社（左）、大泉書店

『俳句読本』は入門書というよりは、一般向けの日本俳句史だ。『俳句の作り方』は俳句入門書として最も有名な一冊であろう。この新潮社の本よりも、戦後の大泉書店版の方がさらに広く普及したといえるかも知れない。中世和歌史の権威で戦後「寒雷」にも関係していた故・井上宗雄先生は、筆者が戦前の俳句入門書について書き始めたとき、この大泉書店版に多く学んだと話されたことがあった。非常にきめ細かに、知的に「詩」としての現代俳句のあり方を解いた名著といってよいだろう。

　この本は、第一編「俳句とはどういふものか」、第二編「現代俳句とはどういふものか」、第三編「俳句の作り方」で構成される。第一編で、季感、季語とは別に、「季題とは何か」と

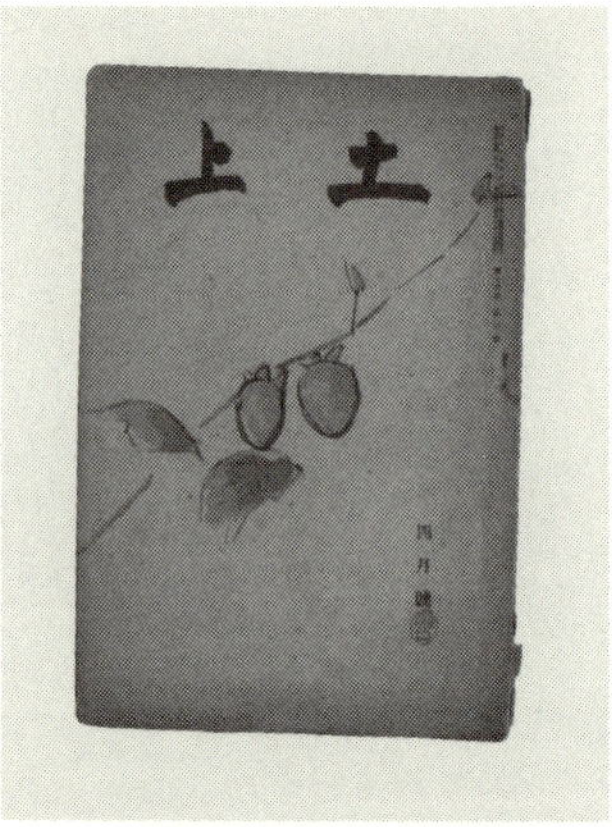

「土上」昭和15年4月号

いう項目を設けている。その論旨は、季題は季物や季語を俳句の「題」として公認させたものである。それは観念化された季物であり、手で触れたり、見たり聞いたりすることのできないものである。季題には「概念的な趣味」がまつわりつく。たとえば、「時雨」を俳句にする場合なら、芭蕉の「たび人とわが名よばれん初時雨」によって定着した、「時雨＝淋しい」という先入観にとらわれず、自らの正直な感情を打ち出すことが大切である。生きた体験としての季感を俳句に与えるには、季題に頼って俳句を作ることをせず、直接実在の季物に面接することが肝要だ、というものである。

これは、後で触れるが、改造社が刊行した『俳句作法講座』第二巻（昭和十年）に収められた、水原秋桜子「現代の季題観」では、「季題といふのは、四季の自然や生活の中で、俳句の題として詠み得るもので、それを簡明にあらはしたものが季語であるから、実際に於ては両者は殆ど同じものである。（略）厳密に語義を追求してゆけば、少しの差別はあるであらうが、いまさういふ差別を論じてゐるといつまでも本論に入ることが出来ない」と書いているのとはだいぶ違う。

また、第二編第一章「現代俳句の意義と特色」の中で、「現代俳句の名に値する俳句」として、当時新進の作家の作品を多数取り上げている。「新しいといふことは、過去が現在に於て最も発展した姿」であり、「感覚的な新しさがあり、素材の摑み方に神経が細かく動き、視覚の繊細さがある」作品を選んだとしている。奇抜なだけの新しさは、やがて古びることを力説している。
戦争俳句に関する記述はまったくない。ただ、「土上」誌上では戦争俳句を無視しているわけではない。手元にある昭和十五年四月号の青峰による「土上俳句月評」で、大連・舟山部隊の大石衣沙王の「苦力のうた」五句を推奨している。最後の句についての評は左のようだ。

赤い夕陽とあゆむ疲れの足が音なく

思ひなしか、足音さへない歩みを歩みつゞける。真赤な夕日を浴びた苦力の大写し。この一篇、誇張もなく、大袈裟な言葉遣ひもなく、柔靭却つて切実な情感をたゝへて人に迫る力を持つてゐる。

戦争俳句だからという特別な見方は感じられない。戦争をテーマとした俳句も、詩の視点から見ている。

臼田亞浪（明治十二〜昭和二十六、一八七九〜一九五一）

亞浪は、昭和四年「石楠」を創刊主宰した。「石楠」同人から、大野林火、篠原梵、川本臥風《がふう》、八木絵馬、西垣脩《しゅう》など多くの優れた俳人が輩出している。古い俳人だが「石楠」の影響は後まで続くため、そのイメージとしては新しい感じを受ける。亞浪は優秀な指導者でもあったのだろう。

氷挽く音こきこきと杉間かな
鵙のそれきり鳴かず雪の暮
郭公や何処までゆかば人に逢はむ

兵が発つ暮天の燃えの秋ゆくか
兵の顔焚火かこめる闇ひろし
秋の日の覗ける雲のもとに佇てり

『俳句の第一門』　福島小蕾共著、昭和十三年四月、B6判、一二八頁、交蘭社。

『俳句の成るまで』　昭和十六年十月初版、B6判、二二三頁、昭和十八年二月第三版、育英書院。

『純粋俳句の鑑賞』　昭和十七年五月、B6判、三二〇頁、新土社。

『道としての俳句』　昭和十七年六月、B6判、二三六頁、育英書院。

『俳句読本』　青柳菁々共著、昭和十七年四月初版、B6判、二二八頁、金城出版社。なお本書は、戦後昭和二十一年六月増進堂から改訂版が刊行されている。


『俳句の第一門』は共著とあるが、亜浪の「はしがき」にも書いてあるように、福島が執筆している。亜浪は骨組みだけを指示した。福島小蕾（一八九一〜一九六九）は、晩年は家職の伊勢神宮宮司を務めた「石楠」最高幹部。本書は、第一章「俳句の本質」から第十八章「俳句の研究態度」で構成されている。後述するが、亞浪の提唱する「俳句道」を理論的に解説している。やや衒学的傾向もあるが、左のような「季」に対する考えは他に見ない哲学的な解釈である。

『季』とは何かと申しますならば、私はそれを『たゆるなき時の流れ』であると見ます。（略）『時の無限なる発展』こそ、我々の生死ともつながり、所謂自然と人間とを繋ぐ一等根本的なものだと考へるのであります。私はそれを『季』と見るといふのであります。（略）『季』を永遠にして不断なる時の流れと見ることが出来るといふのは、同時に、その『流転』の於てある『流転せざるもの』が考へられねばならないのでありまして、我々は斯うした絶対的な『静』の立場に於てのみ、『季』を認識することが出来るといへるのであります。（略）我々が流転に即するものとしての『季』をうたひ『季』に参ずるといふことは、畢竟そのも一つ奥にある絶対的な『常住』なるものを目がけてゐるのでなくて何でありませう。こゝのところへ突き入つて来れば、最早やそれは一つの『道』であつて、まことに霊活な境へ迫るものといはねばなりません。こゝに季の拠つて立つ一等奥底の消息があるわけでありまして、私達は此の境を『まこと』と合掌する次第であります。（「再び「季」について」）

『純粋俳句の鑑賞』は、「石楠」に亞浪が連載した「拾珠抄」をまとめたもので、同人たちの優秀句に対する批評集である。巻頭に、詩に於ける、俳句に於ける「純粋」といふことに就いては、私は夙くその根本観念として、感動の解脱的心境による純一無雑な意識のもとに、生成され創造された詩や俳句がそれに値ひすと思惟しつつあつたばかりでなく、進んで制作もし鑑賞・批判もして来たのである。そして本書の題名に「純粋」の二字を冠せしめた所以もまたこれに外ならない。

とある。すでに日中戦争は始まっており、各章題には「濤声に悩みつつ」、「神風帰還の日に」、「遥に戦雲を望みつつ」など勇ましい言葉が並ぶが、戦争を詠んだ激烈な俳句はほとんど取り上げられていない。同人の作を紹介した左の如きである。

草枯れて星もなき夜が来りけり　　大野林火

たゞこれ寂寥、たゞこれ荒涼。そこに囁くものは、魔か、神か、私は理念を超えた生命の息吹きを思ふ。

咳しつつ炭つぎゐしもしんとしぬ　　篠原梵

梵は昨今、その制作に懸命の苦労をしてゐる。恐らく身も心も痩せる思ひであらう。それだけまたその制作は洗練を加へて来た。心も新しければ、表現もまた新しい。媒材の陳い新しいは問題ではない。

数は極めて少ないが、戦争俳句もとりあげられている。

夏艸や認識票を命とす　　　　栗生純夫
昼の蚊が鳴いて銃架のかげもてり

神宮外苑に彼を見送つた時、彼は平然自若として、「俳句がありますから」といつたことが今更に想起される。認識票！　知る者は知るであらう、その認識票一つが彼の命であり、彼等戦友の命である。如何に覚悟の前とはいへ、灼くが如き夏艸に坐して一つ時の生を思ふ時、彼はしかとその手に認識票を握つて見たことでもあらう。

また、

たたかひの血しぶき火雲燃えにけり　　　　山本純火
七夕の異国の星をかぶりけり
炎天や死体かかへてすはりゐる

「たたかひの血しぶき」何といふ物凄さであらうか、それは講談師が張扇から叩き出した架空言ではなかつたのである。そして炎天下に戦友の死体をかかへてゐたその苦患！　悲憤の涙はおのづからその頰を流れたことであらう。

欺装網に落葉かかるを兵知らず　　小笠原夜水
　クリークの澄む日もなくて柳散る

出征前に久しく俳句を忘れてゐた彼も、戦線に剣把を握るに及び、再び俳句は彼の心に目覚めたのである。ここにまた俳句は生死を超えた。「偉なるもの」「霊なるもの」の存することを思はしめる。（略）「澄む日もなき」クリークのさらでだに戦友の苦闘を思はしむるもののあるに、はら〳〵と散る柳のさまは、如何ばかり彼の感傷を誘ふたことであらう。この感傷は至純である。

『道としての俳句』は、表裏の見返しに、昭和十六年十二月八日の天皇詔勅を聞いての二句、

うてとのらすみことに冬日凛々たり
おほみことかしこ冬天ただに邃し

と、翌新年の二句を白抜きで印刷してある。主宰俳誌「石楠」創刊以来二十数年にわたって書かれた小論を集めたもので、天籟篇、地籟篇、人籟篇からなり、天籟篇が最近の感想である。
まず「昭和十六年十二月八日！」と書き出される「前記」には、左のような文章がある。

俳句は単なる芸術ではない詩ではない。わが民族魂の発露としての言霊の表現であり、私ら民

族人の血と涙との結晶ともいふべきものである。さうした生成の本源よりして、本然に芸以上のものといふべきであり、ここにまた道としての俳句の姿・心が生みづけられてゐるのである。

「天籟篇」の「戦争俳句の現在」では、

この秋にあたつて顧みらるることは、我が戦線の将士に拠つて、宛ら九天の高きに昂揚された謂はゆる戦争俳句が、頃来次第にその客観的価値を低下し、時に九地に堕せんとする憂惧をすら抱かしむるに至つたことである。

更に思ふことは、曽て戦線の制作に異常の成果を示した人々が、一度び内地に帰還するか、またはその第一線を後退するかした場合に、同一人にして然もその制作的価値の遽に光彩を失ふに至つた事実である。

さらに「躬《み》につく表現」という文章では、自作の句「皇道を思念すかまつか火のごとし」への「俳句はすべて皇道顕彰の句であるべきだ。理智的に皇道を思念するといふことは、行の俳句としては甚だ生温いと思ふ」という批判に対しては左のように反論する。

皇道精神は即ち日本精神であり民族精神であり、私は夙く石楠創刊以来二十有七年の久しきに亘つて、これを守持し強調してゐるのである。そして「まこと」はその精髄に外ならない。それ故、

臼田亞浪『句集白道』

> 或る者は固陋の民族主義者と評し、また或る者は皇道精神の団塊とすら目してゐる。そこに一汎の俳壇人と異なる私の脚地があり、時潮に追はれた謂はゆる出来星の便乗的皇道者流とは根本的にその心境を異にしてゐるのである。

精神主義のかなり強烈な言説だが、それ以上の論者もいたのであろう。ともかく本書と『純粋俳句の鑑賞』の落差が大きいのには驚く。

亞浪は、虚子の花鳥諷詠や河東碧梧桐などの新傾向俳句を批判し、季語と十七音定型（五七五の定型ではない）を肯定しながらも、守旧的思想や党派的観念、遊戯的傾向を排撃し、芭蕉の「まこと」を称揚、俳句の「革正」を唱えた。太平洋戦争が勃発し、その論は国粋的に傾いたが、その思いや俳句観は、当時一般の日本人の俳句観に極めて近いように思う。この近代モダニズムと一線を画す、泥臭いといってもいいような俳人の本は、当時の戦勝に沸く人々の心情を理解するには最適な書物のようにも思える。

亞浪は戦後の昭和二十一年五月、『句集白道』（北信書房）を刊行する。昭和十二年から十七年まで、つまり戦時中の作品約三千句から八百五十句を選んで句集とした。「前記」に左のように記している。

俳句は、民族魂の発露としての言霊の表現である――ことに思ひ至ると共に、民族魂の精髄たるまことに徹すべく思ひ定めた旅人の歩みはひたぶるである。

草原を貫く一条の白道――その俳句に縋つて、人生の旅を旅する旅人の前には、唯だこの白道があるのみであつた。炎天も凍地もなかつた。常時も非常時もなかつた。（略）

それにしてもこの集が、支那事変にはじまつて、太平洋戦争に及ぶ白日の悪夢に禍ひされてゐることは、何んといふ大きなおどろきと、大きなかなしみとであつたらうか。それ故私は、この悪夢裡の血腥ぐさい諸制作は、概ねこれを削り去つて了つた。そこに、私らの上に、悠久に平和の光が回り、自由の泉が甦つたことを語つてもゐる。

多くの言論人が終戦後、同様の態度をとったのであり、こと改めて、彼の豹変を咎めることもないと思う。『白道』前半より三句を紹介する。

白鶏の朱冠ぞ燃ゆる野陽炎
山桑の花白ければ水応ふ
枇杷は実を固めてをりぬ雪時雨

なお、『俳句読本』は青柳菁々（明治三十四～昭和三十二、一九〇一～一九五七）との共著の形をとっているが主に青柳の著と見てよいようだ。この本は戦後昭和二十一年、増進社より改訂版が出された。

改訂に際し巻頭に青柳の「戦後と俳句（序にかへて）」を収めた。そこで次のように書いている。

俳句はもともと戦後であらうが、戦前であらうが、また戦争最中であつても存在したもので、前線の兵士によつても沢山作られたし、銃後の人々によつても盛んに生み出された。そしてそれらの中からは後世に残るべき名吟を幾つか示してゐる。今その一例をあげれば、

わが馬を埋むと兵ら枯野掘る　素逝
夏草に認識票をいのちとす　純夫
母偲び戦ふ国の桃咲けり　金吾
蕎麦の花峰へ寸土も余さざる　失名

これらの句々は時代を超越して悠久に光りかがやくもの即ち我々の胸に長く記憶されるべきものであるが、私が言ひたい事は、さういふ事実とは別に、案外世間では俳句といふ事を閑却してゐることである。

終戦後一年も経ていない。豹変できた者の言論よりも、むしろ当時の人々の感覚はこうした言説から察せられるように思う。

荻原井泉水（明治十七～昭和五十一、一八八四～一九七六）
井泉水は、自由律俳句の推進者で、明治四十四年碧梧桐と共に創刊した「層雲」を、大正二年から

は単独で主宰した。門下から尾崎放哉、栗林一石路、橋本夢道、種田山頭火、秋山秋紅蓼などが出た。自由律俳句は、大きくは、井泉水の「層雲」系と、中塚一碧楼の「海紅」（大正四年創刊）系に分かれる。共に当初は河東碧梧桐を戴いていたが途中から主張を異にして分離した。俳壇の指導者と戦争との関係、およびその戦後への継承の問題を考えるという視点から捉えると、取り上げる俳人や作品は、新興俳句は含むがどうしても伝統俳句中心になってしまう。

第Ⅰ部・山口誓子のところで、詳しく触れたように、国民が求める戦争俳句を詠むために、どのような俳句が有利なのかという論の中で、誓子が取り上げたのは、伝統俳句、新興有季俳句、新興無季俳句の三系統で自由律は含まれない。俳句として認めていなかった、あるいは、言及するほどの勢力ではなかったということだろう。

しかし、抵抗文学としてのプロレタリア俳句が主に「層雲」系の自由律俳句であったこと、自由律は、五七五の定型や季語使用を絶対とする考えを否定しながらも、あくまで芭蕉の精神を引き継ぐ「俳句」であることを主張した点など、考えるべきテーマは多い。

もう一点、戦前の俳句入門書を収集するなかで気がついたことがある。著書の多さでは井泉水は秋桜子と双璧である。左に上げるのは作法書の類であるが、ほかに句集や随筆集も数多くだしている。また主宰誌「層雲」のほかに、父藤吉が編集発行していた「民衆芸術」を引き継ぎ、改題した「俳壇春秋」（大正十三年十月～昭和五年六月）を、弟子の小沢武二を編集発行人として発行、毎号巻頭言を書いている。これらは、井泉水が自由律俳句普及のために出版を重視していたことを現わしている。井泉水の仕事を振り返ると、新興俳句を含めた伝統俳句へ自由律俳句が与えた影響もあったのではないかと思えてくる。

俳句史の中で主流にはなりえなかった自由律俳句の人々の戦争中の動向にも触れるべきだが、第Ⅱ部で取り上げる自由律俳句関連書の紹介の中で、基本的問題に触れるに留めたい。詳しくは別稿を立てる必要があると考えている。

父の墓からずんと立つ暑い桐の木
蜻蛉すいすい夕焼流る水流る
美し骨壺　牡丹化《かわ》られている

川のやうに旗が海のやうに旗が浪立つ
灯をもちて集れ、此日、青空の富士の暮れてより
輝き流るるものの其一つ一つの灯であり顔であり

『俳句の作り方と味ひ方』　昭和二年十月初版、昭和十三年七月十六版、Ｂ６判、三三二頁、実業之日本社。
『俳壇傾向論』　昭和五年九月、三六判（筆者注——新書判よりややたて長）、一八六頁、春秋文庫38、春秋社。
『俳句に入る道』　昭和七年十二月、小Ｂ６判、二一八頁、金星堂。昭和十一年十月、新潮文庫版。

『自由律俳句評釈』　昭和十年四月、Ｂ６判、二八五頁、非凡閣。

『俳談』　昭和十年七月、Ｂ６判、四二一頁、千倉書房。

『俳句教程』　昭和十一年三月、Ｂ６判、四六四頁、千倉書房。

『新俳句入門』　昭和十五年七月初版、昭和十七年八月第九版、Ｂ６判、三三九頁、実業之日本社。

『俳句する心』　昭和十六年五月、Ｂ６判、三〇八頁、子文書房。

『俳句と青年』　昭和十八年十月、Ｂ６判、二七八頁、潮文閣。

荻原井泉水『俳句の作り方と味ひ方』表紙(右)と箱

『俳句の作り方と味ひ方』はまことに綺麗な本で、貼り題箋の箱入りで、背文字だけの白いカバー、本体表紙には花の咲いた梅の木の絵があしらわれている。贅沢な造りだ。本書の見所は「新傾向時代の俳句」、「新傾向以後の俳句」で、自由律俳人たちの作品を鑑賞している点だろう。「新傾向以後」では、自ら主宰する「層雲」の俳人たちを取り上げている。

山裾あたたかな日に並ぶ墓すこしかな　山頭火

「山裾あたゝか《ママ》に」といふなだらかな言葉の続きを以て、終に「墓すこしかな」と云ひ据ゑた安定のあるリズムには、作者の心が平和な自然に浸つて行きつゝ、こゝの此墓といふものに見入つて淋しく落付いた気持が現はれてゐる。このやうな場合のかなは旧い句作法に依る人が文字の足らぬ所へ挟む無意味なかなと同一視すべきではない。

虫一つ高鳴けり鳴きつづく虫ら　　秋紅蓼

リン〳〵と闇を顫はす彼等の合唱が凡ての物を沈黙せしめて独り夜の世界を占めてゐる感じがする。それは散文でなくて詩であるからである、表現にリズムがあるからである。作者が自然から得たリズムを言葉のリズムに反射して、更にそれを読者の心に還元せしめる、詩として人に共鳴する力はこのリズムの強さである。

人を殺せし馬の顔しづかなり厩　　一石路

一人の人が人を殺すとしたならば、社会はそれを許して置かない、其人を憎み、其人を制裁するのは勿論であらう。然し、人が人を殺さないではゐられなくなつた其心理的の経路や又環境を仔細に知つて見たならば、単に一つの悪事として憎み去つてしまふ事は出来ないであらう。それが「悪」にせよ「自然の心の中にある悪」だといふ事を見出すからである。

最終章「新しき俳句の道」も、鋭い意見が開陳される。

真の芸術としての俳句が成立すれば、其と同時に遊戯的文学としての俳句が地盤を作つて行くに違ひない。つまり、将来の俳壇は、畢竟、二つに分れるであらう。即ち、一つは形式を主とするもの、どこまでも趣味の境に浸つて行くもの、外在的な俳句的標準の下に句作するものである。他の一つは、本質を主とするもの、生命の喘ぎから発して行くもの、内在的な衝動から俳句的表現を求むるものである。

井泉水は現在あまり注目されることはないが、これらの論を読むと優れた論客であったことが分かる。この本が版を重ねたのも道理であろう。

『新俳句入門』は、すでに日中戦争が開始された後に出ている。その中の一章「定型と自由律」では、定型に捉われることなく言葉を活かせる自由律の有利性について語っており、とても説得力がある。同じ題材を、定型と自由律で表わした場合の違いを具体的に示している。面白い試みである。

定型　日永さや門をふれゆく楷子売
自由律　ハアシゴハシゴと日がずんずんのびる　青衣子
定型　流れゆく米とぎ汁や花あやめ
自由律　米とぎ汁の流れゆくあやめばなあやめばな　吾亦紅

その取材は定型的にも取扱へるし、自由律的にも扱へる。つまり同じ取材を、外から扱つたものが定型である。それを内から扱つたものが自由律である。その取材を、一つの題材として客観的に料理してゆくと定型になる。それと自分とが一枚の気持になつて、そのものゝもつリズムを其まゝ言葉のリズムにして出すといふと其が自由律になる。

「定型と自由律」の次章は、「八紘一宇」という当時のスローガンを題にしたもので、「文学界といふものを大陸と見て、俳句が大陸的に進出するといふ事は、俳句自体の生命を守る為である。つまり、これは俳句の生命線なのである」とある。第Ⅰ部でも触れたように、日中戦争始まって以来、戦意高揚文学は小説でも短歌、現代詩でも非常に盛んなものがあったが、俳句はその短さゆえに出遅れた感があった。しかし、いよいよ俳句にも、その時が来たということである。

さらに次のようなことも書いている。

新興俳句の一派の如きは、芭蕉、蕪村、子規等が全然思ひもよらなかつた取材を取り上げて句にすることを試みてゐるが、出来たものは「句としては新しい感情だ」といふだけで、「作品としては甚だつまらない」のである。それは感情と型式とが釣り合はないからだ。五七五の形式は、徳川封建時代式の感情（静寂な、閑寂な、詠嘆風な、趣味的な……）にピツタリと合うもの。

と新興俳句を否定している。

『俳句する心』は随筆集だが、興味深い文章が収められている。その一篇「自然・自己・自在」には、井泉水の基本的な考えが表明されている。

私達の信奉する俳句に就て、私は先づ斯ういふことを提唱する。

一、自然

二、自己

三、自在

三つの「自」の字と記憶していただきたい。而して此「自然」「自己」「自在」の三つは決して三つの別々のものではない、全一体のものだ。而して此三つのものを全一体として感得し、実証するところに俳句の道がある。

荻原井泉水『俳句する心』

ちなみに、井泉水の晩年の著作に『自然自己自由』（勁草書房、昭和四十七）がある。

『俳句する心』に収められた「冗談」という一篇は、執筆時期が書かれていないが、大正末から昭和初期のアヴァンギャルド芸術であった「マヴォ」の影響であろうか、俳句の未来派的な「試み」が示されている。「活字は必ずしも縦にのみ用ふべしといふ規則もないのだから、どういふ風に用ひても最も有効に用ひた方がよろしい」と書くなど、井泉水の柔軟な考え方がわかる。その文中にある、「層雲」掲載の作品を、井泉水が未来派風に書き換えた例を次頁に示してみよう。

これは、第Ⅰ部「日野草城」のところで紹介した、高柳重信の試みにはるかに先んじた表現である。『俳句と青年』は、「青年文化全集」という叢書の一冊で、帯に「日本文化の一翼としての俳句は、如何にして新しく理解されるべきか！　日本の美しさを俳句を通じてみんとする著者が青年に贈る情操涵養の書　俳句文学の新生面こゝに拓く」とある。巻末「をはりに――時局下として」と題された中では、次のように語っている。

私達の俳句の道は、私達の生活の中にある。今日では、私達の生活の中に「戦争」といふものがはいつてゐる。だから、私達の俳句作品の中に「戦争」の気持が出てくることも自然である。現に、次のやうな句がある。

日日梅さくあさあさ戦ふ気持におきる　千秋子
撃ちてしやまむ北斗は北にあり山の星空　百　堂
勝ちぬくため命をしむ梅の花はちる　秋紅蓼

――「層雲」昭和十八年五月号所載――

しらじらと
中天の
月（に）　車夫がゐる　（銀汀）

帽子、顔（に置いて）
寝てゐる
秋　の　葉　（吾亦紅）

富士（が見える）
で上屋
ゴム風船　持たされる　（秋紅蓼）

俳句をして国民の戦時意識を高揚するための言葉とならしめよ、といふことも時局下の要請の一つであらう。此点に於ては、むしろ欣然として、進んで其任に就くべきである。私達の気持を一度、俳句といふ趣味のるつぼに入れて融かして、それを575につぎ込んで出す定型俳句よりも、私達の生きた気持をそのまゝ手榴弾のやうに投げつける内在律俳句の方が、その適任者として存分に働き得るのである。

戦時の文章には「私達」という主語が多くなりがちである。

また、こうも書く。

いとも物静かなふだんの生活こそ、長期戦を勝ちぬくところの、不動の構へとして一番大事なものなのである。してみれば、今日、戦争下に於て制作され、発表されてゐる俳句が一がいに戦争にいきり立つてゐるものばかりでなく、却つて、物しづかな自然の草や木や、落着いた人間の日常をかいてゐる作の多いことも、決して不思議ではないのである。

井泉水ほどの自由な発想の持ち主でも、戦時にはどこか枠を嵌められたようになってしまうものなのだろう。しかし、井泉水が俳句表現上で試みた様々な実験を考えると、現在ではほとんど忘れられた存在になってしまったが、再評価されるべきだと考える。全集がいまだ刊行されていないことも不思議である。

飯田蛇笏（明治十八〜昭和三十七、一八八五〜一九六二）

蛇笏は、いうまでもなく、近代俳句の巨星の一人だ。一九一七年から「雲母」を主宰、同誌は息・龍太に引き継がれ、一九九二年九〇〇号まで刊行された。蛇笏については第Ⅰ部で少し触れた。

大空に彫られし丘のつばき哉
芋の露連山影を正しうす
くろがねの秋の風鈴鳴りにけり

編隊機冬の大八洲《おおやしま》を下にせり
編隊機湧き神苑は花卉の春
編隊機春の靴音を伴はず

『俳句道を行く』　昭和八年十一月、Ｂ６判、三二六頁、素人社書屋。
『青年俳句とその批評』　昭和十七年十一月、Ｂ６判、二一一頁、厚生閣。
『現代俳句秀作の鑑賞』　昭和十八年一月初版、同年十月三版、二七六頁、厚生閣。

『俳句道を行く』の序文にあたる「俳諧道場箴」に左のように書いている。

文芸としての我が俳句が、修道者にとつて、自分自身を人格的に向上せしめると共に、これが救世的な立場におかれてあることは、天下俳人の総てが自覚せなければならぬところだ。文章報国といふことばがあるが、又、俳諧報国とも云ひ得よう。

『青年俳句とその批評』は、「初学者のために」、「実作と添削」、「作品と批評」、「作品集」の四章から構成されている。ただ、「序」によれば、厚生閣編集部によって、蛇笏が各種雑誌に掲載した文章から選んで、初心者むけに編集されたもののようだ。「初学者のために」は二十二項目に分かれているが、そのうち「ゆとりある心境」、「大陸不滅の詩燈」に戦争俳句についての発言がある。

戦線作品として賞讃に値することは、何よりも先づ作家諸氏が大いに心にゆとりを持つて事象に対はれてゐることである。

凡そ新聞雑誌に無数発表されつゞけてゐる戦線作品といふものに、血みどろなところへのみ観点をおいて作つてゐるのが見受けられる。勿論それも真実にちがひないし血みどろ作品結構であるのだが、併し実際戦線に立ち、命のやりとりする場合でも果してさういふものばかりかどうかも考慮されることだし、しりぞいて環境風物の実相に、澄みきつた、大いにゆとりある態度で対つたとき、おのづから沁み出してくるものに、大童にたち上つた態度から成るのと又違つた一種気高い芳香ある作品が見られることが慥かだと思ふ。（「ゆとりある心境」）

『現代俳句秀作の鑑賞』は、嶋田青峰『俳句の作り方』同様、名著というべき本である。主宰する「雲母」掲載作品ばかりでなく、蛇笏が「現俳壇の全野に見て一頭地をぬくほどの優秀な作品と認められるものを私心なくとりあげ」、各句に懇切な鑑賞をしている。その鑑賞が読んでいて真に面白い。

例えば、草田男の「冬の水一枝の影も欺かず」という句を取り上げ、清冽な厳冬の水を詠んだものは多いが、これは目覚ましく上位を占め得る詠嘆的作品と評価する一方で、同じ草田男の「外套の釦手ぐさにたゞならぬ世」、「世界病むを語りつゝ林檎裸となる」という現在でも有名な句に対しては、構成的あるいは作為的な影が窺われ、理解されるには作者の注釈が要る。俳句は詠嘆の詩であり、無条件で他に神韻をつたえるには、「冬の水」のようでなくてはならないと断定している。俳句に寄せる蛇笏の、揺るがぬ信念を感じる一文だ。

『現代俳句秀作の鑑賞』は、昭和十八年の本である。右の草田男の二作品もそうだが、取り上げられる俳句には戦争俳句も入る。富安風生の「いくさ捷つ破魔矢を壺に草の宿」を取り上げ、風生が大東亜戦争勃発にあたり「俳句研究」に書いた文章を引用して賞賛している（第Ⅰ部・中村草田男の項参照）。「今や大東亜戦争酣で我等一億国民のひとしく奮い起たねばならぬ秋に際会する。曩日この作家は皇国文人の心構へとして一文を草し、題して「俳句も起つ」とされた。即ちその心境である。斯かる心境が底辺をなすところに作家としての社会意識があり、現実的迫力がそこに生ずる所以なのである」と。句集『白嶽』もそうだが、蛇笏はこと戦争俳句に関係すると、精神論となり、つまらなくなってしまうのだ。

富安風生（明治十八〜昭和五十四、一八八五〜一九七九）

風生は、虚子の最大の継承者というべきか、いわゆる大御所である。生年月日は飯田蛇笏と一日しか違わない。風生の俳句人生の始まりは他の大家に比べるとかなり遅く、大正八年、三十五歳で吉岡禅寺洞の「天の川」同人となり、翌年から「ホトトギス」にも投句を始める。大正十一年に篠原温亭の「土上」同人になり、昭和三年には逓信省貯金局有志による俳句雑誌「若葉」の雑詠欄の選者となり、後に主宰者となる。「ホトトギス」同人になるのは昭和四年、四十五歳になってからである。

年譜的に続ければ、昭和十二年、逓信次官として在官二十七年で官を退き専門俳人となり、昭和十五年には日本俳句作家協会の常任理事、同十七年には日本文学報国会俳句部会の幹事長に就任した。角川の「現代俳句文学全集」『富安風生集』の月報で、「若葉」同人で同じ逓信省官僚であった大橋越央子が、「風生は若冠文学青年たり、中道にて吏となり、冠を挂けて初めて専門俳人として彼本然の姿を発見したものである。敗戦後の占領下、暫時電波管理委員長といふ厳めしい座に着いたが、これは戦時赤紙召集を受けたのと同じだと思へば宜い。直ぐやめて本来の職場へ戻った」というのが、よくこの人の人生を語っているように思う。

まさをなる空よりしだれざくらかな

走馬燈草いろの怨流れゐる

藻の花やわが生き方をわが生きて

武漢落ち国は大いなる冬に対ふ
鶴来る日のよきことのこれぞ今年
栗はねて祝捷のどよめきはどこぞ

『添刪本位俳句の作り方』　昭和十四年三月初版、昭和十七年五月第十五版、五〇〇〇部と表記されている。Ｂ６変形、二〇二頁、三省堂。

『草木愛』　昭和十六年十二月、Ｂ６判、三五〇頁、龍星閣。

『四季俳体』　昭和十七年七月、Ｂ６判、二七一頁、育英書院。

『わが俳句鑑賞』　昭和十八年九月、Ｂ６判、三〇七頁、ふたら書房。

『霜晴』　昭和十九年三月、Ｂ６判、二五四頁、龍星閣。

富安風生『わが俳句鑑賞』

風生については第Ⅰ部でも何箇所かで触れた。右に上げた著作のうち『わが俳句鑑賞』には、かなりの数の戦争俳句が取り上げられている。その鑑賞評釈も、あとで取り上げる水原秋桜子のものよりもよほど具体的で、著者自ら「はしがき」で、「著者はその句にたよつて、俳句のこころを説き、俳句の作法を教へようとしてゐる。俳句はかうして作るものであると、改まつて講釈されるかはりに、読者は作者および著者と一しよに、一句一句を愉しく味はひながら、知らず知らずの間に、俳句の作法を手引きされてゐる――さういつた書物でもありたいと念じてゐる」。まさにそのような本である。例えば左のようにだ、

銃声は絶えたり合歓は葉を閉ぢぬ　　小林喜泉

「銃声は絶えたり」と、一度そこで切り、「合歓は葉を閉ぢぬ」と続けて、終止を二段に重ねた手法によつて、銃声の絶えた後の、草木も静かな眠りに入つた後の――静かさといふものが力強く描き出されてゐる。

銃眼におしかぶされる野菊かな　　大籠蘆雪

人あるひは戦線の俳句としいへば、血腥い文字が激越の調子で綴られてゐなければならぬやうにいふ。評者はさういふものではないと思ふ。おなじ戦線俳句といつても、人にもより、また時と場合にもよることであつて、生血の臭ひのする文字が迸ることもあらうし、またその迸るものが深く内に抑へられて、表面は極めて平静に見ゆることもあるであらう。

非常に納得のいく鑑賞といえる。

ただ、取り上げられる作品は風生がいうほどに良いかといえば、違うような気がする。好き嫌いの問題になってしまうが、風生の作品自体にも同様のことを私は感じる。その俳句には鬼気迫るものがない。迫る必要もないと考えていたのであろう。

『霜晴』は、風生自ら「戦争詩文」と称した一冊である。太平洋戦争勃発以来二年間に発表した、随筆四十一篇と俳句二百余を集め、執筆順に配列されている。俳句には各題名があり、「国起ちぬ」、「心緩まじ」、「勝に驕らじ」、「軍神九柱」、「敵機を邀ふ」、「撃ちてしやまむ」、「学徒出陣を詠む」など、まさに戦時らしいテーマが並ぶ。「あとがき」で「つまりこの一巻は、みづから戦場に立つことも出来ない一俳句作家が、ただ皇恩のありがたさを謝しながら、大戦争の下の日常をいかに生きてゐるかの、小さい生活記録である。小さいけれどもこれが一生懸命うそのない、わたしだけの戦争詩文なのである」と書いている。俳句は次のようなものだ。

撃ちてしやまむ

撃滅の一途をふみて凍かへる
夜半さめて雪崩の音も敵を撃つ
下萌ゆる大地の力春霰

学徒出陣を詠む

学びやもいくさのにはも菊の晴
明日の日は征くべき燈下親めり
首途けふ聖域濡るゝ菊の雨
聖域の照葉もこぞる壮行会

手元に木村秋生著『戦陣句集機銃音』（大新社、昭和十八）という本があり、序文を風生が寄せている。「若葉」の同人でもなく、風生には未知の人で、高崎隆治著『戦争詩歌集事典』では、木村は兵士ではなく野戦郵便局員かとしている。その関係で逓信省官僚の風生に序文の依頼がきたのだろう。木村自身が俳句は素人と書いているが、高崎の評価は高く、銃後の想像俳句の遠く及ばない佳作が多いと書いている。風生は「わたしはこの句集を読みながら、何度も何度も瞼をうるませた」と「序文」に記す。

この戦陣句集は従軍中の「機銃音」と、帰還後の「日本の山河」に分かれている。刊行は昭和十八年二月だが、木村が従軍したのは昭和十二年十月から十四年七月まで、中国大陸での戦果が華々しく国内で報じられた時期である。句風は平明そのもので行軍と兵士の姿が、文章と俳句で描かれている。太平洋戦争は前年のミッドウェイ海戦の大敗など、徐々に形勢不利の状況を呈していた。厚手の用紙に上製本、カバー付という当時としては贅沢な装丁で刊行された本句集は、栄光に輝く皇軍を国民に思い出させる役目があったのではないだろうか。木村には『南京の満月』（好文館書店、昭和十七）の著書のほか、「新支那の光」「戦陣のかげに」「野戦郵便局」など、『戦争文学全集』（潮文閣、昭和十四

〜十五）に収められた作品がある。

戦後復刊した「若葉」昭和二十一年四・五月合併号（通巻二〇五号）に、「新しき俳句の出発」という風生を含む同人十三人の座談会がある。なかなか意義ある座談会で左のようなやり取りがある。

風三楼　俳句が戦争中とくに強調と申しますか裏打された面といへば風生先生のお言葉にもありましたが謙虚忍従の倫理とか簡素耐乏の生き方、あるひは日本民族としてのたしなみ又は心のゆとり——根本に於ては万有をして階調の状態に視ようとする和の精神といつた様な一種の道義的倫理運動ではなかつたかと思ひますが……。

風生　俳句活動をさういふ風に倫理的な方面にのみ結びつけて芸術的立場が忘られたやうな言はれ方はちよつと困る。
　戦争俳句に就ては僕は僕としての立場もあつてあんなことも言つた訳であるが、さき程青邨君が触れたやうに戦争俳句を作つたことについて弁解がましいことを言はなくちやならぬ気持は今もしてゐない。一日本人として国策の儘に動いた、良心の命ずるまゝに或ひは実際の感情のまゝに動いたに過ぎない。省みて少しも疚しいところはない。たゞ一生懸命作つたり唱へたりしながらも俳

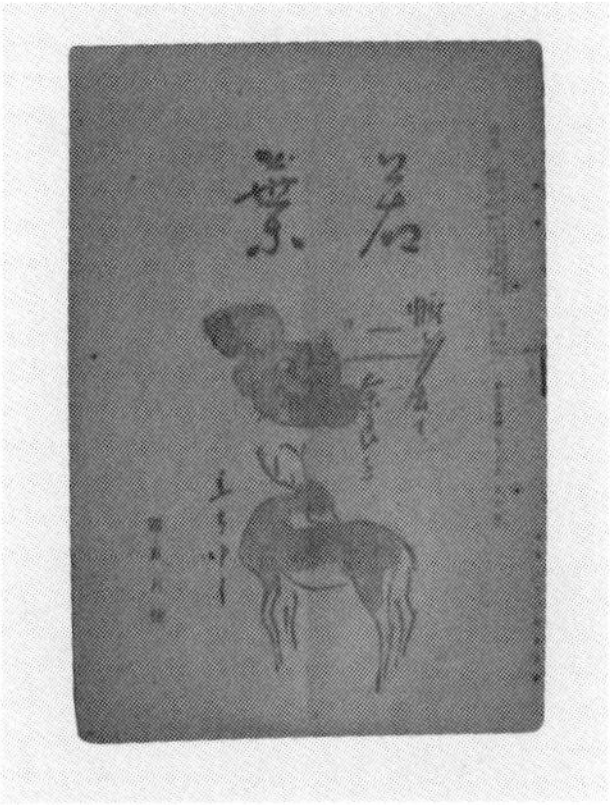

「若葉」昭和21年4・5月合併号

句がその性格からして充分に戦争のお役に立つことが出来なかつた、その点を咎められることの方がこたへる、その叱咤の前には謹んで頭を垂れる、そんな気持だ。

秋山秋紅蓼《しゅうこうりょう》（明治十八～昭和四十一、一八八五～一九六六）

秋紅蓼は、多年の療養生活の中、河東碧梧桐の新傾向俳句を経て、井泉水の「層雲」に参加、創刊号以来、自由律俳句に専念、俳論家としても活躍、「層雲」選者も務めた。

強い秋日に心の隙間のぞかれてゐる
漬菜の塩がこぼれてゐて日のくれ
山の桜は谷へ散り今もふるさとである

戦争を、この朝の一ト鉢の花を、ふつと身にする
松の芯がのびてくる戦争は一年たつた
いよいよ日本が勝つまでは勝つまでは夏

『句集　兵隊と桜』　昭和十五年一月、B6判、二一六頁、沙羅書房。鈴木信太郎の装丁画がすばらしい一冊。

『句集　兵隊と桜』は、第一句集『夜の富士』（昭和六）に次ぐ第二句集。巻頭に二十五頁に及ぶ「表現律論――自序にかへて」を置き、以下、昭和六年から十三年まで、「手の皺」、「美術館の旗」、「東京の月」、「裏富士の秋」、「晴れた砂丘」、「兵隊と桜」、「純情」、「戦争と虫声」と題して七四八句を収録している。

「表現律論」は、「表現とは行為的立場である、即ち事実の立場である、主知主義の態度を棄てぬ限り表現を表現と見ることは永遠に不可能である」という西田幾多郎の言葉を巻頭に置いて、五音七音からなる音量と、二音三音がもたらす音感という日本語の特性と、俳句の短さという特殊性から、自由律俳句の必然性を論理的に解明したものである。日本語の詩的表現すなわち言語の実践的活動にあっては、音数的作用よりも音感的作用の方が重要とするもので、音感的作用を質的律と規定し、「十七音といふ音数的観念に形成された量的律に本質があるのではなく、十七音といふ短さを持つ型態の質的律に存在の理由があり意義がある」と俳句の本質を捉えている。文章がひどく難しいのだが、まず、左に引用するあたりが論旨かと思う。

秋山秋紅蓼『句集　兵隊と桜』

対象へ向ひ立つ行為的自己に対してこそ表現としての内容の把捉があり、律の共感的なものを体得するのである。動く力には動く力の方向的リズムがあり律がある。そのリズムには型態的のものが随伴する。それが生々しい感情の流れとなれば、其感情の持つリズムの型態が必然的に発生する。それは生命的のものであるから、分析されたり離合されたりすることはない。（略）十七音型態といふことは、音数的に存在の重要性があるのではなく、やがて自由律型態にまで発展する過程に於ける意味に其時代的存在の意義があつたのである。だから、十七音型態も質的律の立場からは立派に自由律型態であるとも云へる。さればこそ、われわれの自由律作品中にも、堂々と十七音の句がある訳であつて、而も、その韻律的表現の立場が質的律にあることに依つて、定型十七音句とは、必然的に韻律性が相違して来るのである。之れは、一般詩型態の本質が、類型的のものでなく、その元型的基礎が質的律に於て機能されるものであるとも云へるのである。

俳句の方は、自由律だけれども、全体的に日本の四季の移ろいを詠んだ句が多い。

こんなに蝶の乱れとぶ秋が堪えがたいやうに晴れ
秋がいちめんに水がこまかく暮れてゆくなみ

といった、一言で言えば、ナイーブな感覚の作品が多い。加藤楸邨などに言わせれば、作句の発想契機が弱すぎると指摘するのではないだろうか。

昭和十一年の「兵隊と桜」には、二・二六事件を詠んだ十五句の中に、

降れば降るほどの雪の兵士隊の雫する顔

こうした作品は反戦ではないが、兵士たちの苦悩へ寄せる思いが句にこめられている。同じ昭和十一年の句に「兵隊の列」と題した十五句がある。

海ゆくと山ゆくとはやきほふ兵士ら夜明けてゐる

には、秋紅蓼が、日本の詩歌の原型とみなす、上代歌謡の不定型的精神、いわば万葉初期の詩情に通じるものを感じる。秋紅蓼は、昭和三十三年『俳句表現論』（層雲社）を著している。

宮田戊子（明治二十一年〜未詳、一八八八〜）

戊子は、初め松根東洋城主宰の「渋柿」に投句していたが、後に自由律俳句を作り「生活派」（黒田忠次郎発行）その他に関係した。昭和十年「現代俳句」創刊。別名神畑勇。

梅白し辞し去る我に灯をかかげ

わが単衣糊利かすまで古りにけり

『近代俳句研究』　昭和九年六月、Ａ５判、三七九頁、楽浪書院。

『新興俳句の展望』　昭和十一年十一月、Ｂ６判、二二八頁、東洋閣。

二著共に戊子の単著ではなく、多人数による共著。戊子が編纂した。

『近代俳句研究』は、作法書ではなく、明治以降、正岡子規の俳句革新運動が、新傾向俳句と自由律俳句へ至ると見る近代俳句史である。前篇は「近代俳句史」（神畑勇）、後篇は「個人研究」で分担執筆。宮田戊子は神畑勇と一人二役、他に秋山秋紅蓼、山口行、兼崎地橙孫、竹下竹人が執筆している。碧梧桐など新傾向俳句については兼崎、自由律については秋山と竹下が執筆、大須賀乙字、松根東洋城、渡辺水巴など定型・折衷派については神畑が書いている。

「近代俳句史」の中で、大須賀乙字を国粋的な地主及保守的ブルジョアジーであると厳しく批判している。戊子の思想的立場が分かる内容である。ところどころ「×」による伏字がある。


新傾向運動の幕は実に乙字によつて切つて落されたと云つてもよい。然し其の後の乙字は反新傾向に赴き、年と共に反動的色彩を濃くしたのである。（略）其行動の中に我々は、当時資本主義の興隆と自己の没落の前に、漸く反資本主義的になつてゐた地主及保守的ブルジヨアジーの感情を看取することができる。その故にこそ本願寺の如き封建的大寺院関係の人々に、彼の説の共鳴者の多かつた理由もわかるのだ。（略）彼の俳句に対する情熱はむろん虚子・東洋城・鳴雪等の遊戯的な態度の比ではない。然しながらそれはどこまでも、既成俳句をその埒内にとゞめるための努力にすぎず、殊に其の生前における国粋主義が、其歿後反動分子の利用するところとなり、民衆解放の××となつてゐることも事実であつて、此の点は厳重に批判されねばならない。

『新興俳句の展望』は、新興俳句への批判を集めたもので、俳句結社誌「土上」や「天の川」などの新興俳句と、「句と評論」「生活派」などの自由律俳句を標榜する十一名の俳人の論考を集めたものである。目次を上げて、執筆者の下に参加していた雑誌名を示しておく。

新興俳句結社の展望　藤田初巳　「句と評論」「帆」
新興俳句反対諸派の展望　古家榧子　「土上」
新興俳句と季題　山口草蟲子　「天の川」
新興俳句と連作　三谷　昭　「京大俳句」
新興俳句の意義と指導原理　湊楊一郎　「句と評論」
新興俳句雑感　米倉勇美　「生活派」
新興俳句の動向　中島紫山　「南柯」
新興俳句とその形式　上田都史　「草上」
新興俳句と俳句性　徳保秋人　「現代俳句」
新興俳句の社会的根拠　宮田戊子　「現代俳句」
新興俳句の進歩性と保守性　永見　達　「現代俳句」

戊子の「新興俳句の社会的根拠」は、「ホトトギス」に代表される花鳥諷詠を主とする伝統俳句が、大ブルジョアと金融貴族と農村と都市の下層民によって支持されているのに対し、新興俳句は資本主義機構の下に都市に生活する消費階級を代表したインテリゲンチャによる生活感情を表現するものだとしている。新興俳句は、花鳥諷詠の代わりに溶鉱炉やスポーツ、あるいはジッドやローザを読み込むが、インテリゲンチャが観念的にはブルジョア思想を持ちながらも、その実、大学を卒業しても就職もままならず、結局はプロレタリアに転落していく存在である現実そのままに、その俳句表現には生活意欲が欠けていると説く。その上で左のごとく結論している。

インテリゲンチヤが当面した社会情勢から真に自己に目ざめ、自己の使命を正しく実践することによつて初めて後世の史家によつて進歩的なる名を冠せられるであらう。（略）真に伝統と遊戯的な要素を揚棄して偽らぬ自己の感情を自由に詠ふことは、特に半封建的な雇傭制度を有する此の国のインテリゲンチヤの当該社会への依存の度合と、絶えざる現実直視によつてのみ可能であらうと考へるのは私一人ではあるまい。

明解な論理ではあるが、かなり教条主義的な意見と言ってもよいであろうか。文学や芸術に過度に主張や目的性を求めると、社会の情勢変化に影響されやすくなる傾向がある。人間の想像力を豊かにする活動として芸術をとらえないと、普遍的な作品は生まれがたいだろう。

昭和八年（同十年普及版）に、『近代俳句研究』の発行元楽浪書院から、『石川啄木研究』（金田一京助・土岐善麿・石川正雄編）が刊行されており、中に神畑勇「啄木と歴史的背景」が収録されている。戊子の本名は保だが、神畑勇の筆名も当時は知られていたのかもしれない。

田村木國（明治二十二〜昭和三十九、一八八九〜一九四六）

木國は、大阪毎日新聞記者で「ホトトギス」同人。昭和十三年以降、各地の陸海軍病院、軍人病院などへの慰問講演を続け、傷痍軍人の俳句、当時の言葉で「白衣勇士俳句」の普及指導に努めた。大阪毎日紙上でも「白衣俳壇」「大陸俳壇」の選にあたった。

花の幹に押しつけて居る喧嘩かな
狩くらは大月夜なり寝るとせん

田村木國『戦ふ俳句』

蓮浮葉夕焼ながくとどまれる

『戦ふ俳句』昭和十八年四月、Ｂ６判、二四九頁、三省堂。
『俳句入門読本』昭和十九年八月、勤労青年文庫、Ｂ６判、九十頁、麹町酒井書店。

『戦ふ俳句』は、「序」を読むと、一般にも販売されたが、戦地へ送る慰問の俳句入門書として編まれたようである。事実、私の所蔵本の裏表紙には「三重県海軍航空隊士官室」という判が押されている。内容は、新聞記者らしく、日清、日露戦争あたりからの戦争俳句を取り上げながら、時事的話題を織り込んだ読み物である。「俳句研究」の「支那事変俳句集」にも木國の作品は掲載されていないし、本書にも自身の俳句の紹介はほとんどないが、巻末に近い「大東亜戦争」という章の中に一句、

撃ちてしやまむ心冬浪巌を打つ

を収めている。木國の『句集大月夜』（山茶花発行所・昭和十七）に収録の、「十二月八日対米英宣戦の大詔渙発」と題された句である。なお、日本文学報国会は昭和十八年三月、大政翼賛会と協賛し、国民の米英に対する敵愾心を昂揚させるために、「撃ちてし止まん」を主題とした俳句、詩、歌を募集し、多くの人々がそれに応じた（松井利彦著『近代俳句年表・昭和編』）。ちなみに、水原秋桜子主宰の「馬酔木」は、昭和十八年三月号巻頭に近く「撃ちてしやまむ」と題し、秋桜子、誓子以下主要同人二十五人の作品を各一句収録している。

戦争俳句を語るとき、現在も必ず取り上げられるのが句集『砲車』（三省堂、昭和十四）の長谷川素逝であるが、並び称されるのは小田黒潮中佐であると、木國は語り、「南船北馬」（『戦ふ俳句』所収）という章で十七句を紹介している。

火蛾けはし蘇聯の闇を来たり搏つ
ふたゝびの冬辺境に軍旗古り
蛍とび地に燐光の蛇這へり

三句目は北方の戦地から南方へ転戦しての俳句とのことだが、説明されないと戦地の俳句とは分からない。昭和四十二年に、黒潮の句集『大陸春秋』（栗賀印刷所）が刊行され、戦時中の作品が収められた。あとがきによると、戦時中、木國に「望楼」と題して刊行をすすめられたが、軍の検閲を考慮して果たすことができなかったようだ。

『戦ふ俳句』巻頭の「感動の吐け口」に「支那事変が勃発して以来、俳句——和歌も同様——が非常な勢で流行し出した。流行などといふ言葉はいやがられるが、事実はその通りなので、一般社会のどの層へ行つても、水の流れるやうにひろまつてゐる。就中出征勇士の作句、いはゆる「戦争俳句」の盛んなことは未だ曽てない」とあるように、多くの俳句が詠まれ新聞雑誌に掲載された。それらを元に改造社の「俳句研究」は四度、戦争俳句特輯を試みている。

巻末に近く、「大東亜戦争——国民総力戦を具現した俳句」と、戦傷者による「白衣勇士の作品（白衣俳壇句集）」がある。前者は、有名無名を問わず、十二月八日直後のさまざまな人々の俳句を紹介したものである。女性による戦争俳句は少ないが、ここでは何句か取り上げられている。

十二月八日の歴史軀をもて経し　　竹下しづの女

あだのふねこゝだ沈めて初凪げる　同
著ぶくれていくさの事を聞きに来る　塩崎波留女
凍道を征き征く兵に手をあはす　島冨洋女
入営のこのつはものの母は吾　光森弥栄子
日赤の看護婦たらん卒業す　関谷止有
なぎなたのけいこ大いなる紀元節　植原抱芽
戦捷の国の民吾れ草を摘む　馬場典子

参考に「俳句研究」昭和十三年十一月号「支那事変三千句」から、女性の句を紹介しておこう。昭和十六年十二月八日の高ぶった気持の俳句と、戦時とはいえ昭和十三年ころの日常の句では単純に比較はできないが、左のような感情を作品にすることは、いつ頃まで許されたのかと思う。

征途の夫の便り語らひ田を植ゑる　小倉松花女
我書きし文になみだす秋の風　土肥菫女
つばめ来ぬおさな子の父国に召され　山田南歩
百姓みな兵となりぬ春浅し　小林鶴稜
今別離吾が子の汗をぬぐふのみ　浜田ひさ子
酔ひたるを美しと見しひと往きぬ　江原佐世子

『俳句入門読本』は、厚生省労務官佐藤富治・大日本産業報国会企画局長三輪寿壮監修とある、青年(初心者)向けの簡易入門書だ。巻頭は「日本精神の詩」で、左のように始まる。

長い間俳句は閑人が手なぐさみに作るものだといふ風に一般世間から思はれてゐたのである。ところが今日命かけの戦争をしてゐる戦場の兵隊があの通り盛んに俳句を作るし、銃後でも生産の第一線に立つてゐる各方面の若い人達の間に流行してゐることは全く驚くばかりで、もはや世間でも俳句が暇つぶしの道楽だなど丶考へる人はなくなつた。それればかりでなく、俳句や短歌こそは三千年来培はれて来た日本精神の風雅な一面を現はした美しい詩であつて、これを作り楽しむことによつて、日本人としての情操を高めるものだといふことを、誰もが知るようになつたのである。

いかにも戦時中らしい発言だが、本の内容は、季題や、省略、切れ字の解説など、極めて基本的な入門書である。実例としてあげられる句は、芭蕉や一茶、虚子などだが、作者名を付けずにとりあげられている中には、戦時らしいものが何句か含まれている。

徴用《ちようよう》の乙女春夜《おとめはるよ》の弾丸磨《たまみが》く

大東亜戦争の銃後の緊張を、娘さんの弾丸磨きをしてゐるといふ一つの動作によつて描き出した句である。年頃の娘が春燈の下で弾丸磨きをしてゐることは、今までにも全然なかつたわけではないが、その娘が「徴用」であるといふことは大東亜戦争にして初めての事実で、その磨く弾丸も狩猟の銃弾ではなく、前線で勇戦奮闘してくれてゐる兵隊さんへ送られてゆく、米英撃滅になくてはならないその大切な弾丸であるところに、大東亜戦争の相があるのである。

どこかの軍需工場の光景で、一読して真剣なものが胸をついて起るがその一面に、何ともいへないやはらかい、ゆたかなものを感じさせるのは乙女であり、春夜であることであらう。

現在の眼で見れば、この乙女は逆に悲惨な感じを与えるけれども、当時は右のように本当に捉えたのだろうか。木國が所属した「ホトトギス」が標榜する本来の伝統俳句は、決意を言上げするような文学ではなく、厳しい現実から一歩退いて自然を詠むことで、象徴的に己を表現する文学である。そこに諧謔や軽みが加わることで奥床しさが生まれる。最初に引用した文中にある「閑人が手なぐさみに作る」ものにも見えるところに風雅があった。「徴用」「乙女」「春夜」「弾丸」という取り合わせは、伝統俳句としては異様すぎる。しかし、この本の引用句には左のような作品もある。

寒肥の大きな穴に城高く

花野ゆき漆のごとき牛に遭ふ

水原秋桜子（明治二十五〜昭和五十六、一八九二〜一九八一）

秋桜子は、言わずもがなの近代俳句の巨星だ。現代俳句史は秋桜子と虚子の関係を中心に進んだといって過言ではない。昭和六年十月号「馬酔木」で「「自然の真」と「文芸上の真」」を発表して、虚子が唱導する「ホトトギス」の「客観写生」に離脱宣言をしたことから、今日に続く現代俳句の歴史は始まる。前述したように、虚子が入門書を書くこと必ずしも多くなかったのに比し、秋桜子の出版活動は異常といえるくらいに多く、かつ戦前のものが版を重ね、あるいは発行元や装丁を変えて戦後も読まれ続けたという点で際立っている。後で上げる作法書、理論書のほかに戦前に限っても、

『定型俳句陣』　昭和九年九月、Ｂ６判、四〇二頁、龍星閣。
『若鮎』　昭和十二年五月、Ｂ６判、三〇六頁、第一書房。
『冬林抄』昭和十三年十二月、Ｂ６判、二七四頁、人文書院。
『新雪集』　昭和十四年一月、Ｂ６判、二七〇頁、第一書房。
『麗日抄』昭和十五年一月、Ｂ６判、一九六頁、甲鳥書林。
『江山抄』　昭和十五年八月、Ｂ６判、二三六頁、第一書房。

そのほか極めて多くの随筆集を出している。良きにつけ悪しきにつけ虚子の功罪が取沙汰されることが多いが、実はそれ以上に、秋桜子の存在感は絶大であると思う。先に紹介した嶋田青峰の「土上」は、戦後昭和二十三年三月に復活第一号を青峰追悼号として出した。表紙ともでわずか二十頁にすぎない。その中に「甘辛言」という欄があり、次のような軽口が書かれている。「波郷、春一、辰之助、窓秋、楸邨とこう並べてみると、中堅俳人の第一線どころは皆秋桜子門下である。これは何と云つても表賞の価値があろう。だれだ、産婆の親方だから当り前だと云うのは」。戦後の俳句界にお

ける秋桜子の位置を示す象徴的な軽口である。

馬酔木より低き門なり浄瑠璃寺
甲斐の鮎届きて甲斐の山蒼し
滝落ちて群青世界とゞろけり

千人針夜露に軍歌おこりたる
千針縫菊の香花舗にあふれつゝ
梅雨の夜も映画の戦野《せんや》雲《くも》灼《や》けたり

『俳句新講座』1〜3　昭和六年十月、同七年二月、同五月、B6判、二〇一〜二一一頁、牛山堂書店。評釈、作法、論説篇に分冊。

『俳句の本質』　昭和八年八月、B6判、一四三頁、交蘭社。

『俳句になる風景』　昭和十年三月、B6判、二三〇頁、交蘭社。昭和十二年十一月増補第五版。

『花の句作法』　昭和十年十一月、B6判、二〇四頁、沙羅書店。

『現代俳句論』　昭和十一年八月、B6判、二八五頁、新思想芸術叢書、第一書房。昭和十六年六月増補改訂版。

『魚・鳥の句作法』　昭和十二年七月、B6判、一九〇頁、沙羅書店。

『聖戦と俳句』　昭和十五年三月、Ｂ６判、一九二頁、人文書院。

『俳句作法　花・魚・鳥』　昭和十五年十月、Ｂ６判、三七二頁、日新書院。

『俳句を作るには』　昭和十七年三月、Ｂ６判、二一五頁、泰文堂。

『俳句作者のために』　昭和十七年十月、Ｂ６判、二二二頁、日新書院。

『やさしい俳句』　昭和十七年十二月、Ｂ６判、二二四頁、甲鳥書林。

『三代俳句鑑賞　秋冬新年の巻』　昭和十八年六月、Ｂ６判二九八頁、第一書房。未入手の「春夏の巻」と合わせ上下二巻。

『聖戦俳句集』　昭和十八年八月、Ｂ６判、二二一頁、石原求龍堂。

『俳句吟行読本』　昭和十八年十二月、二二四頁、Ｂ６判、日新書院。


『俳句新講座』は、まさに「ホトトギス」からの離脱宣言と時を同じくして出された。その意味でもっとも意識の高揚した時期の俳句入門書である。第一巻「評釈篇」の「巻末に」という文章で、次のように書いている。

現在に於ては流派の反目から、互の主張が非常に径庭ある如く思はれても、これを後世から見るとき、その差別は殆ど認められないのではないかと思ふ。それ故に流派的の価値といふものは非常に少なくなつて来る。而して認められるのはたゞ個人の芸術である。換言すれば天才の芸術である。この天才をあやまちなく指導教育し得るか、得ざるかといふところに、流派の価値はかゝつてゐるのである。

第二巻「作法篇」は、第一篇「初学者のために」、第二篇「研究者のために」、第三篇「実地指導」で構成。第二篇第二章「主観の表現に就て」では「私は「一にも調べ、二にも調べ、三にも調べ」とさへ考へて居るのであります」と、写生の問題を短歌、絵画と関連させて持論を展開している。第三巻「論説篇」では「山口誓子論」を巻頭に置き、先に触れた「「自然の真」と「文芸上の真」」など評論十六篇を収める。

『俳句の本質』は、第一章「俳句の概念」の冒頭で「第一に明らかにしておくべきは「俳句は抒情詩である」といふことであります。抒情詩とは、自己の感情を詠嘆する詩で、その感情が強ければ強いほどこれを端的にあらはしますから、従つて形は短いものになります。さうしてその短い詩句の中に、作者の感情のあふれてゐるものを尊しとするのであります」と、「ホトトギス」の「客観写生」に対し主観尊重と心情解放を掲げている。俳句の形式と俳句の表現にもっとも力がそそがれ、渡辺吉治『日本詩歌形式論』と土居光知『文学序説』などの韻律の論理を敷衍して俳句の「調べ」の問題を追求している。五七五の音節の必然性と、各音節を構成する二音、一音の音脚の組み合わせによって作者の感情が表現されることを、理論的に解説している。その「調べ」によって作者の「主観」を表わすことが、秋桜子俳句である。

俳句に於て、作者の感情が重要視されることは前に述べたとほりです。さうして俳句は象徴的表現をとりますから、句の表面にあらはれるものは、自然・生物・生活の状態でありまして、感情は内に籠められます。象徴的表現といふことを言ひ換へて見ますと、律奏的表現をすると共に、言葉の響き、陰翳に心を配ることです。さうして此の手法は古来「調べ」と名付けられてゐるのです。（第四章　俳句の表現）

『俳句になる風景』は、「俳句になる風景」と「俳句になる生活」の二部構成。増補第五版の「俳句になる生活」の中に、「5　防空演習」という項目が出てくる。この本は「馬酔木」掲載をまとめたものだが、「防空演習」が初版にもあったかどうかは分からない。演習にちなむ自作五句が引用されている。

爆撃機ゆくになれつゝ月を見る
暗き夜のしぶきも見えず驟雨来る
探射燈はしるや驟雨すぎし空
月ひかり垣の朝顔いまひらく
朝顔やちまたつかれて人ゆかず

「私は前から飛行機はすきで、一度は爆撃機といふむずかしい詞を俳句に使いこなして見たいと考へていた」とある。演習だけにまだ長閑な面があるが、「ちまたつかれて人ゆかず」がやがて現実のも

水原秋桜子『現代俳句論』

のになることを秋桜子は想像もしていなかったろう。

『現代俳句論』の初版は昭和十一年八月、私が所持するのは昭和十四年六月の第七刷で累計六千五百部、増補改訂版は十七年六月の第三刷が手元にあり、これが都合六千部、大変に読まれた本であり、この本に強い影響を受けたと語る俳人も多い。第一篇「本質に関する諸考察」、第二篇「作法雑記」、第三篇「俳句の評釈」で構成されている。第一、二篇は書き下ろしで前述の『俳句の本質』をより詳細に論じたものだ。第三篇は「馬酔木」連載をまとめたもの。「緒言」の最後に「俳句の俳句たる所以は正しき約束を守るところにある。約束を無視することは遂に俳句を破壊することである。積極的精神をもつて行を共にした者も、ここに至つて敢然として反対せざるを得ない。俳壇は終に未曽有の論戦時代を現出した。現代の俳句を語るには、どうしてもこの論戦に触れる必要がある。季の問題も、題材の問題も、表現の問題も、一として論争の渦中に在らざるはない。私は多くの論客の議論を解剖批判しつつ、おもむろに自己の信念を述べてみたいと思ふ」とある。秋桜子はなかなかに戦闘的な俳人であるといえる。

増補改訂版は、第三篇の「俳句の評釈」に引用された作品を、「馬酔木」からのみでなく俳壇全体からに変え、第四篇として「聖戦俳句抄」を加えており、これが増補改訂の主目的だと書いている。「馬酔木」通巻二百号（昭和十四年一月）より設けられた「聖戦俳句抄」から選んで、六十九句も評釈をしている。注目されるのは、小島昌勝という人の句が十八句も取られていることだ。秋桜子は、よほどこの作者に注目したようだ。

この一瞬巌の氷雪弾《たま》と飛ぶ
壕を掘る土にさそはれ蝶生《あ》れぬ
壕に臥て夜のあさかりし蟬のこゑ

などという句だ。「聖戦はじまつて以来、戦線の将士、帰還の将士及び銃後の国民によつて詠まれた俳句は非常な多数にのぼつた。それは単に量に於てばかりでなく、質に於てもまた甚だ傑れたものであつた」と書く。

『聖戦と俳句』は、「聖戦俳句抄」、「事変の生んだ俳句」、「事変と俳句」、「『砲車』を読みつつ」、「白衣勇士俳句会の記」の五章で構成。中心は「聖戦俳句抄」で、「馬酔木」連載をまとめたものだ。「聖戦俳句抄」は、私の手元にある昭和十八年九月の「馬酔木」で連載五十七回を重ねている。「馬酔木」は、昭和二十年三・四合併号まで出ているが、二十年一、二号でタイトルは「戦線と銃後」に変わっている。昭和十四年七月十日にラジオ放送された「事変と俳句」で、「俳句の歴史を考へて見ましても、この度の事変を詠んだ俳句ほど烈々たる意気の迸つたものはないと思ひます。さうしてそれは俳句の面貌までも変へてしまひました」と語っている。

「聖戦俳句抄」の中には、現在読んでも心に響く作品もある。津田好夏という人の二句が紹介されている。

浜木綿《はまゆふ》に櫓櫂《ろかい》を捨てぬいくさびと
浜木綿に大漁の法螺を吹く別れ

秋桜子は「これこそは漁村出征に最も相応しい音楽である。誰もが眉をあげてその音に聞き入つてゐる。沖からはうねりがつゞけて押しよせ、法螺の絶え間にすさまじい濤声をあげる。さうして砂丘には此の海岸の誇りである浜木綿が美しい花をかざしてゐる」と書いているが、私にはもっと悲しい法螺貝の響きに聞こえる。ほかに左のような作品もある。

君ねむれ稲つゝがなく実れり　　宇野秀次郎
颱風の街征く兵に灯をかゝげ　　遠藤孤吾

『聖戦俳句集』は、昭和十七年一月より同十八年二月までの「馬酔木」掲載の俳句を再選編集し、「戦線篇」、「北満篇」、「白衣勇士篇」、「銃後篇」に分けられた千六十三句と、大東亜戦争開始以来の「聖戦俳句抄」から選んだ七十一句の評釈を収めている。「これを通読して見ると、尽忠報国の精神が全般にみなぎつて、真に襟を正さしむるものがある」と書く。

この「聖戦俳句抄」には、近藤良一、竹島白蓉子などの句が多く取られている。前記の小島昌勝も、次の一句が紹介されている。

ますらをや薊《あざみ》を活けて癒《い》ゆるまつ

「傷痍軍人療養所の俳句会で詠まれた句。作者は北支に出征して奮戦し、また聖戦俳句に立派な業績を樹てたことは、あらためて紹介するまでもない」とあるから、当時戦争俳句作者として広く知られていたのだろうか。

『俳句作法』は先に刊行されていた『花の句作法』と『魚・鳥の句作法』の合本版で、昭和六十年に朝日文庫に収められた。文庫解説で有働亨が、「このような騒然たる世情の下で、秋桜子が『俳句作法』というような安穏な著作を発表したということは、ある意味では驚くべきことであり（略）消極的反戦姿勢といえば言いすぎであろうが、著者秋桜子の心中には、個人の好むと好まざるとにかかわらず、社会を暴力的に押し流していく何ものかに、精いっぱいの抵抗として無関心の姿勢を示したのではなかろうか」と書いている。

確かにこの入門書は、もともとが花・魚・鳥をテーマとした俳句の作法書であるから戦争俳句には触れていない。しかし、これまで紹介してきた文献に見るとおり、戦争俳句に関する発言の多さは、他の俳人の比ではないことから考えると、有働の意見を素直に肯定することはできない。日本文学報国会俳句部会長・高浜虚子の無関心の対極として、同会俳句部会代表理事・秋桜子はまともに時勢に流され、あるいは当時の日本国民の代表の一人として反応したということではないだろうか。

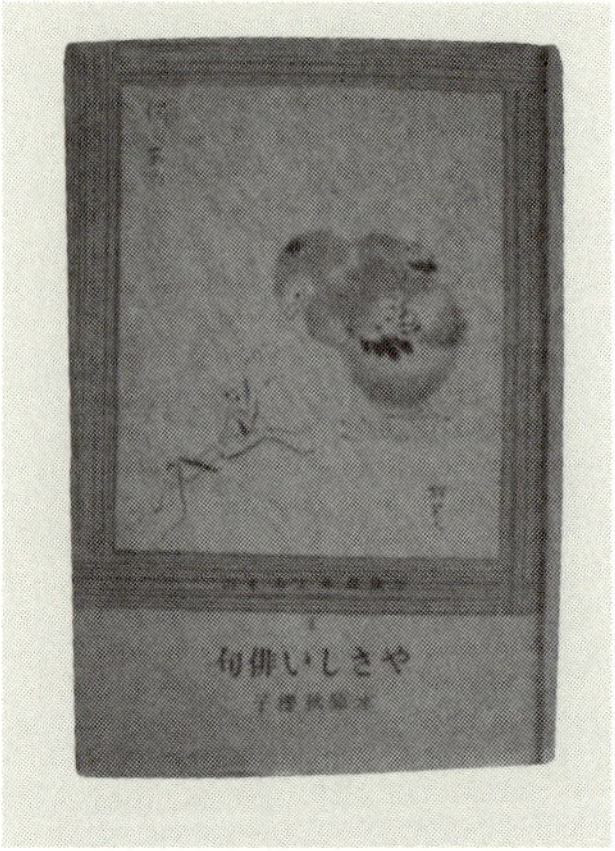

水原秋桜子『やさしい俳句』

ただ、最後に紹介するような本を、出版用紙の配給が厳しくなった時代に刊行したというのも、秋桜子の一面を語っている。

『やさしい俳句』は、昭和俳句叢書を刊行していた甲鳥書林からの刊行で、国民学校四、五年生から中学三、四年生くらいを対象にした入門書。雛が蟷螂を見て不思議そうな表情を見せる、小杉放庵の「何であろ」というかわいらしい絵を表紙にしている。この「何であろ」が俳句創作の契機、という意味の表紙であろう。もちろん戦争に関する記述はない。この本は、甲鳥書林が戦時の企業合同で養徳社に合併されたため発行元が変わったが、戦後も刊行された。手元に四版があるが、残念ながらかわいらしい表紙は継承されなかった。

雑誌発行が極めて困難になった時期の「馬酔木」昭和二十年一号、二号、三・四合併号を見ると、この雑誌が当時の俳句を愛する人々に大きな安らぎを与えたろうことがひしひしと感じられる。戦中終戦直後の秋桜子には、第I部で見てきた四人のような、芸術や人生上の大きな葛藤は感じられないが、どのような状況の中でも、俳句を守り、多くの俳句を愛好する人々に応えようとした強い意志は確固たるものがある。使命感というのであろう。それはやはり凄い功績だと考える。わずか十六頁になってしまった三・四合併号の最後に収められた秋桜子の句は、

庭はづれ畑の畝にも栗ひろふ

この戦前の最終号の実際の発行日は、終戦後の秋まで伸びたようだが、厳しい生活の中でこうしたのどかな作品も必要であったのだと思う。「馬酔木」と「ホトトギス」の昭和二十年一月号の写真を掲載する。どこか共通したものを感じる。

『ホトトギス』『馬酔木』、共に昭和20年1月号

吉田冬葉（明治二十五〜昭和三十一年、一八九二〜一九五六）

冬葉は、大須賀乙字門で、大正四年、臼田亞浪の「石楠」創刊に乙字と共に参加。後に亞浪が、編集発行事務すべてを掌握することになったことで対立、以後乙字のかかわった「懸葵」、「汐木」、「中心」に拠った。大正十五年に「獺祭」を創刊、亡くなるまで主宰を務めた。

岩なだれとまり高萩咲きにけり
芋の葉に夜振りの火屑落しけり
藍を搗く臼炎天にころげたり

左手右手影こもごもの夜寒かな
秋風や口笛ならす戦盲者
野の錦そまりて帰る白衣かな

『俳句の作り方』　昭和四年九月、文庫判、九二頁、素人社書屋。改装廉価版の表記がある。

『俳句に入る道』　昭和六年一月、B６判、三一〇頁、文進堂書店。未見だが大正十一年に精文館から同名書が出ているので、その再版か。

『俳句の作り方と味ひ方』　昭和七年十月初版、昭和十六年七月十一版、B６判、二〇七頁、交蘭社。

『俳句の作り方』は、「はしがき」、「季語」、「形式」、「写生」、「旅行吟」、「俳句の発達」から構成されている。改装廉価版とあるので、さらに古い版があるのかもしれない。本書は百頁に満たない小冊子だが、「季語」の章では、「我国土と俳句の関係」、「俳句は季を含んだ詩」、「自然と季語」、「季題、季語、季感について」、「感情と自然の融合」、「歳事記について」、「題詠と季題の概念」、「課題吟の本旨」、「人事季語について」、「季重りといふこと」、「時代と季題感想」、「季語と季感の関係」と細かく十三項目にわたって解説しているのが注目される。

「感情と自然の融合」において、俳句を次のようにとらえている。


人生は不断の勤労そのものといつてよいのでありますから、人生にとつては、抒情詩が一番尊いわけになるのであります。抒情詩的感情がきはめて高潮されたときは、天然自然に向かつてその出場を求めやうとして、解脱的感情にみちびかれんといたします。そのみちびきこまれんとする刹那に於て、自然現象の気分と一如に融け合つて俳句はうまれるのであります。故に俳句は一見単なる自然現象を詠じたやうに見えながら、実は作者の生活境涯が句の余情なり又余意なりに或は調子の上にあらはれてくるべきものであります。

『俳句に入る道』は、「緒言」、「俳句の概念」、「季題は自然である」、「俳句は二句一章である」、「作者と個性と境涯と」、「境地に入ること」、「作句に行詰つたとき」、「俳句の発達」、「子規時代の俳人とその句の評釈」、「碧梧桐時代の俳人とその句の評釈」、「乙字時代の俳人とその句の評釈」から構成されている。

「俳句の概念に就て」（目次とは違い本文にはこうある）に、次のような考えが表明されている。

最近ある一部分の人々等が唱導してをります俳句はその内容が詩とも和歌とも俳句とも判別のつかない傾向をもつてをるのであります。それらの人々の句の価値問題は別といたしまして、仮りに和歌なり詩なりに含まるべき内容を切り詰めて十七字《もじ》詩形に仕立て上げて多少の文学的価値を認め得るにしましても、それは誠に浅薄な幼稚極るものと云はねばなりませぬ。

また、「境地に入ること」では、テーマを決めて作る「題詠」について次のように書いている。

近来の或一部分の人はよくこんなことをいふ、「麻痺したる感興を無理に復活させて俳句の製造をする題詠は弊害が伴ふ」と、ベルグソンは「自分が薔薇の香をかいで幼時の追懐に耽る時、自分は薔薇の香によつて幼時の記憶を想ひ起したのではない、香の中に幼時の記憶をかいだのである」と題詠作の本旨は真にこゝにあるのであります。所謂――感激の直感――それのみであります。

右に言われる「或一部の人々」とは、河東碧梧桐らの新傾向俳句から分派していった荻原井泉水らの自由律俳句を指すのであろう。本書の刊行に関しては伊東月草の斡旋があった。月草については後で記すが、冬葉の紹介で乙字門に入るが、昭和三年「草上」を創刊してからは冬葉との交友を絶ったと村山古郷著『昭和俳壇史』（角川書店）にある。松井利彦編『俳句辞典　近代』（桜楓社）によれば、冬葉は昭和十七年、日本俳句作家協会の常任理事となったが、後の文学報国会俳句部会では参事である。一方の月草は、同会では上位に当たる五人の常任幹事の一人で、重要な役割を担った。後輩の月草が冬葉より立場が上になった。臼田亞浪との関係もそうだが、戦時中俳壇の協同一致が叫ばれたが、現実には俳壇内部の複雑な人間関係がほの見える。

『俳句の作り方と味ひ方』の最終章「我等の進むべき道」で次のように書く。

子規の俳句革新によつて、明治俳句はその隆盛甚だ急なるを見たのでありますが、蕪村研究による俳句の季語聯想作用の興味を以て、俳句本然の本質かの如く考へ誤られ、然してその旺盛なる題詠によつて行き詰りたる所産として、新傾向俳句を生むにいたり、更に分裂して感覚的自由律短詩にその末路を踏みとゞまらむとしてをるのであります。

乙字は新傾向に入らむとする以前に、「故人春夏秋冬」の編輯にあたり、古俳句の妙所に触れ、更にそれまで殆ど顧られなかつたかの感がある、芭蕉の俳句を論理的に研究し、俳句の進むべき道は自然静観による作法以外には無しと看破して、我々が将来進むべき大道を拓き示して呉れたのであります。

未見だが、冬葉編で昭和十八年十月『大東亜戦争第一俳句集』（地平社）が刊行されている。この書は高崎隆治著『戦争詩歌集事典』（日本図書センター）によれば、日中戦争以後、昭和十七年ころまでに詠まれた前線、銃後俳句三千あまりを収めているようだ。自序で「戦争の一線に立つて句作することは陣中閑のそれでは勿論ない。（略）これは天然自然の中に介在する人生としての摂理に近いものと考へなければならぬであらう」と記し、それは「我国民性以外にはためしのないことである。しかるがゆえに、俳句をもつて唯一なる大和民族詩といふ所以である」と述べているという。

冬葉が主宰した「獺祭」の昭和十八年、十九年分（十九年十、十一月号欠）を入手することができた。雑誌に表記はないのだが、十九年十二月号（第二二八号）は、第二十巻十二号にあたり、神奈川近代文学館の所蔵本によれば戦後の昭和二十一年が第二十一巻になっているので、戦中最後の号かと思う。その十九年一月号から十二月号まで、冬葉が、昭和十八年八月、陸軍省恤兵部から北京、天津、青島など北支方面へ派遣された折りの従軍記を連載している。第Ⅰ部で触れた加藤楸邨の大陸行より一年ほど先立つものである。連載は十二回までだが明らかに未完であり、本来さらに続く計画だったのだろう。

冬葉は、各地司令部や病院を訪ねて俳句指導をし、軍人たちと句会を開いている。各地には旧知の「獺祭」同人や俳人がいて旧交を温めたことや、中国北部の風光を情感深く描いており、意識的に芭蕉の「奥の細道」を模倣している。従軍といっても銃声を遠くに聞く程度で、いわゆる慰問旅行というものだろう。芭蕉に帰るのが冬葉の俳句観であるから、当然でもあるが、俳句も左のような芭蕉調である。

稲妻をこころに誓ふ別かな
向日葵につはものどもの厠かな
盥かりて夜の濯ぎや虫の声
湛山寺塔よりはるる狭霧かな

また、冬葉は、「獺祭」昭和十九年八月号に「戦争俳句の一考察」を掲載している。右の従軍の経験をもとにしたもので説得力がある。

第一線に活躍してゐる勇士の最も矚望してやまないものは、一時も忘れることのない祖国の姿であり実情である。また、正しき芸術の姿であり、しづかですなほなる俳句なのである。彼等は、いかなる場合でも、昂揚といふことの穿き違へから心にもない捏造俳句が、たとへ表面文学に示すところが戦争意識にわたらうとも、それらに関心するものではなく、朝夕動的に傾け尽した精神の持主として、寧ろしづかにしてすなほなる祖国の姿を端的に詠じた俳句に接することの方が、より明日への敢闘精神昂揚に資さるゝべきは当然で、果敢なる戦争に対する俳句の使命また茲に存するものとして花鳥諷詠も決して無意義でなく、ただ花鳥諷詠に対する態度なり内容にいたつてはこの秋大いに研討され、其の個々の良否に就いては糾明しなければならぬけれども、俳句の本質による使命から見て戦争昂揚と花鳥諷詠句に関しては相当の重要性あることを考慮しなければならぬことゝと思はれるのである。（略）

戦争俳句といふ上からには、あくまでも俳句を離れての存在はあり得なく、俳句として成立さるゝ条件を認識しての上の是否でなければならぬこともちろんであらう。

昭和十八、十九年の「獺祭」を見ると、激烈な俳句を提唱しているわけではないが、戦時色濃厚な雑誌で、同人である河野南畦が毎号「傷痍軍人俳句の鑑賞」を担当している。

河野南畦（一九一三〜一九九五）は、昭和十年に「獺祭」に入会する一方、自らも「あざみ」を主宰している。市立横浜商業を卒業して住友銀行に長く勤めた。山岳俳句の作者としても知られる。昭和十八年、海軍省許可済の『大東亜戦争俳句集』を編纂している。この句集は『俳人が見た太平洋戦争』（北溟社編集・刊行、二〇〇三）に収録されているが、『河野南畦全句集』（沖積舎、平成三）収録の年譜には、「日本文学報国会刊行『大東亜戦争俳句集』編纂担当（未刊に終わる）」と記されている。『俳人が見た太平洋戦争』に収録されたものは、南畦の未亡人河野多希女から提供されたもので、詳しい書誌事項が記されていないので分からないが、序文や「巻末に」と記されたあとがきも完備しており、おそらく校正ゲラが保存されていたのだろう。自由律系の俳句雑誌は含まれていないが、他の伝統派、新興俳句系の俳句雑誌から約千名、一千八百の戦争俳句が、作家名のほぼ五十音順に収録されている。これは、吉田冬葉編の『大東亜戦争第一俳句集』とは別の本である。

栗林一石路（明治二十七〜昭和三十六、一八九四〜一九六一）

一石路は、大正十二年、改造社に入社して進歩的思想に触れる。後に、新聞連合社（後の同盟通信）に転じた。荻原井泉水の「層雲」同人だったが、後にプロレタリア俳句運動を起こし、昭和九年「生活俳句」を創刊した。左にあげるような無季自由律の俳句を作った。プロレタリア俳句はほとんどが自由律である。

シャツ雑草にぶつかけておく
拭いても拭いても死にゆく妻の足うらの魚の目
これが仕事にありついた雪搔人夫か

出征の旗がくらい電線にひつかゝつたりしてゆく
はげしい感情を戦争へゆく君に笑つてゐる
とぎれた愛情がふとわいてきて万歳のなか

『生活俳句論』　昭和十五年六月、Ｂ６判、三三二頁、河出書房。

一石路は、昭和十六年二月、京大俳句事件によって投獄されるが、『生活俳句論』は、それ以前の刊行である。右に引用した「俳句研究」昭和十三年十一月号の「支那事変三千句」に収められた句からも想像できるように、一石路のこの『生活俳句論』も当時にあっては、発禁ぎりぎりの内容であろう。

一石路は、昭和十三年九月から三カ月、新聞記者として南支作戦に従軍した。その体験をもとに書かれた戦争俳句論ともいうべき巻頭の「実践的俳句の提唱」は、想像で作った山口誓子や日野草城など新興俳句派俳人による戦火想望俳句を厳しく批判し、説得力がある。ほかに、「作家態度論」、「俳句形式論」、「現代俳壇論」、「創作技術論」を収める。戦争俳句に関する文章も多い。

「実践的俳句の提唱」に次のような文章がある。昭和十四年三月の執筆である。

戦争とは所謂銃後と戦線とをひつくるめてのものの謂である。だとすれば戦争俳句は必ずしも戦線のみのものではない。内地も戦争の中にある今日に於てはそこにも戦争俳句はある筈である。自分自身のまはりにある戦争の現実を十分に詠ふことをせずして、体験もない戦線の俳句を作るといふこと、そのことがすでに極言すれば戦争の現実に面をそむけてゐることである。（略）特に戦争俳句と銘うつべき生活はない。若し戦争俳句と云ふものを特別に作らなければならぬとすれば、その作家は他の一面に於て全く現実に眼をつぶつて生活と遊離した心境に遊んでゐることを告白するものだといはれても仕方あるまい。

基本的に、中村草田男や加藤楸邨の戦火想望俳句批判と同意見である。一石路は、文章の最後を、左のように書いてしめくくっている。

私はいふ。生活を詠へ。皆な自分自身の身のまはりを正直に詠へ。現実に面をむけて、その中に力強く詩の精神を貫け。それが戦争俳句であり、生活の俳句であり、また時代の生きた俳句である。

昭和十四年当時は、まだいくぶん言論に自由なところが残されているが、プロレタリア俳人として、戦争反対とはすでに書けない状況になっているし、自身の思想自体も、徐々に時流に流されて変わってきている。いわゆる転向文学的な、複雑な心境が反映した文章である。

一石路は、終戦後、新俳句人連盟を結成、初代幹事長に就任する。機関誌「俳句人」を創刊、俳壇の戦争責任追及を始める。その中で、責任追及のためにはまず自己批判が必要であるとして、昭和十三年の広東攻略戦従軍と、昭和十五年の紀元二千六百年紀念式典に参加したことを上げた（「私は何をしたか――戦争責任の自覚について」、「俳句人」昭和二十二年七・八月合併号所収）。極めて重要な発言であったが、その後に起った「第二芸術論」によって、俳壇の戦争責任問題追及も有耶無耶になってしまった。

井泉水のところでも書いたが自由律俳人と戦争の問題は別の機会に詳しく取り上げたいと考えている。

桜木俊晃（明治二十七〜平成二、一八九四〜一九九〇）

俊晃は、朝日新聞社総務部長、校閲部長などを務めた。俳句は吉田冬葉に師事、後に冬葉の跡をついで「獺祭」を主宰した。

　金婚や命の極《きは》のもみぢ濃く
　昃りても照りても梅は潔し
　秋耕の土にわが影伸び易し

『伝統俳句のこころ』　昭和十七年十月、Ｂ６判、二七一頁、全国書房。

『伝統俳句のこころ』は、箱入りの本で、表紙は和紙をボール紙に張った上製本。自らドクダミの花を孔版二色で描いている。扉も孔版である。本文は活版印刷。目次には欠けているが、第一章が、中扉に記載された「伝統俳句のこころ」で、第二章が、これは目次にも表記のある「俳句上達の道」で構成されている。

「俳句上達の道」の中に、「作法書について」という文章がある。俊晃の目指した俳句の方向が分かる。推薦作法書としたのは左の本だ。

『俳句作法　付　乙字句集』　大須賀乙字著、東炎発行所、昭和九年。
『俳句作法七講』　吉田冬葉著、交蘭社、昭和十二年。
『俳句道を行く』　飯田蛇笏著、素人社、昭和八年。
『伝統俳句の道』　伊藤月草著、三才書院、昭和十年。

前の二冊は、私は未見だ。俊晃は右の作法書を推薦した上で、「芭蕉も、その門人を導くのに一定のテキストなどは持たず、その人人の性質とか性格に応じて自由に方便を用ひた。「先師は門人に教へ給ふに其言葉極まりなし」と去来も言つて居る。所詮俳句は自ら悟り、自ら道を開いて行くべき芸術であることに間違ひはない」と書く。この本における俊晃の主張は、時代の変遷に左右されることなく、正岡子規や高浜虚子以前の芭蕉の精神に帰ることが、俳句にとっては第一の伝統だ、ということにあるようだ。

巻末に「戦争俳句を讃ふ」という文章がある。「有難いことには大陸の征野に吟じ、大洋の艨艟の上に、あるは傷痍のベッドの上に詠ぜられつつも、その作品を一貫する精神はやはり大和心であり、日本精神であることである。俳句は所詮日本的なるもののうち最も高雅な日本的なものでしかない」と書いている。十五句の例をあげているが、そのうち五句を紹介しよう。

鉄脚や霜ふみしめて宮の道　　偵蔵
対陣の壕住みなれて風薫る　　薫風
戦友塚とならぶ匪塚や月明り　　啾々子
打ちあげし烽火まぎるゝ銀河かな　　翠雨
てのひらに義眼のせたる夜寒かな　　乙山

巻末に近い「結語」で、「稿を終るに当つて、真珠湾九軍神を讃仰する諸先生の俳句を記して筆を擱くことにする」と書き、左の十句を上げている。

散つて万朶の花とかがよう九軍神　　月斗
極月八日潮の明暗醜を攘つ　　蛇笏
若桜初ざくら散るはなやかに　　蕪子
母子草その子の母もうち笑みて　　虚子

その母を讃へまつれば春の露　風生
浪の花と散りけむもおもうふだに寒き　別天楼
花咲くや九軍神さて幾億神　東洋城
花散るよおほきひかりのいくさ神　徂春
止まざるの心は神ぞ梅白し　冬葉
七花八裂九弁の牡丹かや寒月に　井泉水

そして、自らの「十二月八日」と題した十八句を添えて、「跋」とした。五句を紹介しよう。

破邪の剣把り立つ朝の霜烈し
堪忍の緒を切る極月八日かな
荒鷲の征くところ冬の浪もなし
護国土の神と祀られ若桜
梅が香や生きながらなる軍神

俊晃は、戦後、村山古郷らと大須賀乙字の俳論研究を進めると共に、『芭蕉事典』（青蛙房）の編纂などもしている。

峰岸杜丘（明治三十一～昭和五十二、一八九八～一九七七）

杜丘は、加藤楸邨主宰の「寒雷」同人。戦前および終戦後の「寒雷」にその名前は頻出するが、各種の俳句事典類に杜丘の項目はなく、生没年とも不明だった。しかし、『俳句年鑑』昭和二十二年版の「略歴と作品」欄で、生年と職業（当時、群馬県立佐渡農業学校教諭）とその年の代表句が分かり、また楸邨の句集『怒濤』（花神社、昭和六十一）の昭和五十二年作品に、「悼峰岸杜丘」と題して「寒椿落ちて火の線残りけり」とあったので、没年が分かった。代表句は『俳句年鑑』より選ぶ。戦争俳句も「俳句研究」の特輯には見当たらないので、「寒雷」の「大東亜戦争俳句集」より選ぶ。

母子草焦土に道はありにけり
向日葵の花びら反つて梅雨あけぬ
蝙蝠や紙芝居今了りたり

寒菊をみつめしがやゝゆれにけり
戦報や汚れし足袋を脱がず居り
ぬかづくや霙は雪となりにけり

『俳句の表現と文法』 昭和十七年三月、Ｂ６判、二八二頁、交蘭社。昭和十七年十一月再版。

杜丘は、『俳句の表現と文法』の「最初に」で、「本書は、若い人達の相手を加藤さんに命ぜられて、雑誌寒雷に、現代俳句鑑賞、俳句入門講座、初心俳句新星抄の選評等のため執筆したものを骨子として、かたはら初学者の添削指導の際気づいた、初学者が実作に入るにあたり、これだけは理解してゐないと、不自由すると思ふことがらを補つたものである」と、書いている。「寒雷」同人の間では、楸邨を先生ではなく加藤さんと呼んだといわれている。本書は、「現代俳句眼（鑑賞編）」、「俳句門径（作法編）」、「俳句と文法（文法編）」、付録として「実作指標」で構成される。後述する楸邨の著書を基礎から補う入門書であろうか。

伊東月草（明治三十二〜昭和二十一、一八九九〜一九四六）

月草は大須賀乙字門、昭和三年より「草上」を主宰。日本文学報国会俳句部会常任幹事。

踏みこえし水あたゝかし十三夜
木がくれにうぶすなともる年用意
水のめば臍へますぐに秋の風

にこやかにたちゆく君ぞ秋涼し

『俳句の考へ方と作り方』　昭和二年一月、Ｂ６判、三〇〇頁、考へ方研究社。同年二月第二版。

『添削と批評　俳句になるまで』　昭和六年九月、Ｂ６判、二五二頁、交蘭社。

『最新研究俳句の作り方講義』　昭和六年十一月初版、Ｂ６判、三八五頁、山海堂出版部。昭和十七年一月第五版、昭和三、四年に編纂刊行された『俳句講座』の中の「俳句作法」に補訂を加えて一冊としたもの。

『伝統俳句の道』　昭和十年九月、Ｂ６判、四五四頁、三才書院。

『伝統俳句精神』　昭和十七年六月、Ｂ６判、二六四頁、古今書院。


『伝統俳句精神』は、全十八章のうち最終章が「戦争俳句の鑑賞」で、有季伝統俳句からの重要な発言が見られる。

不自由な季節文学たる俳句が、砲弾の唸り飛び、爆弾の炸裂する戦火の中から、果して生れてくるものかどうかといふことは、戦争と俳句とを対比して考へるとき、誰の頭にも泛んでくる疑問であらうと思はれます（略）

戦争のやうな非常な場合にあつて、緊張しきつた心がゆるむ瞬間の心情などがうまく象徴せられると、長い詩や散文ではたうてい味ふことのできない深みのあるものとなります。戦争俳句といつても十七字の形を以てやたらに戦争を描写するものでなく、さういふ意味で戦争の間にも俳句に適する世界があつて、それを描き得たものがはじめて戦争俳句として成立するのであります。

そうした考えの上で月草が推奨した句は左のようなものである。

梅の花ごさんのひざにくにのあぢ　石原裡村
独活の芽ももたげしと妻の便りかな　平沢仙二
蛙ふと鳴き止み歩哨交代す　冠幸一郎
草いきれたのみの月の傾きて　片桐兎詩

これらが月草の好む作品かと思うが、次のような物騒な句も紹介している。

まろび降りぬ捕へぬ刺しぬ山笑ふ　町原木隹
鉄兜虚空に噴きて日は炎えつ　片桐兎詩
血潮散る黄河の畔の月凍る　井上清太郎
寒天に首打落すにぶき音　岩橋二合瓶

当時詠まれた無数の戦争俳句の中でも右のような作品は案外稀れである。
伊東月草については意外な本に書いてあるのを偶然知った。『茂吉随聞』の著者として知られる田中隆尚の『さざなみのおきな』（平成元年・乙骨書店）だ。この本は、田中が主宰する同人誌「ももんが」の同人で仙人じみた高田浪五郎という歌人の評伝だが、浪五郎が短歌に入る前に師事していたのが月草で、その事跡にまで詳しく言及している。月草は戦前、都下保谷に日本最初の俳句図書館「草上文庫」を運営したが、戦後は閉鎖され、その蔵書は昭和二十年代に、門下であった角川源義に譲られた。今日の俳句文学館の前身といってよいものであろう。田中は月草を不遇の人と書いている。

湊楊一郎（明治三十三～平成十四、一九〇〇～二〇〇二）

楊一郎は、東京都職員から弁護士となった。昭和六年、藤田初巳、松原地蔵尊と「句と評論」を創刊。新興俳句の論客である。一九六九年「羊歯」を創刊、主宰した。

外套を金属の椅子に置きて疲れ
闇にひらく自動扉ゆけという
夢はただ藪をぬけんとする牡鹿

『俳句文学原論』　昭和十二年十二月、Ｂ６判、三四〇頁、帝都書院。

『俳句文学原論』は、書名通り原理的というか、ごりごりの理論書である。「俳句性」、「俳句定型論」、「俳句季題論」、「俳句鑑賞論」、「新興俳句論」で構成されるが、定型、季題の問題が詳細に論じられているのが特徴であろうか。

「俳句定型論」の「結語」に左のように書いている。

日本詩歌の旋律はその骨子としての音数律があり、それに優美な音色律（音韻律）が織込まれて旋律を構成してゐる。その外に甚だ微弱な高低（長短）アクセント律が働いて音数律の調和を保ち、字余りの調子を整へてゐる。アクセント律は甚だ微弱であつて、基本的な旋律構成には重要な役割がない。また、林原耒井説の音歩論において見る如く、成音発声状態における時間的差異が音律感に幾分の影響を与へてゐる。そして、字余りなど色々の調を整へるに役立つてゐる。

日本詩歌を読むときに、これらの種々の律動が全体として複合的に感ぜられて旋律の効果を挙げてゐるのである。

「俳句季題論」では、季物、季語、季題、季感を厳密に規定している。

季物を表現する季語は、その季語のうちに当然季感・季節感情を象徴してゐるのであるから、季題といつても季語といつてもその内容とするものに変りがないのである。季題といふ方が何か深い価値があるらしく感ずるのは、誤られた伝統的気分の一つであつて、文学論として適当でない。現在において、季題であつて季語でないもの、季語であつて季題でないものはない筈である。だから、評論において、季題といふ紛らはしい言葉を用ゐるより季語といふ正確な言葉の遣ひ方が適当である。

正確な言葉遣ひをすると、

季物——季に支配せられるものと現象
季語——季物を表はす言葉
季題——季物題詠の題・諷詠すべき季の題
季感——季的感情

そのように規定した上で、次のように書く。

季語の価値は季語そのものの価値と、最短詩の特質と結合する関聯価値との二つに分けられる。季語そのものの価値は季物を表現し、季感・季的感情を象徴してゐるところにある。季語と最短詩と結合する価値は両者の象徴性の関聯価値によつて生ずる。そこで、季語の価値を精密に考へるには、まづ、両者に共通なる象徴の本質を考へる必要がある。

自身の新興俳句にとっての季の問題については以下の通りだ。

俳句の季語を自由詩や短歌における季語、季的感情の取扱ひと異にする必要あるのは、最短詩型の特質にその価値の原因が結ばれるからである。新興俳句における無季俳句の考へ方の誤謬もこの価値批判を徹底し得ないところの破綻である。（略）
文化的現実は季物諷詠詩の範囲を著しく狭くした。そして、季物諷詠であらねばならぬとする既成俳句の視野を極度に縮減した。無季語俳句は、縮減された俳句の範囲を通常の範囲に取戻すためである。そして、その意味において確実な意義が存するのである。

新興俳句運動は最短詩型の性能の限度を弁へて季の問題を考へねばならない。

「新興俳句論」では、左の三点をあげて、新興俳句出現に果たした「ホトトギス」の功績を称えている。ただ、それは虚子が新しいからではなく、その背後に各作家の現代意識があったのであり、その代表は山口誓子であり、水原秋桜子であったと説いている。

（a）ホトトギスは漸進的に文化的な歩みを続けて来た
（b）ホトトギス雑詠は優秀な作家を多く抱容してゐた
（c）ホトトギス雑詠は俳壇で最も大なる存在であつた

真にそれに違いないが、新興俳句派の俳人が書いたものの中で、ここまではっきり「ホトトギス」の功績を書いている例は、まれである。

『俳句文学原論』は、書名通り非常にくどい本だが、現代俳句の課題についてよく整理された内容ではあり、当時を知る重要な一冊であろう。五七五定型の意義をここまで厳密に考察した本はない。しかし、実例が極めて少なく、理論先行なので、読者としては煙にまかれたような感じが残る。

山口誓子（明治三十四年〜平成六年、一九〇一〜一九九四）

誓子については、第Ⅰ部で詳しく取り上げた。

学問のさびしさに堪へ炭をつぐ
夏草に汽罐車の車輪来て止る
海に出て木枯帰るところなし

寒江に敵艦甲板以下浸せり
枯野焦げ車輪を上に列車倒れ
紅き灯を秋夜にかざし声嗄れぬ

『俳句鑑賞の為に』　昭和十三年四月初版、Ｂ６判、一八八頁、三省堂。昭和十三年十二月第八版、昭和十七年五月十六版（天地・左右とも１センチ小さい。戦況の悪化に伴い物資不足は書物の判型にも影響した）。
『秀句の鑑賞』　昭和十五年七月初版、Ｂ６判、二二二頁、三省堂。昭和十五年十一月第六版。

山口誓子『俳句鑑賞の為に』（右）、『秀句の鑑賞』

『俳句鑑賞の為に』は、右に見る通りベストセラーである。誓子人気のほどが察せられる。大正十三年から昭和九年までの五十一句の自句自解と、ラジオ俳壇選評と「サンデー毎日」の「サンデー俳壇」をまとめたものだ。

『秀句の鑑賞』は、「俳句研究」に昭和十四年三月から九月まで連載された「新選秀吟百句」や、『俳句緒論』にも掲載された「古句鑑賞」の再録などを収める。

東京三（明治三十四〜昭和五十八、一九〇一〜一九七七）

京三は、嶋田青峰の「土上」同人。十六年二月、京大俳句事件で逮捕され、敗戦まで句作を廃した。戦後、秋元不死男と改名した。戦後は、山口誓子を主宰者とする「天狼」に同人として参加、一九四九年から「氷海」を創刊、主宰した。

寒や母地のアセチレン風に欹き
鳥わたるこきこきこきと罐切れば
独房に釦おとして秋終る

戦死者の子と街にくれば軍歌ゆく
戦死者の子と揺られ低き蒸気の窓
戦争日記、火野葦平氏「麦と兵隊」を俳句に試む

労酒に酔ひ彼れ慟哭の兵となる

『現代俳句の出発』　昭和十四年二月初版、Ｂ６判、二七〇頁、河出書房。昭和十四年四月第五版。

『現代俳句の出発』のサブタイトルは、「『黄旗』を主とせる山口誓子の俳句研究」である。一冊の句集を詳細に論じて一冊とした、戦前にあっては珍しい著書だ。しかも版を重ねているところからも誓子人気の程が分かる。「誓子と『黄旗』」、「取材について」、「季語について」、「覘ひ方と摑み方」、「形容詞その他」、「叙法について」、「連作の方法」、「傑作検討」、「凡作検討」、「結論」、および『黄旗』全作品を巻末に収めている。

京三は、誓子俳句を研究するにあたって、『黄旗』をとりあげる理由を以下のように書いている。

東京三『現代俳句の出発』

『黄旗』の作品は誓子が最も脂の乗り切つた時に作つたものであるから、これを氏の代表的な力作とすることには聊かも異存はあるまいと思ふ。又これを取りあげて誓子俳句研究の対象にすることもあながち片手落ではあるまいと思ふのである。僕が特に『黄旗』を選んだ第一の理由はそこにある。

（略）

第二に『黄旗』を研究対象にした理由は『黄旗』が僅々一ケ月余りの制作にかかること、従つてこのことを客観的に見れば、『黄旗』に於ける作者の風貌は、極めて端的明快に示されてゐることである。

「凡作検討」というのがおかしい。左に例をあげてみる。

水夫《かこ》がゐて外套黒く夜を守《も》れる

この句を凡作と見るわけは、把握に隙があるからだ。

水夫立てり太き洋袴《ズボン》を北風に

この句を凡作と見る理由は、第一に覘つたものが尋常ありふれたものであること、第二に季語の斡旋が安易であること。即ちこの句は平板的な写生句を一歩も出て居らぬ句である。

「傑作検討」ではどうか、

玄海の冬浪を大《だい》と見て寝ねき

冬の玄海洋上の暗澹たるさまが見事に活写されてゐる。かういう雄大な景色は「冬浪の大」なるさまを単一的に云へばそれでよいのであらう。細々としたところを叙べれば却つて雄大な感じがなくなる。冬浪を「高く」ではなく冬浪を「大と」と表現したので荒れた洋上の特徴が的確素朴にとらへられてゐる。

俳句は十七文字という短い詩型だけに一語一語の使い方が鍵となるが、なかなか微妙で難しいものである。

瀧春一（明治三十四～平成八、一九〇一～一九九六）

春一は、明治三十四年横浜生まれ、高等小学校を卒業して三越本店に勤務した。水原秋桜子に師事し、「馬酔木」第一期同人、後、俳句誌「暖流」を長く主宰した。

かなかなや師弟の道も恋に似る
あの世へも顔出しにゆく大昼寝
楓の芽わが泣顔の前にほぐれ
夏山をよぢるや半裸の兵あはれ
夏山の霧にはあらぬ砲煙
兵《つはもの》の妻なりきひとり鍬始

『現代俳句の添削と指導』昭和十五年二月初版、Ｂ６判、二五三頁、交蘭社。昭和十五年六月第三版。

『俳句』 昭和十八年十一月、現代生活群書の一冊、B6判、三一二頁、白揚社。巻末に現代生活群書のリスト三十四点が挙げられているが、『俳句』が刊行された時点で既刊は五冊。予定の中に森銑三『書籍』があるが、これは柴田宵曲との共著『書物』として刊行されている。物資不足の中、何冊まで刊行できたのであろうか。

『現代俳句の添削と指導』は、「俳句上達の道」、「初学時代」、「向上時代」、「俳句即生活」の四章で構成。戦争俳句に関する記述はほとんどない。「難解な俳句に就て」という一節があり、当時俳壇で話題になっていたいわゆる難解俳句の、草田男、楸邨、波郷ら「人間探求派」について、左のような俳句観を披露している。

新しき俳人達は連作でなければ盛りきれぬ大きな内容をも一句に仕上げやうとする努力をはじめたのであります。これは元禄の芭蕉の精神に立ち返つた好い意味の復古運動であると思ひます。

表現拡充のための運動、大きな内容を一句に盛り込まうとする努力が、「難解な俳句」を生んだのであります。（略）表現に於ける普遍性といふことは元より芸術作品として必要なことに違ひありません。然し誰にでも解らなければならぬといふことはありません。俳句は説明すべき散文ではありません。一箇の完全な詩であります。俳句の本質を知り抜いての確固たる信念の下になされた表現が一般に理解されなくとも決して不名誉なことではありません。普遍性といふことは大切であつても、誰にでも解るやうにといふ所謂通俗に堕す必要はないのです。

そして、最後に「「文学」を解し季語の生命を感覚的に把握することが出来れば決して難解な句ではない」と、左のような作品を鑑賞を付けずに紹介している。

あかんぼの舌の強さや飛び飛ぶ雪　草田男
傷兵に露の晴曇果もなし　楸邨
冬日宙少女鼓隊に母となる日　波郷

『俳句』は、「一、俳句の性格」、「二、俳句の表現」、「三、戦場の俳句」の三章構成。巻頭の「自序」は左のように始まる。

都会に農村に、増産に励む産業戦士の教養と慰安を与へ、決戦下国民の士気を鼓舞する使命を以て俳句の指導が行はれてゐる。血みどろになつて奮闘する皇軍将士からも逞しき戦場の詩として俳句が送られてくる。

大東亜建設に邁進する日本人一人々々魂を磨く民族芸術として俳句の価値は益々高められてゆく。最早俳句は独りたのしむ遊びの文学ではなくなつた。

第一章第一節「国民詩たる俳句」の内容も、「文学者愛国大会」、「俳句作家と小説家」、「日本的世界観」、「俳句本来の使命達成」というもので、いかにも時局迎合のタイトルである。しかし、本の中身を読むと必ずしもそうとは言い切れない部分が目立つ。例えば、巻末に近い「戦場の俳句」に次のような記述がある。

戦場に生まれた俳句は、一般の俳句のやうには作者の個性が見られないやうである。これは同じ境遇生活にあり、対象となるものがきまつてしまふし、戦場にあるものの心理が単一化されるからであらう。又激しい感動を盛るための表現が、自然に或る同じやうな形式をとらしめるといふことは否めないことである。

あるいは次のように語る。

元来戦争といふものは大きな破壊であるから人類にとつて不幸な事実には違ひない。併し現在の事変が、日本国家の大建設に向つて邁進する一つの過程であつてみれば止むを得ぬことである。戦争に於ける犠牲といふことは免れ難き事実であるが、あらゆる戦争文学が人を感動せしめるものは犠牲の精神の美しさではなからうか。

さらに、

戦闘の描写其のものばかりであつたら、最初は素材の特異性から人を感激せしめるであらうが、何時しか類型的になつて人を衝つ力が弱くなつてくる。併し第一線ばかりでなく其の後方にある平和的な生活情景に素材を採るやうになればいくらでも道は拓けてくる。戦場の俳句に対して素材がどうのかうのといふ俳句のための俳句みたいな云ひ方は冒瀆であるかも知れない。併し私は「戦場便り」として将士達の詠まれた大陸風物俳句をも豊富に見たい慾をもつてゐる。

以上の発言は、当時の状況の中で俳句道に精進してきたものの本音に近いと考える。戦争を否定したり反対している訳ではないが、本来平和な庶民文学である俳句に生きる者としてのぎりぎりの声をここに聞くのは、誤解であろうか。第二章の１「俳句表現の伝統」の始めには次のように書いている。

或る対象に依る詩的感動が統一整理され、「何を言はんとするか」「何を現はさんとするか」つまり作者の芸術的意図が判然と決定したとき、それを内容と呼び、其の意図が十七音の言葉に移され、一つの作品形態を成さんとするとき、それを表現と云ふ。一個の俳句作品は常に表現に依つて価値を左右される。いかに作者の芸術精神が旺盛であり、心や感覚が非凡であつても、表現が不完全であれば、作品としての価値は零である。（略）俳句修業の道は表現の勉強にあると云つていい。表現の鍛錬は作者にとつて苦痛であると共に歓喜である。

戦場の兵士たちの俳句を尊いものとして、通常の俳句とは別のとらえ方をするのが、当時の大勢であったといえると思うが、その中でこの発言は光ると私は思う。

同書の棹尾は「大東亜戦争作品」で、個々の作品鑑賞はなく、当時の俳句雑誌などに掲載されたものから数十句を収録している。「大東亜戦争の前線作品は、支那大陸の前線作品に比して明るくおほらかな感じがある。勿論、作品の底に漲る皇軍の殉国の念と張り切つた戦場の生活精神は変わるものではない」というのは、やはり時代の限界である。

瀧春一の第二句集『菜園』（泰文堂、昭和十五年十二月）は、この句集を収録している角川の『現代俳句大系』の有働亨の解説で、「庶民的で人情味の暖かい著者には、近代意識やエリート意識に根ざした佶屈で難解な表現や深刻ぶった作風は肌に合わない」、「健康な庶民感情をうたうことをモットーとした著者の真骨頂に触れることができる」と評されている。集中に戦死した俳友武笠美人蕉の追悼句が収められている。昭和十三、四年の作品、これも戦争俳句であろう。

君が遺詠多く故国の秋の詩なり
霧さむしかかる夜君は征きたりき
霧の灯に心決したる君が微笑
霧に立ち敢へて愛児を抱かざりし
冬田みち会はむ人なく急かるるを
募りくる悲愁枯桑のはてしなく

閼伽そそぐしづかなる刻を枯木中
霜厳し君ますとこころ凝らせども

たまたま、瀧が主宰する「暖流」の戦中最後の昭和十九年五・六月合併の終刊号を得ることが出来た。「暖流転進のことば」がいわば「廃刊の辞」である。日本の軍隊は敗退を「転進」と表現したのと同じである。また、「敵前風流」という文章も掲載し、左のように締めくくっている。

戦争生活の苦しさに負けて日本人のもつ美しい義理人情を忘れてしまつたら大東亜戦争完遂など思ひもよらないことだ。「傷けるを傷つかずと考へ、足らざるを足るとなし、欠けたるを全きと想ひ、醜くさを美しと想念する心情は、神明の加護であり、仏陀の慈悲であり、哲人高士の風流心である」――木下桂風氏「風流開眼」。
再び云ふ。敵前風流に徹せよ。風流心は亦耐乏精神である。

「暖流」昭和19年5・6月合併号

「暖流転進のことば」によれば、当時の会員は千名を超えていたようである。本文わずか二十ページの薄さだが、それでも継続は難しかったのだ。

井手逸郎（明治三十五〜昭和五十八、一九〇二〜一九八三）

逸郎は、荻原井泉水主宰の「層雲」に参加、句作と評論で活躍した。

ゆすらうめの木さつきから木の椅子にいる
ものの影てふてふも暑い影してゆく
しげりのふかきところ泉静かにわいておる

先生応召われらの喇叭を吹いてゆく
ガードの下ゆくとき黙つてゐる
営庭がぢゆまるの樹かげこそありて

『俳句論攷』　昭和八年六月、Ｂ６判、三〇四頁、立命館出版部。

『俳句論攷』は、井泉水の「序」を巻頭に、「形態的立場」、「最近の作品から」、「定型破壊の一解釈」から「虚実姿情」、「不易流行」まで二十篇、主に自由律俳句が音律的に正当なものであることを論じている。中でも「自由俳句の音律」は独自の理論である。左のように書いている。

自由俳句といふ名称は私の知つてゐる限りで私の付けたものである。私はこの言葉によつて、私たちの俳句のもつ意識のやうなものまで含蓄せしめた。単に自由律俳句であるといふ意味でなく、自由律の根源にある意識を迄言ひ含ましめた。それ故に、この言葉は自由律俳句といふ表面だけの意味をもつてゐない。（略）

俳句にも階級的なものが芽ばへかけてきて、それらとの対比上、新俳句は、一つの意識的存在として自由俳句と呼ばれるのが最も適切なものとなつた。それは意識上の対立に於てさうであるばかりでなく、実に音律上に於ても烈しい対立をもつてゐて、さう呼ばるべきが当然だつた。階級俳句は極端なる散文化を企てやうとして、又方言俗語の使用もひどいので、自由俳句の音律的傾向と鋭く対立するものになつた。その対立を鮮明ならしめる一方に、又自由短詩との相異を明瞭ならしむるためにも、自由俳句の音律的傾向、更に音律機構の分析が必要とさるるに至つた。

自由律俳句の理論家は、秋山秋紅蓼も同様だが、実作例をあげて解説を施すような書き方でなく、ひどくくどい書き方をするので理解するのが難しい。後で触れる長谷川素逝の『俳句誕生』で、心にとまったものを、ひたすらに凝視しつづけることで、自分の常識の世界では意識されず、かくれていたものを感じとれるようになる、といった作句法も理解しにくいが、自由律理論は理論化するのが困難なことを無理にすすめているように感じる。

皆吉爽雨（明治三十五～昭和五十八、一九〇二～一九八三）

爽雨は、「ホトトギス」同人、大正十一年大阪で「山茶花」を野村泊月、田村木國らと創刊、昭和十一年から主宰者。戦後は「雪解」を創刊、主宰した。

春惜む深大寺蕎麦一すすり
春雨の雲より鹿や三笠山
霜枯の鶏頭墨をかぶりけり

萩の上のたちゐは兵を泊むるなり
出征の楽が野分がどよもす夜
いつ発ちし兵となくまた萩の宿

『花鳥開眼』　昭和十七年十月、Ｂ６判、二九三頁、草薙書屋。

『花鳥開眼』は、主宰誌「山茶花」に十年来書いてきた随筆類を集めたもので、一冊にまとめる上で逡巡していたが、「白衣の勇士」つまり戦傷を負った同人から慫慂されて踏ん切りがついたとのことだ。三十八篇からなるが、巻頭に「聖戦俳句鑑賞」を置くほか、「産業戦士の句」、「宣戦の日に」を収める。

「聖戦俳句鑑賞」の中に次のような発言がある。

水筒の水に別れや霧の中　伊藤冬行

戦争に出かけた人は、例外なく句をやめない。やめてゐた人も、君のやうに復活する。これは逆のやうで逆ではない。句作といふものは所詮、奮闘の前後における憩ひが産むものであらうから、現実を超えて大きく戦ひ大きく憩ふ戦場の人達に、旺んな句作活動の起つてくるのは当然なのだ。よろこぶべく尊ぶべき当然であつて、我々はどんな境涯にあつてもかういふ当然にめぐまれるやうに、いつも大きくたゝかつてゐなければならない。大きなたゝかひの前後に湧いてくる句作慾こそ、最も純粋であり熾烈である。

父征きし子を負ひ月に唄ひやる　福光比沙男

背中にのつてゐるこの幼な子は、お父さんの居なくなつたのは、うれしい出征だといふ事を知らぬかもしれない。たゞ二三日、家の前いつぱいになつた旗や提灯のどよめき、万歳々々の声だけが、ぼんやり頭につまつてゐるだけかもしれない。さう思ふと余計いとほしく、（略）露営の歌から愛馬行進曲へと唄ひつゞけてやつてゐる。この子の父も遠いどこかで同じ月を見、同じ唄に思ひをやつてゐるかもしれない。

『皆吉爽雨句集』（角川文庫、昭和四十三）の解説で、福田蓼汀が爽雨の俳業について、左のように書いている。

長身瘦軀いつも姿勢を崩さず、また自在にして格をはずさないその筆蹟にも似て、純粋性を保持し、いささかの曖昧も許さない。修辞に心を労し、短詩性の特質を確実に把握して昏迷に陥ったことはない。自然を尊重しているが現実から逃避しているのではなく、より大いなる造化の摂理を認め、生々流転する命を追求してやまない。（略）「一生一句風」という言がある。各々の好むところの道を傍目もふらず歩むことである。「主客不二の境涯」という語がある。「自己の感情を詠はうとすれば花鳥風月を詠ふことになり、花鳥風月をよめば即ち自己の感情を吐露してゐることになる。」（花鳥開眼）全作品に亘り、強弱高低の浪はあるが、急激な転換期は認められない。

爽雨が戦争俳句を積極的に作ったということはないようである。昭和十八年一月、二週間ほど中国旅行に出る。その折の作品が「俳句研究」昭和十八年六月号にある。

城壁のひたとホームに旅さむし
望楼の毛帽の兵の挙手をうく
長城の落ちゐる駅の守備の冬

また、「ホトトギス」昭和二十年一月号の雑詠欄三番目に、「戦果大燈を初茸を神棚へ」があるが、珍しい例であろう。ただ、先に引用した人は、例外なく句をやめない」は嘘である。

例えば、「寒雷」同人であった森澄雄の年譜によれば（藤村克明編『森澄雄読本』所収）、森は昭和十八年八月、久留米第一陸軍予備士官学校に入学していたが、「寒雷」八月号を持参して面会に来た父に以後の差し入れを断り、俳句との決別を覚悟したとある。事実、森の処女句集『雪櫟』には、昭和十八年、十九年、二十年の作品がない。

星野立子（明治三十六〜昭和五十九、一九〇三〜一九八四）

立子は、高浜虚子の次女、明治期の文学者星野天知の息吉人と結婚、昭和五年、虚子の勧めで女性を主とした俳句雑誌「玉藻」を創刊、主宰する。「玉藻」は、立子没後、娘の星野椿が継承した。『星野立子全集』全六巻がある。

　　父がつけしわが名立子や月を仰ぐ
　　暁は宵より淋し鉦叩
　　久闊や秋水となり流れゐし

『玉藻俳話』　昭和十八年十二月、Ｂ６判、三二四頁、六甲書房。

『玉藻俳話』は「玉藻」に連載した「俳句を作りはじめてより」をまとめたもので、大正十五年から昭和十年までの自作制作の背景を簡潔に解説している。虚子の序文「「玉藻」といふこと」に、「景色によつて立子の感情が刺戟され、又立子の感情が景色を透して滲み出てゐる、それ等の句を立子が作る様になつた前後の心持がこの書を見るとよくわかる。俳句と云ふものはなるほど斯ういふ心持で自然に接すればよいのであるといふ事が、この書によつて人々に判る様になるかも知れぬと思つた」とある。

本書には目次もなく、文中に見出しもない。本文は大正十五年から昭和十年まで、一応各年で頁が改められているが、同じような調子で続く。その全生活が花鳥諷詠の俳句を作るという一事によって貫かれているのは、ある意味で驚異的である。戦争の気配が徐々に庶民の生活にも影響が出てくる時期にあたると思うが、そのような雰囲気は一切感じられない。虚子が書くとおり、自作が虚子の指摘でどのように変わるかなど、具体的な点が簡潔に解説されており、俳句初心者に参考になることは確かだろう。同じ調子で続くのに不思議と読み飽きないのは、簡潔な文体によるものと思う。作風は取り上げられた十年の間に、けれんみのない自然体そのものになったようだ。正月元旦の句を比べても分かる。

烈風に花一房の落花かな（昭和二年）
向山に朝日当れば石叩（昭和四年）
梅によせて枯山吹をしばりけり（昭和七年）
霜解けになかく〵遠し七曲り（昭和八年）
破魔矢もつ人神前をよぎりけり（昭和九年）

子を抱いて石段高し初詣（昭和十年）

元版の表紙は、和紙に麻の葉模様を雲母刷りした上に題簽を貼り付けるという、物資不足の状況下では贅沢な造りである。なお、昭和五十六年に玉藻社からB６判、ハードカバーで復刊されている。これには目次が付けられている。

大野林火（明治三十七〜昭和五十七、一九〇四〜一九八二）

林火は、臼田亞浪門、「石楠」同人。昭和二十一年に「浜」を創刊、主宰した。また「俳句研究」、「俳句の国」、「俳句」の編集に携わった。

本買へば表紙が匂ふ雪の暮
ねむりても旅の花火の胸にひらく
冬雁に水を打つたるごとき夜空
教へ子の英霊次ぎ次ぎ還る
二度の冬かくして迎ふ霊いくたび
路次ふかく英霊還り冬の霧

『現代俳句読本』昭和十五年一月、Ｂ６判、一七五頁、艸書房。『現代の秀句――鑑賞と作家』昭和十六年十一月初版、小Ｂ６判、三三二頁、三省堂。昭和十八年五月第四版。『高浜虚子』昭和十九年三月、Ｂ６判、三四九頁、七丈書院。昭和二十四年七月、Ｂ６判、三四七頁、七洋社刊行の増補改訂版がある。

『現代俳句読本』は、「現代俳句読本」と「現代俳句鑑賞」から構成。巻頭の「現代俳句とその態度」に左のような発言がある。林火の基本的な考え方であろう。

俳句はここに於て同じく「人生の真相を摑む」ことであり乍らも、小説などのごとくそれを説明し、語つてゆくといつた、一般読者を予想した文学ではなく、もつと個人的な、云はゞ人間の叫び、つぶやき、とでも云ひませうか、およそ心のほとばしりといつた文学になるのであります。よく私共が句作時や、作品鑑賞のときに「どうも何々の感じが表現出来ない」とか、「これは何々の感じがよく出てゐる」とかその内容をなす中核について語るのはつまりこの種の感情のことであります。云ふまでもないでせうがこの種の感情は直接、身自らに於て体得したものでなくてはなりません。人の借りものはいけません。

また、俳句に現実の社会相、生活相を取り入れるに際しては、「知」を基にした、

公傷を重ねつつ鉄とたゝかへり
「十万円」支払ひ雑誌読んでゐる
灯の巷労群溢れ軍歌高し

といった句よりも、「情」を基とすべきだとして、実例をあげて左のように書く。

家は出て凹地の枯れに時消しぬ　種茅
何かわが急ぎゐたりき顔さむく　楸邨
外套の釦手ぐさにただならぬ世　草田男

之の句〔外套の釦、を指す〕は前二句が個人的環境から詠ひ出てゐるのと異り、今次日支事変が始つて以来のどこか緊張した社会のすがたを直接身を以て感じ、その感じから詠ひ出してゐる句です。

そこで前に挙げた三句〔公傷を、ほか三句〕とこの三句との比較ですが、誰しも断然この三句に深さも、切実さもあるのを見逃す訳にはゆかぬと思ひます。従つて私共は如何なる対象に対しても「情」を基として、その感じとつたものを中心に詠ひ出すといふ心構へを忘れてはならぬということになると思ひます。

『現代の秀句』と『高浜虚子』は、作家論である。前者には水原秋桜子、山口誓子、富安風生、中村草田男、加藤楸邨、篠原梵、石田波郷、中村汀女、林原耒井、前田普羅、渡辺水巴、飯田蛇笏、臼田亞浪を取り上げ、ことに優れた作品を評釈している。秀句を列挙しているためもあるが基本的に林火という人は、批判するよりは良いところを見つけて賞賛することが多いようだ。そうした点が俳句総合雑誌の編集に適していたのだろう。

加藤紫舟（明治三十七〜昭和二十五、一九〇四〜一九五〇）

紫舟は、会津生まれで、早稲田大学付属第一高等学院時代に早大俳句を起こし、早大在学中に俳句雑誌「黎明」を創刊主宰した。戦後の前衛俳句作家の一人、加藤郁乎の父である。

烏瓜の彼方古典のうたあらう
木菟鳴けり血族の顔読み易く

『俳句三十講』　昭和六年十月、Ｂ６判、五一四頁、上田泰文堂。
『俳句教書』　昭和十六年一月、Ｂ６判、二三二頁、大日本出版峯文荘。
『続俳句教書』　昭和十七年十二月、Ｂ６判、二三三頁、大日本出版文峯荘。

『俳句三十講』は、松本清張が参考にしたことで有名な木村毅の『小説研究十六講』（新潮社、大正十四）をはじめ、大正末期から昭和初期にかけてブームのように各社から刊行された「研究〇講」と題した一連の本の一冊。第一講「俳句の概念」から、第三十講「俳句評釈」まであるが、中に「宗教を詠む俳句に就て」、「幻想的な俳句を詠むに就て」、「機上車上船上の俳句制作に就て」、「波打たない俳句」など、他に見ない項目がある。

「幻想的な俳句を詠むに就て」では、加藤自身と友人の句をあげて、幻想的な俳句の要諦を解説している。

春暁の燭喰ひ消す鬼仏かな
亡き姉に虹のかゝりし土筆かな

強いて幻想界を描き出さうとしなくとも幻想界は独りでに湧いてくることが度々あります。何故かと云ひますと、俳句を詠まうとなさる方々はいろ〳〵なことに注意深く観察され、そしてそれ相当に境地を深めやうと努めて居られますから、或る事物が端をなして直ぐに幻想界を目のあたりに描き出さるゝやうであります。（略）

強いて幻想を呼び起し、それを俳句に詠んだものは、俳句そのものに於ては上手に詠まれたものであつたかも知れませんが、詠んでしまつた後が非常に不快であります。それ許かりでなく何時になつてもその作品を見て不快を覚えるものであります。これ即ち不自然な行為に基く作句であるが為めでせう。これに依つても俳句は恒に感情の自然を本位としなければならぬといふことが云ひ得るわけであります。

子息・加藤郁乎に「天文や大食《タージ》の天の鷹を馴らし」(『球体感覚』)という俳句があるのを思い出す。

『俳句教書』正編は、「俳句を詠む人のために」、「俳句」、「名吟鑑賞」、「俳句街道」、「俳句の精神」、付録として「新選俳句季語総覧」。続は、「俳句添削篇」、「句解篇」、「句評篇」、「俳句指導篇」、「俳句篇」で構成される。紫舟の俳句観は、『俳句教書』の「身に即した俳句へ」、「写生廃止小論」、「文字即我」、「個性俳句の一考察」といった見出しから連想できる。『続』は実作に基づく添削指導書であるため何例かの戦争俳句に関する記述があり、「戦争と俳句」というごく短い文章がある。

俳句は低俗なる趣味に遊ぶもの、又は余裕ある人々が玩弄するもの、などといふことを未だに考へてゐる人がないでもない。俳句がそんなに生ぬるいものであるならば、大東亜戦争の今日、既に俳句などは消えて無くなつてもい丶筈である。それにも拘らず、平時以上に俳句を作られる方が殖えて来てゐる。(略)そこで私は望む、仮りにも作られる俳句は戦地と銃後とを問はず、戦争の、又は戦争下の生活の報告であつてはならないことを。報告などは、ラジオや新聞等で充分である。俳句を作るならば、飽くまでも自分の俳句を作つてほしい。私が何時も叫んでゐる個性俳句を作つてほしいのである。

紫舟に『日本晴』という、昭和十九年三月に非売品で刊行された句集がある。A5判、九〇頁。あとがきに刊行の動機を次のように書いている。

昨年十二月八日のことである。早稲田大学久留米道場にゐた私は、入所生である専門部政治経済科の学徒二百名を引率して、大詔捧読式後直ちに多摩墓地へ行軍し、東郷元帥、山本元帥の墓前に大東亜戦必勝の参拝をしたのである。そのときである。過去四十年未だ経験したことのない純美・清浄なる日本晴をまのあたりにして、侵すべからざる気に打たれ

日本晴冬晴をこゝにお供へす

他数句をものしたのである。それ以来「日本晴」と銘打つた句集を出さうと心にきめ、一生懸命になつて句稿の整理にとりかゝつたやうなわけである。

加藤柴舟『日本晴』

昭和十六年十二月八日の太平洋戦争勃発から十八年十月の学徒出陣まで五百数十句が二十三の題名にそって収められている。戦争にちなむ俳句が多いことは確かだが、割合からいえばさほどではない。

すゞめすゞめ連想の春行き暮れぬ
山羊小山羊いつより余花の月嗅ぎに
鯉の眼がたゞ寂びきつて日永かな

山の青魚の背に落つ只見川
萩の山少年風を蹴つてくる

などという長閑で平和な句境が、戦争にちなむ句になると、急遽左のようになってしまう。

魂叫ぶ声なん冬日握るまゝ
海行かば陸行かば君と月ありぬ
大夕焼国念ふ拳ふりかざす
大いなる国のまばたき虹滅す（山本元帥の薨去を悼む）
国たたかふ風のまにまにつつじ咲く
夕焼に征かん祖国はたたかへる
大詔わが血を冬の太陽に捧ぐ
寒波轟々民一億の声と知れ（学徒出陣）
一億のこぶし冬日をつらぬかん（学徒出陣）

これでは個性俳句とは言いがたいのではないだろうか。この句集は高崎隆治の『戦争詩歌集事典』に掲載されていないから、珍しい本かもしれない。

加藤楸邨（明治三十八〜平成五、一九〇五〜一九九三）

初めに書いたように、楸邨の著書『俳句表現の道』が戦後も版元、装丁を変えて何度も刊行されていることに対する疑問が、本書執筆のそもそものきっかけであった。戦前戦中の楸邨については第Ｉ部で取り上げたので、ここでは書誌的な面のみ書くことにしたい。

鮟鱇の骨まで凍ててぶちきらる
寒雷やびりりびりりと真夜の玻璃
隠岐やいま木の芽をかこむ怒濤かな

凱旋兵冬木騒然と影をどり
英霊車子が母におしふ汗しつゝ
　武笠美人蕉を哭す
帽揺りてふたゝび黙す秋風裡

『俳句表現の道』　昭和十三年七月初版、Ｂ６判、一八四頁、交蘭社。昭和十六年五月第七版。

『現代俳句の中心問題』　昭和十五年三月、Ｂ６判、二二〇頁、交蘭社。

『俳句表現の道』は、邑書林『加藤楸邨初期評論集成』第五巻（一九九二年）の「初期執筆一覧」によれば、昭和十二年に一年間「馬酔木」に「俳句表現講座」と題して連載のものをまとめた著作である。

この本は、昭和十三年と十六年の版では装丁が違う。後の版のタイトルなどは楸邨の字ではないだろうか。おそらく、これも秋桜子からの独立を意味しているように思う。内容は「俳句表現の道」、「初めて俳句に志す方の為に」、「俳句研究室」からなる。この本は戦後昭和二十五年四月に作品社から『新稿俳句表現の道』（B６判、二六六頁）、さらに昭和二十六年十月には創藝社から内容は変わらないが装丁を変えて出されている。戦前版と戦後版とを比べると、基本的内容は同じだが、戦後版では「象徴的表現」、「詩型に就て」、「再び実例に触れて」を増補し、戦前の「俳句研究室」を「学校に於ける俳句指導に就いて」、「女性の俳句に就て」、「働きつつ俳句を作る」、「鑑賞と批評に就て」に変えている。

それよりも顕著な差は、戦前版の第一部にあたる「俳句表現の道」は、一二二頁から、戦後版は二〇三頁に増えているのだが、例句に用いられた水原秋桜子の句が、戦前は二十一句なのに戦後版は四句に大幅に減少していることだ。

楸邨がこの文章を「馬酔木」に連載していた時期は、秋桜子の勧めで粕壁中学の教員を辞し、東京文理科大学に学びながら、石田波郷と共に「馬酔木」編集を担当していた時期にあたる。出版もおそらくは秋桜子が楸邨の生活援助のために勧めたのであろうと推測する。楸邨が「寒雷」を創刊するのは昭和十五年十月である。

戦後版は、『加藤楸邨読本』の矢島房利による解題によれば、第一次大患中の著述で、『野哭』の絶

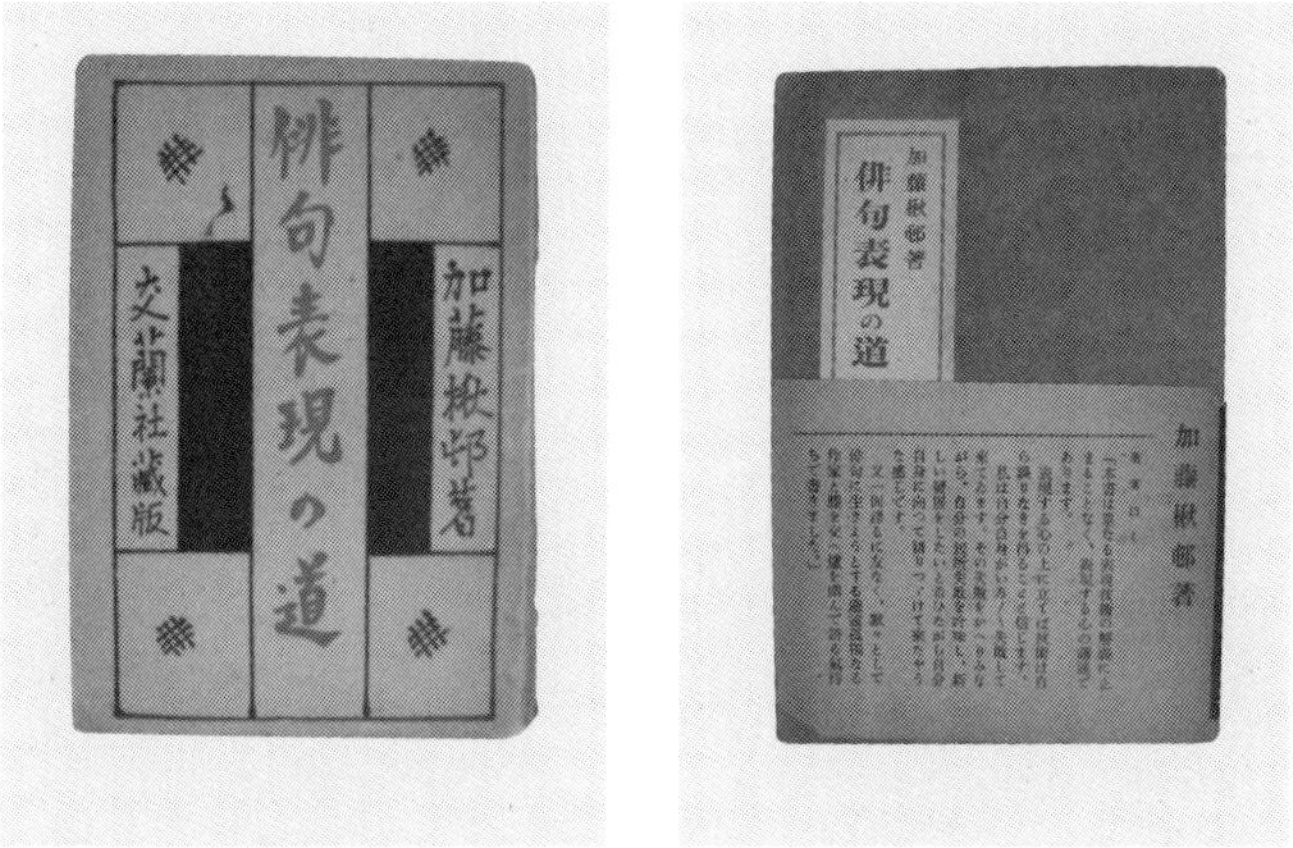

加藤楸邨『俳句表現の道』、昭和13年版(右)と16年版

唱を経て、ふたたび俳句表現論に目が向いていた時期の刊行のようだ。戦後版の序で「私の俳句に就ての考へは、自分の俳句とともに非常にかはつたので、手を入れてみたが、とても少しぐらゐの改訂では何ともならないことを知つた。そこで、各項にわたつて、殆ど全部書き替へたり、改変したり、新しい項を加へたりした結果、この書は全く新しいものと同様な変貌をしてしまつた」とある。それは例句の変化からも分かることで、いわば「馬酔木」から「寒雷」への変化に他ならないと思う。

『現代俳句の中心問題』は、『俳句表現の道』執筆時期を含む、昭和十一年十月から十四年十一月まで「新潮」に連載した「俳壇展望」をまとめた著作である。「現代俳句の中心問題」、「戦争と俳句の問題」、「俳句と人間の問題」、「書評」、「俳誌と作品の展望」の五部で構成。「戦争と俳句の問題」は、「戦争と俳句」、「戦争を如何に詠むか」、「誓子氏の戦争俳句論」、「戦地の俳句に就いて」、「『麦と兵隊』の俳句化に就いて」、「戦争俳句の進展」、「戦争俳句の深化」の七篇からなる。内容はほぼ第Ⅰ部で触れた。

長谷川素逝（明治四十～昭和二十一、一九〇七～一九四六）

素逝は、第Ⅰ部でも詳しくふれた。昭和十一年野村泊月が創刊した「桐の葉」を、昭和二十一年三月から主宰したが、間もなく死亡したため、再び野村泊月が継承した。

うちしきてあしたの沙羅のけがれなし
円光を著て鴛鴦の目をつむり
ふりむけば障子の桟に夜の深さ

向日葵畑ぷすとたま着て土けむり
麦の穂に倒れしづみしが起きて駈く
地図の上に汗をおとして命令聞く

『俳句誕生』　昭和十八年十一月、Ｂ６判、一九〇頁、文進堂。初版三千部とあるが古本でもほとんど見かけない本である。文進堂は大阪の版元で、袋綴じ本である。用紙事情の影響だろう。日本近代文学館には所蔵されているが、国立国会図書館や神奈川近代文学館には収蔵されていない。

『俳句誕生』は、巻頭に「一句一句の誕生の中で、一句を生み出すといふことについて、おしへられたこと、かへりみさせられたこと、うなづかさせられたこと、いましめられたこと等の自身への雑記帳である。」と書かれている。「凝視する」、「言葉も生きてゐる」、「ぢかに観る」、「ほんとうのもの」から「言葉の上での昂奮」、「戦争下の俳句」まで三十九篇で構成されている。「戦争下の俳句」の左の結論が素逝の本心であろう。

純粋の花鳥の世界も、この戦時下なればこそいよいよ俳句本来の世界として私たちの開拓を待つてもゐるのである。それはいくさと没交渉な別の世界のやうでもある。が、さうではない。
花鳥開拓とはいふものの、その世界を開拓するのは、――この花鳥の世界の真実をつかみ出すのは、戦争といふもののただ中にある私たちの心なのである。花鳥に対して不安を持つ人は、まづこのつながりに心を慰めたらよいだらう。私たち自身が戦争といふ現実を回避しない限り、俳句自身は決してそれと別個の世界に夢をむさぼつたりはしないのである。そして、かうして拓かれてゆく真実といふものにこそ、今まで、俳句本来の御奉公もあつたのである。俳句は、いよいよこの道に徹して行つたらよい。

長谷川素逝『俳句誕生』

戦争下の心そのものをもり上げようとする努力も亦、俳句の戦争への努力であるけれども俳句が俳句本来のこの道に徹してゆくことも亦、俳句自らの戦争への努力であるのだ。

素逝が俳句を目指すものへ、心がけるべきことを書き続けたものである。記されてはいないが、「桐の葉」に連載されたものではないだろうか。

岩田潔（明治四十四〜昭和三十七、一九一一〜一九六二）

潔は、詩作から出発し、俳句は最初、山本梅史主宰の「泉」に拠ったが、後に日野草城の「旗艦」、吉岡禅寺洞の「天の川」、飯田蛇笏の「雲母」などを転々とし、戦後は無所属で多くの評論を書いた。旧号は雨谷。

ギヤマンに葡萄溢れつ祭宿
父の忌や忽然として夕鳴子
北国の海たゞ暗きマントかな

『俳句の宿命』昭和十六年十月、B６判、二九二頁、七丈書院。昭和十八年七月第三版。
『現代の俳句』昭和十六年十月、B６判、二五三頁、ぐろりあ・そさえて。昭和十七年三月第三版。
棟方志功の装丁である。この本には前書きも後書きもない。

この二冊の初版の発行日は、奥付上は全く同じ十月二十日である。『現代の俳句』の第三版の奥付には、日本出版文化協会の承認番号の記載はないが、『俳句の宿命』の十八年版には、日本出版会承認の記載がある。これは昭和十八年三月に、組織の改編があり、国家総動員法に基づく出版事業令ができたためだろう。さらに『俳句の宿命』の表題は、左から右に書かれているが、初版はどうなのか。十八年ころに横書きの表記が、右書きから左書きに変わったのかもしれない。

『俳句の宿命』は三章三十六節からなるが、中でも、「俳句の現代的意義」、「時局と俳句」が注目される。昭和十二年四月と、同年十月の文章だが、日中戦争の発端となる同年七月の盧溝橋事件をはさみ、岩田の意識にも変化が起きているのが読み取れる。「俳句の現代的意義」では左のように書いている。

俳句が今日のやうに旺に行はれてゐることは、一面に於て、此の時代の暗さを物語つてゐはしまいかと私は思ふ。云つてみれば現代は言ふべきことの思ふがまゝには言へぬ時代である。眼にみえぬものに沈黙を強ひられてゐるやうな時代である。さればこそ人々は「諷刺」といふやうな裏からの手段を用ひるのである。真正面からもの言はれぬため、何かに諷して寸鉄の志を叙べようとするのである。昨今しきりに諷刺小説や諷刺詩などの提唱される所以であるが、これと多少似通つた気持が人々の俳句を作る心理の中に働いてゐると思ふ。（略）時代の暗さに堪へ、生活の重圧にうちひしがれながら意識的にまた無意識的に俳句のやうな宿命的な詩形式を択んだ人たちの無気味に光る忍従の眼を考へねばならないのだ。

「時局と俳句」には次の文がある。

社会が変化し、現実が変化してをれば、自然の相もそれを自づと反映してをつて、自然そのものを抽象して眺めることは困難なことであるが、自然を人生との有機的な関係の下に把握され得たならば、かうした現下の時局に処して俳句の活き得る道はなほ有る筈であると思ふ。（略）事変の拡大進展と共に、戦争文学が擡頭し始めるやうに、今日のやうな時局に於て、俳句を一層現実に近づけようとし、又、生活と俳句を一元的なものとしようとしたならば、時局風景を詠つた俳句の旺となつて来ることは不可避のことであらう。

岩田は、西洋風な詩の世界から俳句に入ったため、個人の意識を尊重する考えが強かったが、いったん戦時ともなれば、右に見るように半年の間でがらっと意識が変わることもあるのであろう。

『現代の俳句』は、俳句作家論集で、飯田蛇笏、前田普羅、水原秋桜子、山口誓子、日野草城、吉岡禅寺洞、高浜虚子、後藤夜半、森川暁水、杉田久女、中村汀女、星野立子、芝不器男、朝木奏鳳、佐々木有風、川端茅舎、長谷川素逝、中村草田男を取り上げている。岩田自身も師事した蛇笏の句に、次のような解釈をしている。西洋文学を念頭に俳句を論じるのが、岩田の特色であったようだ。

雪晴れて我冬帽の蒼さかな　　蛇笏
雪踏んで靴くろ〴〵と獄吏かな　　同

これらの句から、私は晩年のトルストイの貌をさへ想ひ浮べるのだ。八十を超ゆること二歳、その死の齢に求道の念ひ抑へ難く飄然と漂泊の途に上つたトルストイ。（略）「雪踏んで靴くろぐろと獄吏かな」、トルストイの風体もさながら獄吏を想はすが、その心もまた獄吏のそれのやうに荒涼としてゐたのではあるまいか。（略）さき頃或る人が「俳句は強靭なる詩である」と言つた。一句の中に感動をぎりぎりに凝縮しなければならぬ意味に於て、全く俳句ほど強靭無類の詩も寡いやうな気がする。

長谷川素逝を論じた文章では、一句も戦争俳句が取り上げられていない。しかし、左の文章は素逝の一面を見事に捉えていると思う。

トンネルの桜並木や駒をやる　　素逝
駒並めて行くに行く手の花吹雪　　同

共に調べの穏和な句で、女性の作品にみるやうな柔かい感受性がほんのりと浮き出てゐる。

作法講座類

『俳句作法講座』全三巻　昭和十年九月〜十一月、Ｂ６判、四六七、四九二、五一〇頁、改造社。

第一巻は芭蕉以降の名家の名句の解説、第二巻は文法と新傾向、自由律俳句の紹介。第三巻が作法編に当たる。虚子はないが、他の大御所連がほとんど執筆している。秋桜子、誓子あたりが若手か。やはり昭和十年の本だから古い感じだ。

参考までに「作法編」の第三巻目次を紹介しよう。

初心の方の参考に　長谷川かな女
自作の体験を語る　吉岡禅寺洞
句帖をひろげて　西山泊雲
初心者のために　前田普羅
拙句小解　青木月斗
添削実例　原石鼎
添削実例整形外科室　本田一杉
句会について　池内たけし
吟行について　富安風生
婦人と俳句に就て　長谷川かな女
色紙短冊書法　伊藤松宇

なお、改造社からはこの『俳句作法講座』全三巻に先立ち、『俳句講座　第三巻　概論作法篇』（昭和七）、『続俳句講座　第五巻　作句指導篇』（昭和九）が出ている。


日本文学報国会編『俳句年鑑』昭和十九年二月、B6判、三五八頁、桃蹊書房。

日本文学報国会編『俳句のすゝめ』昭和十九年六月、A6判、一六七頁、三省堂。

日本文学報国会は昭和十七年五月設立、俳句部会も、昭和十五年二月に設立されていた日本俳句作

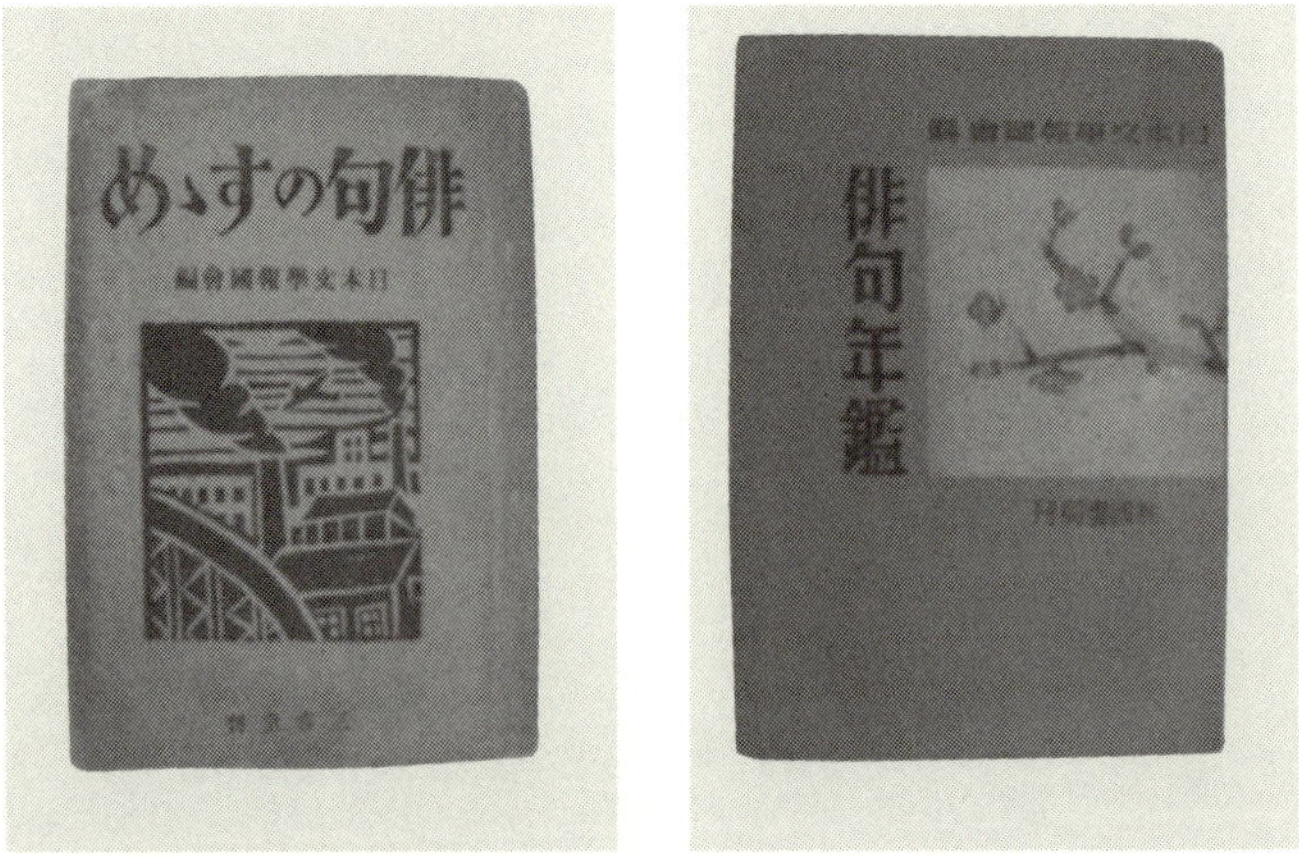

日本文学報国会編『俳句年鑑』『俳句のすゝめ』

家協会を発展解消し、報国会に包含された。会長は高浜虚子、理事水原秋桜子、幹事長富安風生、常任幹事麻田椎花、伊東月草、中塚一碧楼、深川正一郎、前田雀郎、山口青邨、渡辺水巴。幹事には川上三太郎、評議員には坂井久良岐などの川柳人も含まれていた。

以上の経緯と、その後昭和十七年十二月までの俳句部会の動向は『俳句年鑑』巻末の「日本文学報国会俳句部会紀要」に詳細に出ている。『俳句年鑑』の編纂は秋山秋紅蓼、伊東月草、伊藤柏翠、高木蒼梧、為成菖蒲園、中塚一碧楼、深川正一郎、三宅清太郎。内容は昭和十七年俳句界概観、作品、記事目録、書目解題、作者略伝、主要雑誌、日本文学報国会俳句部会紀要から構成。

『俳句のすゝめ』は、昭和十七年八月、俳句部会で入門書作成を決定、その草稿を懸賞付で応募、四十数篇の応募があり、松本たかし、大野林火、伊東月草が審査にあたったが、そのまま利用できるものはなく、横山修蔵、佐野峰村の二篇を入選とし、それを元に委員会で編纂した。最終的に高浜虚子に校閲を求める予定だったが、病伏中のためかかわらなかったらしい。内容は、「俳句の輪郭」、「俳句の作り方」、「作句の態度」、「俳句の歴史」、及び付録として「季寄せ」を付けた。「作句の態度」に次のように書いている。

この戦は敵性国家を覆滅せずには止まない大戦争であると共に、一方に大東亜共栄圏の建設といふ大事業を伴つてゐます。あらゆる困難を克服して行かねばならぬ前途の長い戦です。緊張すと同時に、急《せ》かず焦らず、しつかり腰を据ゑて取りかゝるのでなければ、戦ひつゝ建設するといふ二者一体となつた雄大な事業を成し遂げるわけにはいかないでせう。其辺に俳句の登場して来る一つの役割が認められます。

同時期に発行されていた入門書と比べて、内容的にも質的にも個性は感じられない。

以上、この数年の間に収集した俳句入門書、理論書を上げたが、気づかれたことがあるだろうか。俳句に限らず、文学は出版と密接な関係がある。江戸期の木版による出版も、文学や学芸の普及に貢献したが、近代の印刷技術の発達が及ぼした影響力はその比ではない。近代的な出版業の発達がなければ、文学が広く国民に浸透していくことは不可能であった。中でも、大正から昭和前期の文学興隆に果たした博文館、春陽堂、新潮社、文藝春秋社、講談社、改造社、中央公論社、など大手出版社の役割は大きかった。

ただし、それは同じ文学の分野でもほぼ小説に限られ、詩、短歌、俳句などの短詩系になると、まるで様相が異なる。多くは小さな出版社からの刊行であり、自費出版によるものも少なくないのである。明治期の正岡子規や内藤鳴雪、大野洒竹などの著書は博文館や春陽堂からのものもあるが、自らも俳人であった籾山梓月の俳書堂の出版が多かった。第Ⅱ部で取り上げてきた入門書も、ほとんどがマイナーな出版社の刊行物であることが分かる。それは句集でも同様であり、第Ⅰ部で取り上げた、俳句史上に輝く名句集といえども例外ではない。

リストに上げた中では比較的に、交蘭社や第一書房の出版物が多い。共に詩集なども数多く刊行した出版社で、文学史上でも重要な出版社であるが、新潮社や中央公論社のような大手ではない。交蘭社からは、秋桜子の本がたくさん出ていて関係の深さを物語るが、秋桜子の弟子であった楸邨の著書も交蘭社が多い。そうした人脈の問題は無視できない。楸邨主宰の「寒雷」の発行元も、最初は交蘭社であったが、後に自ら寒雷発行所を作って刊行するようになった。第Ⅰ部で、草田男の「萬緑」発行にからむ問題を取り上げたが、雑誌の発行は俳句理論とは別問題なのである。

新興俳句の隆盛には、三省堂書店が大きく関係していることもリストから分かる。三省堂は辞書出版の最大手である。俳書出版が多いのは意外でもあるが、これは当時の三省堂出版部に、新興派俳人でもあった阿部筲人《しょうじん》が出版部長でおり、その下には「京大俳句」の渡辺白泉がいたことと無関係ではない。

リスト中で唯一、新潮社から刊行された嶋田青峯『俳句の作り方』は、手元に初版から三年後の二十八版がある。入門百科叢書の一冊として刊行されたものであり、内容にもよるのだろうが、新潮社の力なくしてはこの普及はありえないだろう。

　戦後の短歌界で、鎌田敬止の白玉書房から歌集を出すことがステータスであったように、俳句の世界では、沢田伊四郎の龍星閣から句集や随筆集を刊行することは、俳人のステータスであったといえよう。この二社も社主の個人的性格が強い出版社であった。

　戦前唯一の俳句総合誌であった「俳句研究」は、本書執筆上の最重要の基本資料である。当然俳句界にとっても大きな存在だったが、その発行元である改造社からは、『俳句講座』や全三冊の『俳句作法講座』があるだけで、俳壇に隠然たる力を持った虚子や秋桜子の著書も、「俳句研究」の常連執筆者であった若きモダニズム俳人誓子や草城の著書も、刊行されていない。それは、日本の近代出版産業の主流が雑誌であったことにもよろうが、それ以前の問題として、大手出版社の仕事としては、俳句は大きなマーケットたり得なかったということだろう。現在の俳句界も基本的には変わらないと思うが、俳句を作る人々の関心は自らが属する結社内、もっとはっきりいえば、自分の師匠なり尊敬する先輩同人の著書に限られる傾向が高いのである。

　だから、本書で詳しく取り上げてきたさまざまな俳句をめぐる論争も、俳句を作るすべての人々の関心事であったというよりは、俳壇上層部の論争であり、例えば「成層圏」に集った、若くて理論好きな高校生・大学生などのテーマに終始してしまったのではないだろうか。

　俳句理論にまつわる論争は、基本的には十七音という極端に短い詩形からすべて派生しているといえるだろう。それゆえに論争は常に日本語の持つ潜在能力の可能性追究の問題でもある。ことに戦争をテーマとする俳句などは、その人の生き方がストレートに作品に反映されていくという意味でも、俳句という枠を超えて多くの人が関心をもってくれるとよいのだが、俳句人口の多さにもかかわらず、現実には関心は薄いといわざるをえない。

吉岡禅寺洞主宰「天の川」と石田波郷主宰「鶴」

本書の二回目の推敲が終わったところで、僥倖ともいうべきか、吉岡禅寺洞が主宰した俳句結社誌「天の川」(大正七年創刊、福岡)の昭和十四年一月号から十八年十二月号(この号で終刊)までを入手することができた。すでに石田波郷主宰の「鶴」(昭和十二年創刊、東京)昭和十八年五月号から十九年七・八月合併号(翌九月号で休刊)は所持していた。「天の川」は新興俳句、特に無季俳句を代表する結社誌の一つであり、一方「鶴」は、有季定型しかも韻文精神を標榜した俳句雑誌である。この二誌を得たことで、俳句論としては両極にあった俳句雑誌の、戦時中終刊にいたる経緯を比較してみることができるようになった。禅寺洞と波郷は、戦時中の俳人として重要な存在だが、俳句入門書が無いため、第Ⅱ部で取り上げることができなかった。ここでは、主宰した雑誌の動向を追うことで二人について考えたたい。

「天の川」を主宰した吉岡禅寺洞(明治二十二~昭和三十六、一八八九~一九六一)については、第Ⅰ部の山口誓子との戦争俳句における国民感情をめぐっての論争のところで少し触れた。新興無季俳句といえば「京大俳句事件」に象徴されるように、自由主義的な反戦意識の強いものと考えがちだが、

「天の川」はむしろ俳句による戦意高揚を前面に打ち出した俳句雑誌である。昭和初期の同人からは、蕪村の俳句のような作風の芝不器男や、新興俳句の篠原鳳作、横山白虹など著名な俳人を輩出しているが、国全体が戦争体制に突入していくのと並行して戦意高揚へと傾いていった俳句雑誌である。「鶴」は、反戦思想を標榜した雑誌ではないが、近世俳諧における連句の発句、つまり徹底した5・7・5の定型と季語の使用を絶対とした。ただ「ホトトギス」のような花鳥諷詠ではなく生活俳句を標榜し、誌面には皆無ではないが戦意高揚的な要素はほとんどない。純芸術的な俳句雑誌である。もともと、田中午次郎の俳句雑誌「馬」と、石橋辰之助が主宰誌「樹氷林」を解散すると同時に、「馬酔木」を離脱したのをうけて、波郷が「馬」「樹氷林」の両誌を合わせて創刊した。波郷も後に（昭和十七年四月）「馬酔木」同人を辞している。主宰は波郷だが、実際の編集や実務は、小説家横光利一の弟子で、東京堂や書物展望社を経て、沙羅書店を経営していた石塚友二（明治三十九～昭和六十一、一九〇六～一九八六）が担っていた。

以上のような点からいえば、「天の川」は当時の国の方針に沿うもののはずだが、「鶴」よりも一年九カ月も前に休刊に追い込まれている。この時期の「鶴」編集部の発言を見ていくと、雑誌存続のために、会員配布制にして無駄を省くなど懸命な努力の様子がわかる。第Ⅰ部でも触れた「寒雷」の戦中の休刊は昭和二十年一月号、「馬酔木」は昭和二十年二月号（三・四合併号は終戦後の二十年秋に出たようだ）、「ホトトギス」は昭和二十年五月号まで刊行されている。「馬酔木」の水原秋桜子や「ホトトギス」の高浜虚子は第Ⅰ部でも書いたように、日本文学報国会の最高幹部であり、「寒雷」は休刊の危機を出版協会雑誌部委員であった中村草田男の一言で延命できた。「鶴」は、波郷も友二も日本文学報国会の委員ではない（共に日本文学報国会に就職しているが、委員ではなかった）ことを考えると、雑誌存続のための苦労や、努力の程が察せられる。
　これらの俳句雑誌の中でも「天の川」は最も戦争に対しては積極的な姿勢を取り続けたのにもかかわらず、なぜいち早く休刊に追い込まれたのか、不思議ではある。発行地が福岡であり、資材の調達や印刷所の面で困難であったのか、ほかの理由があったのか。いろいろに想像がかきたてられる。まず、この時期の「天の川」の編集方針にかかわる重要な記事を時間にそって見て行こう。

　昭和十五年十月号　「新体制と俳句」　吉岡禅寺洞

国民として新体制精神に背馳する者は断じてあるまいと思ふ。がひとたびそれが俳句作者となると、甚だしく背馳してゐるのである。これはあまりに旧念に支配されてゐる俳句至上主義のためであらうが、これに気づかない人々も無論あるにちがひない。
　いづれにせよそれは速かにかゝる誤りたる指導原理を精算して、新体制精神に合致すべきであり、それを私は我国民詩としての俳句のために希求してやまない次第である。それから俳句をして思想的イデオロギーに関与せしむるやうな者があるとすれば、それこそ国家としては無論、俳句の敵として撃たねばならぬ、これを撃つと共に、国民の遊惰安逸を貪らしむるところの風流的俳句作家をも詰問の鞭を下すべきであり、その指導原理を改めさすべきである。

　同号　「社告」　天の川社

一、「天の川」は今後「新興俳句」の名称を放棄します。私達の俳句が正しい限り、新興俳句の名は不要であることは古い以前から言はれて来たことでありましたが、今やその時期が到来しました。今後一切「新興」の文字を放棄し自ら以て正しい俳句なる自覚のもとに出発します。

昭和十六年八月号「天の川の主張」　吉岡禅寺洞

一、天の川は遠祖の大理想たる創造、開発の民族精神によつて、生活し俳句す。故に日本詩歌の本道に、俳句をして位相せしめ、中（筆者注——ペン字で近と訂正してある）世期に於ける所謂俳諧趣味（敗北的なる）の偏狭的思想をとらず。

二、連句の発句に於ける季題、五、七、五三音節、切れ字を三要素とする制約を、連句の発句に非ざる俳句に踏襲する不合理をとらず。即ち、

イ、有季俳句、無季俳句、ともにこれを容認す。

ロ、五、七、五三音節を本格とし、一字の過不足あるとき、これを破調なりとする発句の制約を脱皮し、一個独立したる短詩俳句として、十六七音より二十二三音に至る律調を以て定型量とする。

ハ、切れ字の有無にかゝはらず。

三、天の川は俳句と唱へながら、尚且発句の制約と、偏狭的思想に跼蹐する俳壇の蒙を啓くべく、埋もれたる正岡子規の遺業の、俳句機構を真に世に伝へ、その精神を体して、正しく新しき国民詩俳句の確立に努む。

昭和十八年十二月号　終刊の辞　　吉岡禅寺洞

一片の紙幅つもれば
軍需の船足を捉へ
人を電力を食む
戦局ますます苛烈
われらいまは
鬼畜米英を撃つことあるのみ
さればこゝに
天の川を祖国に捧げ
一片の紙幅をして
斬魔の剣とせん

同号　編輯後記　　吉岡禅寺洞

二十六年有余書きつゞけてきた後記の最後である。私の一生の仕事（雑誌の）もこゝに終るのであるが、それが祖国のために捧げることによつて終るのを此上なき本懐とする。しかし私の句作道が終るのではない。否ます〳〵この道に精進して行く覚悟である。

諸君は紙を通しての発表の便宜の慣習をすて、戦争を戦ひ、生産を拡充し、句道にいそしみ

「紙はなくともよい」といふこと、これが戦時下作者の心であつて欲しいのである。たゞいちづにかちぬくまでは。

当局から最初出版企業整備に於ける俳誌合同のお話があつたので、これをおうけした。が今は残存せんがために汲々たるべき秋ではなく、直ちに合同をとり消し自発的に廃刊の手続を了した次第である。（略）

永い間御援助下さつた同人並に天の川の強靭なる精神によつて、大東亜圏のいづくにあつても作り得る俳句の指導原理を以て国民詩俳句にまで革正の一途を共につゞけて来られた諸君に満腔の謝意を表する。

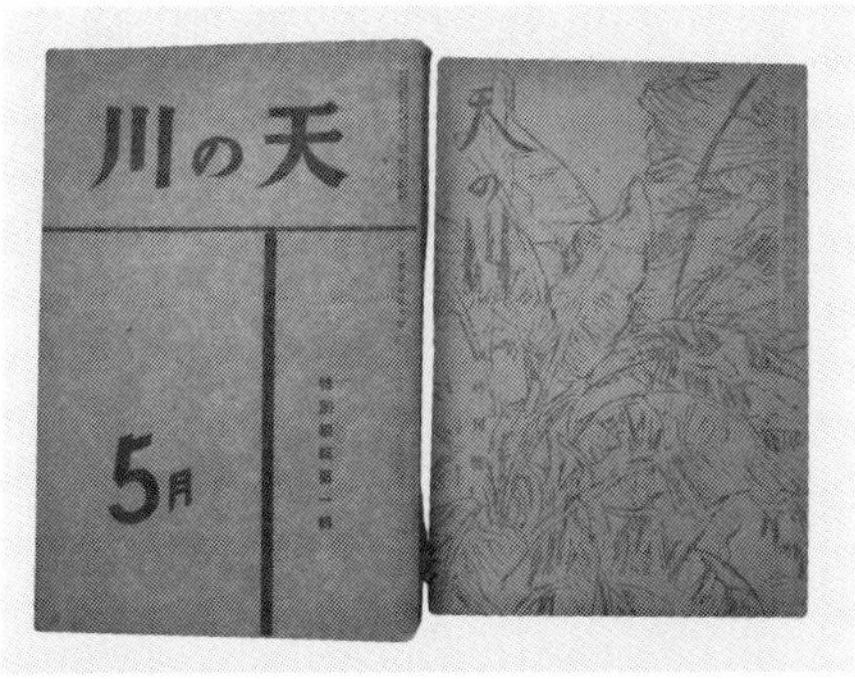

「天の川」、昭和16年5月号（左）、昭和18年12月終刊号

昭和十五年十月の「新体制と俳句」は、折からの「京大俳句事件」を受けての転向声明であったといわれ、一説に禅寺洞の従兄である戦時中のジャーナリストで衆議院議員でもあった東方同志会の中野正剛の勧めがあったともいう。中野は国家主義者ではあるが、リベラルな面もあり長引く戦争を懸念して東条英機に反発、盛んな論陣を展開したが、東条の画策で昭和十八年十月二十七日に割腹自殺している。吉岡の「廃刊」宣言の裏にそうした事情もあったのかもしれない。

今回入手した「天の川」には、旧蔵者が投句した折の下書きなどが何枚か挟まれていて、そこから旧蔵者の名前が分かった。昭和十八年九月号に「雅俗」を寄稿している渋谷宗光という方だ。芭蕉俳諧における「雅俗」の問題を、山口誓子と能勢朝次が「俳句研究」に書いた論考を取り上げながら考察したもので、「俳諧の誠は俗と雅との二者が一になつて国を背負ふ文学精神とならねばならぬ。此の誠の美は古代からの文学を貫いて不易流行に動くと思われる」と書いている。その渋谷が禅寺洞の俳句への感想を漏らした紙片が出てきた。禅寺洞の「祖国と初夏の故郷」という、ほかの雑誌に発表した十一句を「天の川」に採録したものだ。

祖国（「軍人援護」十七年七月）

すめらぎの国の穂麦に燕くる
祖国あり早苗のみどりきよらかに
天照るや田植さやかに押しすゝむ
田掻馬天照る朝のしぶきあげ
穂麦照るふるさとの香に帰還せり

初夏の故郷（「女学生」十七年七月）

ふるさとの菜穂の青磁きよらかに
道置く紋白ばかりとんでゐる
防風の花のひそかに砂灼けぬ

ぎしぎしの穂もこれからの暑にいどむ
ぬきもてる麦の黒穂に春がゆく
新墾の水のゆたかに燕きぬ

これらの句に対してか、当時の禅寺洞の作品全体についてのものか、渋谷は左のような感想を書いた。

禅寺洞の句はよいのか悪いのかわからぬ。具体的写実と叙情と文美には劣る。ただ強靭なる意欲のみだ。

一紙片に書かれたものだけで判断などできないが、禅寺洞の意識が一人高揚し他の同人から乖離していたところもあるのかという気もする。廃刊の決意をするには様々な要因が重なっていたのであろう。禅寺洞の作品のすべてではないが、「天の川」巻頭に掲載する自作は、一行ではなく多行形式にしている。太平洋戦争勃発後の昭和十七年二月号では巻頭扉に昭和十二年の作を掲げている。

人聖く
わたつみを征き
空を
征けり

この俳句の多行形式表現は、禅寺洞が先鞭をつけたものだが、高柳重信など、戦後の前衛俳句においてさらに意識的に使われるようになった。

一方の「鶴」にも複雑な内部事情を示す文章が掲載されている。十九年一月号の「所感」と題された石塚友二の一篇である。少々長い引用になる。

「鶴」も第八巻の新春を迎へ得た。昭和十二年十一月第一号を関口久雄の編輯発行したに始まり、第二号以下石田波郷を編輯発行の名儀人とし、同時に発行所を渋谷神宮通の石塚友二方に移し、志摩芳次郎、大島四月草、石塚友二の編輯員を掲げて新発足して以来、号を重ねること七十を超え、漸く世評の波間にその存在を認められるまでに立至つた。この間、経営を担当し、且つ大部分の編輯も殆ど自分一個で当面して来たが、中道幾度か経営の困難に逢着した。そしてその困難に逢ふ毎に激励鼓舞の言葉を与へられるかはりに速かな廃刊の勧告を受けねばならなかつたこと、「俳句愛憎」に収載された石田波郷の一篇の文章の通りであつた。もともとこれは私個人に対する愛情と好意に発する忠言には違ひなかつたが、年少の折よりの友人であり、薦めて俳句の世界に導き、率先して鶴同人に挙げた最も側近の友であるべき大島四月草が、「俳句愛憎」の文章に於ける石田波郷の口吻をそのまま移して眼前に立ち現れたには驚きもしたが、（略）重大な時局に際会して、現在の形のままの「鶴」は或ひはこの号あたりを以て当分最後としなければならぬのではないかと考へられる情勢に在り、（略）しかしながら、いかなる非常事態に直面しようとも、否寧ろ非常事態の激しさの高まるに従ひ、われわれの主張たる俳句精神徹底の実践はあくまで厳乎としてなされなければならぬ。それは君国に一身を捧げて莞爾と戦野に赴いた石田波郷の精神の敷衍であり、続き征つた大島四月草の希ひの成就であり、それはまた俳句を学ぶものとして継がなければならぬわれわれの絶対な義務である。

「鶴」昭和19年7・8月号（左）、昭和21年8・9月号

この発言がなされる背景として、昭和十八年四月に、「鶴」同人のうち石田波郷、志摩芳次郎など九名の発起人で「風切会」を設立、「俳句の韻文精神徹底」「豊饒なる自然と剛直なる生活表現」「時局社会が俳句に要求するものを高々と表現すること」という「宣言」がなされたという内部の事情がある（五月号掲載）。この発起人の中に友二は入っていない。「宣言」の中に次の文章がある。

わが国が今日のやうな非常時局に際会したことはかつてなく、この時にあたり独り俳人のみが遊び的俳句をつくつて惰眠をむさぼつてゐていい筈がない。いま米英打倒といふ大きな目的のまへに、我々国民は一つのかたく結ばれた同志である。いままでは「鶴」誌上を通じて馴染みとなつた俳句同好者の集りでよかつたが、今日は単なる編輯者と読者、選者と投稿者の生ぬるい関係であつてはならない。

もともと「鶴」創刊にあたって波郷は、沙羅書店を経営していた友二に、発行所になってくれるように懇願したという経緯があった。「風切」は昭和十八年六月号一冊で終わってしまうが、懸命に雑誌存続に努力していた友二にとっては裏切りにも等しい行為だったろう。実務的な友二と、よく言えば芸術家肌、風狂の俳人波郷とはいろいろ行き違いがあったことは、戦後の友二の回想「鶴創刊当時のこと」(「俳句」昭和三十二年十二月号、石田波郷特集号)にも出ている。

「所感」を書いた翌十九年二月号に、友二と鶴同人の名で、「急告」として、次の方針を発表した。

従来編輯後記其他にて屡々予告した如く、現在の儘の形では近き将来愈々雑誌発行は不可能となる模様である。素よりこの事は我等の予て期したる処、俳句に挺身せんとする我等の決意は、これによつて微動だにするものではない。雑誌などいふもののなかつた元禄、天明の俳壇の盛況を想へば、今更何も苦しんで雑誌に恋々と執着する必要はないのである。併しながら、結社鶴は万難を排して維持せねばならない。

右のように告げて、昭和十九年三月より「鶴」は会員制度に変更された。しかし、用紙が入手困難となり、ガリ版印刷となった九月号で休刊することになる。

波郷は、昭和十八年九月に召集されて以降も、「鶴」へ作品を送っている。同年十二月号には「貨車の中」と題された十句が掲載されている。

出征つや疾風のごとく稲雀
オリオンを低くとぼしぬ秋夜行
朝寒の鷺の小膝の水皺かな
白露の日本の子等を目にのこす
午すぎに過ぎし近江や秋の風
宇治川のはじまる水や秋の風
暁けたるや萩おどろなる何の山
秋晴や勅諭誦す貨車の中
朝霧に励家は何の鉄を打つ
　出発
朝寒の月暈きたり栄あれや

古典的な作風というか、主張する韻文精神のみなぎる作品である。

清田昌弘著『石塚友二伝――俳人・作家・出版人』（沖積舎、平成十四）には、「鶴」をめぐる、さらに複雑な内部事情が描かれている。基本的に、波郷と友二の俳句観に大きな相違はないが、波郷にはなぜか友二と相容れない面があった。波郷は召集後も「鶴」や「風切」の事が気になり、志摩芳次郎などに手紙を出していたという。友二の編集が意に添わなかったようだ。『石田波郷全集』（富士見書房）第十巻の書簡篇には、当時の志摩への書簡は掲載されていないので詳しいことは分からない。しかし、波郷は昭和十八年九月、出征はしたが、病で翌年六月には除隊、兵役免除となる。その後の昭和二十年終戦前の友二宛書簡三通を読むと、敗戦必至の状況の中でも、「鶴」の発行所を東北に移して何とか継続発行すべく画策するなど並々ならぬ俳句への執着を見せている。さらに戦後の友二宛書簡を読んでも、「鶴」復刊へ向けての波郷の熱意は伝わるが、友二を利用しようとする波郷の打算も隠せない。次々に新しい企画が生まれる天才肌の波郷と、実直に「鶴」を守ろうとする友二、この壁は高い。

戦後、「天の川」は、昭和二十二年八月に復刊、「鶴」は昭和二十一年三月に復刊する。終戦を迎え、戦時体制下の圧力は無くなったが、今度は、ＧＨＱによる制約と、「第二芸術論」という、新たな課題が両誌に降りかかることになるのだ。

あとがき

本書の執筆を始めて八年になる。いつの頃からか、表現に携わる人たちの戦中から終戦直後へかけての生き方に興味を持つようになった。以前から、新しい本よりも、時代や人の手を経てきた古本、マニアが収集の対象とするような稀少な本ではなくて、粗末だけれども著者の思いがこもったような文字通りの古本や古雑誌が好きで、目に付き次第さまざまな分野の古本を買い集めてきた。買い続けているうちに自然と、戦中から終戦後にかけての文献に集中するようになった。

これは振り返って見ると、私の仕事である「日本古書通信」編集の中で知り合った近代文学研究の高橋新太郎さんや保昌正夫さんの影響が大きい。お二人ともすでに故人となられて久しいが、共に研究の核に、敗戦後、文学者や研究者が、戦争期の言動をどのように反省し、再出発をとげたかという視点をお持ちだった。しかも、その検証の重点を資料の収集におかれていた。戦争期を直に体験されていたことも当然その研究の基礎にあった。お二人と違い、私には戦争の記憶がないが、仕事柄、資料の収集には有利な立場にある。本書のテーマである戦中、終戦直後の俳句関係資料は、注意していれば多くを集めることができる。人の記憶や回想には何がしかの編集が加味されるが、資料は誤りはあるが、嘘をつかない。本書はいわば、その収集資料の記録のようなものだ。歴史の検証には、当事者や関係者への取材を重ねることも方法であるが、本書では一切していない。資料のみを根拠とした。古書の世界で生きてきた者のやり方である。

言葉を命とする俳人たちが、戦争という非常事態の中で、どのようにその表現の思いや姿を変えたのか、あるいは維持したのか、それを探るには時間の流れにそって当時の資料を収集し、読み解いていくしかない。そして、そこに浮かび上がってきたのは、平時も戦時も基本はほとんど変わらない人間の性《さが》であった。

資料を通して一人の俳人の創作や言動を追っていくと、時代の推移の中での師弟や同人同士、あるいは家族、版元との関係など、さまざまなしがらみの中で生きる人間の姿が見えてくる。つくづく人間ほど興味深いものはないと思うのだ。

表現者は常にその生き方が問われている。戦時には大きな力によって表現の自由が周りからも、自らの内からも規制される難しさがある。また、どんな時代にも、表現の新しさを求め、旧い自分を乗り越えていくには、身をも引き裂くような困難が付きまとうのだ。俳句が風流を大切にする文学であることも確かである。同時に、風流であるために、厳しい現実と戦わねばならない時代がある。戦時はそれが極端な形で現われる。自らを時代の外に置くことも一つの生き方ではあるが、結局は逃避でしかない。

現実を見る勇気を持つこと、その現実を直視して表現することは、表現者にとって最も大切なことである。しかし、その表現が豊かな想像力に支えられ、自由であることは、個性を圧殺する戦時にあっては、難しく、困難なことだ。その困難に立ち向かうことが即ち表現となることを、この八年間、資料を探し、読み、書くことで、はっきりと知ることができた。

その一方で、俳句の世界には師弟関係が良くも悪くも重くのしかかっている。それは理論や理屈を超えた問題で、資料を追っていくうちに気がついてはいたが、私が三十三年間師事した八木福次郎が、本書執筆中の二〇一二年二月に亡くなり、その死という現実に私自身が直面して、本書の見えないでいた結節点が見えたような気がした。時代という壁、師匠という壁、それら乗り越えるべき壁から逃げずに、真摯に感じ続けることが大切なんだろうと思う。

本書は、私が所属する俳句同人誌「鬣《たてがみ》」に連載したものが核となっている。ほとんど何も分からないところから、資料を集め読んで考えていく、というような、気ままな連載を許してくれた林桂、水野真由美をはじめとする同人たちと、一冊にまとめるにあたりさまざまなアドヴァイスをしてくれた、トランスビューの中嶋廣さんに心より感謝したい。

二〇一三年十二月

著　者

樽見　博（たるみ　ひろし）

昭和29年、茨城県生まれ。法政大学法学部政治学科卒業。昭和54年1月、日本古書通信社に入社、故八木福次郎の下で雑誌「日本古書通信」の編集に携わる。平成20年4月より編集長。著書に『古本ずき』（私家版）、『古本通』『三度のメシより古本！』『古本愛』（以上、平凡社）がある。俳句同人誌『鬣（たてがみ）』のエッセイ・評論部門同人。

戦争俳句と俳人たち

二〇一四年二月五日　初版第一刷発行

著　者　樽見　博

発行者　中嶋　廣

発行所　株式会社トランスビュー
東京都中央区日本橋浜町二―一〇―一
郵便番号一〇三―〇〇〇七
電話〇三（三六六四）七三三四
URL http://www.transview.co.jp

印刷・製本　中央精版印刷

ISBN978-4-7987-0146-2 C1095